Katrin Kaiser

Die Pferdeklinik

Sammelband 1

Schneider Buch
EGMONT

verlegt durch EGMONT Verlagsgesellschaften mbH,
Gertrudenstraße 30–36, 50667 Köln
Dieser Sammelband enthält folgende Einzelbände:
Ein stürmischer Sommer (2007)
Freundinnen forever (2007)

Titelfoto: Sabine Stuewer
Umschlaggestaltung: Agentur 21, Köln
Druck und Bindung: CPI – Ebner & Spiegel, Ulm
ISBN 978-3-505-12773-1

10 11 / 8 7 6 5 4 3 2 1

Ein stürmischer Sommer

1

Sarah schloss die Augen. Sascha galoppierte unter ihr über den Waldweg, genau hinter Lavinia her. Auf dem weichen Waldboden trommelten seine Hufe im kräftigen Dreitakt des Galopps, der Wind streichelte ihr Gesicht, unter den geschlossenen Lidern sah sie nur noch rote und schwarze Flecken, während Sascha abwechselnd durch Sonne und Schatten lief. Endlich Sommerferien, jetzt war ihr Glück perfekt!

„Lass uns wieder traben", rief Jenny von vorne.

Schnell öffnete Sarah ihre Augen und griff in Saschas Zügel.

Jenny parierte Lavinia durch und tätschelte ihrer kleinen braunen Stute den Hals. Mit einem breiten Lächeln drehte sie sich zu Sarah um. „Stell dir vor, vor uns liegen ganze sechs Wochen, in denen wir nichts tun müssen – nur Reiten! Hast du schon von dem geplanten Stallturnier am letzten Ferienwochenende gehört?"

Sarah schüttelte den Kopf und sah Jenny neugierig an. „Nein, erzähl mal. Wann habt ihr euch das ausgedacht?"

„Erst gestern Abend. Es soll ein ganz kleines Turnier werden, nur für unseren Stall. Ein Springreiterwettbewerb, ein E-Springen, ein bisschen Dressur. Wir können den ganzen Sommer trainieren. Hast du Lust mitzumachen?"

Sarah kraulte Sascha am Hals. „Lust schon. Aber ich habe keine Ahnung, ob mein Pony hier mitspielt. Seine große Zeit als Turnierpony ist schon Ewigkeiten her. Frau Andres' Tochter hat ihn das letzte Mal vor vier oder fünf Jahren über einen Parcours geritten. Vielleicht weiß er gar nicht mehr, was er da machen soll ..."

Jenny ließ die Ausrede nicht gelten. „Du musst es wenigstens versuchen. Du reitest ein paar Springstunden mit. Wenn Sascha sich gut anstellt, kannst du auch bei unserem Turnier starten. Wenn er sich weigert, dann lassen wir es. Dann musst du mich aber anfeuern." Jenny zögerte kurz. „Oder meinst du, dass Frau Andres dir verbietet, mit Sascha zu springen?"

„Nein", antwortete Sarah. „Sie sagt mir immer, ich soll mit ihm umgehen, als wäre er mein eigenes Pony."

Jenny nickte zufrieden. „Prima. Dann kannst du mit ihm also auch springen, während sie in Amerika ist."

Sarah zuckte unentschlossen mit den Schultern. „Ich muss sie trotzdem fragen. Sie fliegt ja erst morgen Abend."

Aber Jenny ließ nicht locker. „Sie findet sicher niemanden, der vier Wochen lang besser auf ihr Pony aufpasst als du. Da wird sie dir ein paar Sprünge ganz bestimmt nicht verbieten. Ruf sie doch einfach heute Abend an."

Sarah nickte. „Okay, mache ich. Ich will nur nichts hinter ihrem Rücken planen."

Sie würde nie den Moment vergessen, als Frau Andres ihr erlaubt hatte, Sascha zu pflegen und Reitunterricht zu nehmen. Dabei war sie damals noch eine totale Anfängerin im Sattel gewesen! Inzwischen war sie eine ziemlich gute Reiterin. Nur über einen Sprung hatte sie sich noch nie getraut. Was, wenn sie dem armen Sascha dabei wehtat? Oder vielleicht war es für das 16-jährige Pony inzwischen nicht mehr das Richtige? Aber Jenny hatte Recht. Wenn Frau Andres nichts dagegen hatte, konnte sie es einfach mal probieren. Sie würde schon merken, wenn Sascha keinen Spaß mehr am Springen hatte.

„Wann ist denn die erste Springstunde?"

Jenny wusste wie immer über alles, was im Stall passierte, genau Bescheid.

„Gleich morgen Nachmittag um drei. Da kommt ein Springreitlehrer vom Nachbarhof und bringt uns die Grundbegriffe bei. Für die Fortgeschrittenen findet danach auch noch eine Übungsstunde statt. Ist doch mal was anderes als immer nur Ausreiten."

Sarah hob die Schultern. „Ich hab nichts gegen die Ausritte. Ich finde, es gibt nichts Schöneres, als auf Sascha am langen Zügel durch den Wald zu reiten."

Jenny lachte ihre beste Freundin gutmütig aus. „Dir

fehlt einfach der Ehrgeiz. Du reitest wahrscheinlich noch aus, wenn du erwachsen bist. So wie die alte Scholz …"

Jetzt musste auch Sarah lachen. In ihrem Stall war Frau Scholz, eine Dame um die sechzig, der Inbegriff der „Schaukelpferdreiterin". Sie kam jeden Tag, putzte lange an ihrem betagten Schimmel herum und steckte ihm im Minutentakt Leckerlis zu. Dann ritt sie aus. Bei jedem Wetter und immer nur im Schritt, meistens alleine. „Mir macht das so Spaß!", erklärte sie jedem, der sie fragte.

Da waren die Mädchen im Stall natürlich ganz anders. Jenny liebte es, ständig an Kursen teilzunehmen, sie träumte schon lange von ihrem ersten Turnier. Sarah hatte allerdings den leisen Verdacht, dass Jenny vor allem die schicken Sakkos der Turnierreiter tragen wollte. Und einen Anlass brauchte, um für Lavinia weitere neue Satteldecken zu kaufen. Jenny war immer perfekt angezogen und hatte Lavinia farblich passend ausgestattet. Heute, für den Ausritt, trug die braune Stute eine weinrote Satteldecke mit dazu passenden Bandagen. Jenny hatte eine Weste in der gleichen Farbe.

Sarah schielte unauffällig an sich herunter. Sie saß nicht auf einem schicken Warmblut, sondern auf einem stämmigen Pony mit dicker schwarzer Mähne, einer breiten Blesse und braun und weiß geschecktem Fell. Sascha trug keine Bandagen oder Gamaschen und die Decke unter dem abgeschabten Sattel war aus einem verwaschenen schwarzen Stoff. Trotzdem fand Sarah Sascha wunderschön und hätte mit niemandem tauschen wollen.

Eine halbe Stunde später erreichten die beiden wieder den Arnoldhof. Großzügige Koppeln, ein schönes altes Stallgebäude und eine kleine Reithalle – wer sich hier nicht wohlfühlte, dem konnte nicht geholfen werden. Sarah sattelte Sascha schnell ab, spritzte ihm die Beine mit kaltem Wasser ab und brachte ihn dann auf die Koppel. Er verschwand im gemütlichen Schlenderschritt in eine schattige Ecke, in der Lavinia schon auf ihn wartete. Seite an Seite fingen sie an zu grasen.

Sarah lehnte sich auf die Koppelstange. Sie hätte Sascha stundenlang zuschauen können, aber in diesem Moment hörte sie, wie Jenny nach ihr rief.

„Kommst du? Wir müssen noch ein paar Sachen für das Turnier organisieren!"

Sarah setzte sich zu den anderen auf die Holzbank vor dem Stall und wenige Minuten später war sie völlig vertieft in die neue Aufgabe. Sie stellten Helferlisten auf, planten Kuchendienste und teilten Parcourshelfer ein. Das erste Turnier auf dem Arnoldhof sollte ein voller Erfolg werden.

Viel zu spät sah Sarah wieder auf die Uhr und erschrak. Sie sollte heute um drei zu Hause sein, um ihrer Mutter beim Großeinkauf zu helfen. Jetzt war es schon halb vier.

Sie sprang auf und winkte den anderen zu. „Ich muss los, meine Mutter macht sonst Stress! Bis morgen!"

Jenny winkte zurück und rief: „Vergiss nicht: Morgen ist unsere erste Springstunde! Sei pünktlich da, dann können wir zusammen den Parcours aufbauen!"

Sarah verzog das Gesicht. „Warten wir erst mal ab, was Sascha dazu sagt! Und ob Frau Andres nichts dagegen hat."

Damit schwang sie sich auf ihr Fahrrad. Wenn sie richtig Gas gab, dann wurde es nicht so schrecklich spät.

Ihre Mutter hielt wenig von Pferden. Ihr fehlte jedes Verständnis dafür, was man stundenlang im Stall machen konnte, deshalb gab es manchmal Streit zu Hause. Hoffentlich war sie jetzt nicht sauer, dass Sarah direkt am ersten Ferientag zu spät kam.

2 Sascha trabte mit gespitzten Ohren zwischen den Hindernissen herum. Sarah konnte es nicht glauben. Er schien sich auf die Aufgabe, die vor ihm lag, zu freuen und bewegte sich vorwärts, ohne dass sie ihn treiben musste. Sie sah unauffällig zu den anderen hinüber. Jennys Lavinia versuchte den Hindernissen möglichst fern zu bleiben und bemühte sich, einen großen Abstand zwischen sich und die Stangen zu bringen. Annas großer Rappe trabte und galoppierte gelassen wie immer im Kreis. Ihn brachte nichts aus der Ruhe, er ließ entspannt seine Ohren im Takt des Galopps mitschwingen. Das sah zwar nicht sehr elegant aus, entlockte aber jedem ein Lächeln. Die vierte im Bunde war ein schmales Mädchen mit Brille, das erst vor ein paar Wochen auf den Arnoldhof gekommen war. Sie besaß ein schickes Schimmelpony. Und eine Mutter, die sie nicht aus den Augen ließ. Sie belehrte ihre Tochter ohne Pause über die Kunst des Reitens. So auch jetzt.

„Solveig, drücke deine Absätze nach unten. Und sitze ein bisschen aufrechter. Zerr nicht so an den Zügeln …“

Sarah verdrehte die Augen. Vielleicht war es doch

nicht so schlecht, dass ihre Mutter nie in den Stall kam und keine Ahnung vom Reiten hatte? Gestern hatte sie zwar wieder geschimpft, dass ihre Tochter bei den Pferden regelmäßig die Zeit vergaß, aber als Sarah nach dem Einkauf noch freiwillig ihr Zimmer aufgeräumt hatte, war ihr Ärger schnell verflogen.

Neben Solveigs nervöser Mutter stand Frau Andres und lächelte Sarah aufmunternd zu. Sie hatte keine Sekunde gezögert, als Sarah sie angerufen hatte. Im Gegenteil: Sie wollte unbedingt vor ihrem Abflug noch Sarahs erste Springstunde sehen. Deswegen stand sie jetzt hinter der Absperrung und beobachtete gelassen das Treiben auf dem Sandplatz.

In dieser Sekunde ertönte eine gutmütige Stimme vom Rand des Reitplatzes.

„Na, dann bin ich ja überflüssig, wenn ich hier Unterricht geben soll. Oder?“

Solveigs Mutter stoppte ihren nicht enden wollenden Redefluss und wandte sich dem Mann zu. Er war braun gebrannt, trug Reithosen und abgetragene Reitstiefel und lächelte sie freundlich an.

„Nein, nein. Ich habe meiner Tochter nur ein paar Tipps gegeben, solange wir noch auf Sie gewartet haben.“ Solveigs Mutter lächelte süßlich und deutete auf ihre Tochter. „Das ist Solveig. Wir haben ihr den kleinen Frühlingsball erst vor ein paar Wochen gekauft!“

Sie hätte noch weiter geredet, aber der Reitlehrer ließ sie einfach stehen und betrat den Reitplatz. Kritisch musterte er die Hindernisse, die sie in der letzten Stunde auf den Platz getragen hatten. „Wer hat die denn aufgebaut?“

Jenny strahlte ihn an. „Wir alle zusammen! Einen richtigen Parcours!“

Der Reitlehrer zog eine Augenbraue hoch und lächelte Jenny an. Dann winkte er alle Mädchen zu sich in die Mitte. „Fangen wir doch erst einmal damit an, dass wir uns kennen lernen. Ich heiße Frank. Erzählt mir doch kurz, wie ihr heißt und was eure Pferde oder Ponys schon können.“

Nach der Vorstellungsrunde musterte er sie nachdenklich. „Ich habe es also richtig verstanden: Von euch ist noch keiner in seinem Leben über einen Sprung geritten? Dann fangen wir doch besser mit einem kleinen Kreuz an. Dann sehen wir, wie sich eure Pferde anstellen. Und was den Parcours angeht: Den kann man nicht einfach so aufbauen, wie es einem einfällt. Zwischen den Hindernissen müssen Distanzen eingehalten werden, sonst kommt ihr nie passend zum Sprung.“

Damit fing er an, die Sprünge zu verschieben und alle auf die kleinste Höhe zu bauen.

Sarah fiel ein Stein vom Herzen. Sie hatte es vorher schrecklich hoch gefunden – aber sich nicht getraut etwas zu sagen. Sie wollte schließlich nicht als Feigling dastehen.

Als Letztes baute Frank ein kleines Kreuz aus rot-weißen Stangen auf, legte eine der Stangen ein paar Meter davor und forderte seine Schülerinnen auf, der Reihe nach im Trab zu der Stange zu reiten und dann über das Kreuz zu springen.

Jenny lenkte Lavinia auf das Hindernis zu. Die Stute warf den Kopf hoch und trabte vorbei. Jenny zerrte mit hochrotem Kopf an den Zügeln.

Frank blieb gelassen. „Das ist nicht schlimm beim ersten Mal. Lass sie hingehen und den Sprung anschauen. Deine Stute ist noch nie gesprungen, da darf sie sich ein bisschen aufregen. Und zerre ihr nicht so im Maul, da bekommt sie nur Angst."

Jenny steuerte Lavinia mit einigen Schwierigkeiten wieder zum Sprung. Lavinia blähte die Nüstern und beschnupperte die Stangen. Und tatsächlich: Als Jenny das nächste Mal das Kreuz anritt, zögerte die Stute keine Sekunde, sondern sprang brav darüber. Jenny strahlte und lobte Lavinia überschwänglich.

Als Nächste war Sarah an der Reihe. Sie nahm die Zügel auf und trabte los. Sascha spitzte die Ohren, lief energisch zu dem Sprung und hüpfte mit einem kleinen Satz darüber. Sarah klopfte ihm verblüfft den Hals.

Frank lachte und rollte die Stange etwas von dem Kreuz weg. „Na, da hast du ja einen kleinen Professor. Versuch es gleich mal aus dem Galopp!"

Sascha galoppierte auf den leichtesten Schenkeldruck willig an, blieb bis zum Kreuz im gleichmäßigen Tempo und machte dann einen kleinen Sprung. Sarah strahlte. So leicht hatte sie sich das Springreiten nicht vorgestellt.

Die anderen mussten sich allerdings sehr viel mehr anstrengen. Frühlingsball rannte jedes Mal mit erhobenem Kopf im vollen Galopp auf das Kreuz zu, wenn Solveig ihn auch nur andeutungsweise in die Richtung lenkte.

Annas großer Rappe vergaß das Abspringen und trabte einfach weiter über das Kreuz. Frank mühte sich eine Stunde lang mit den eigenwilligen Pferden und Ponys. Sascha war eindeutig der Musterschüler. Er schien begeistert, dass er endlich mal wieder springen durfte. Zum Abschluss der Stunde ließ Frank nur Sarah und Sascha den gesamten kleinen Parcours springen. Sarah war im siebten Himmel. Sie musste ihn wirklich nur lenken, den ganzen Rest erledigte Sascha für sie. Mit ihm traute sie sich sogar über einen kleinen Oxer.

Jenny und Anna schafften wenigstens zwei Sprünge hintereinander aus dem Galopp – und Solveig und Frühlingsball sollten als Hausaufgabe für die nächste Stunde unbedingt im ruhigen Tempo galoppieren üben.

Bevor Frank den Parcours für die erfahrenen Springreiter höher baute, holte er noch einmal alle zu sich.

„Es ist nicht schlimm, wenn es heute nicht so toll geklappt hat. Springen ist für euch neu – und für alle

Pferde außer Sascha auch. Das klappt beim nächsten Mal garantiert besser." Damit wandte er sich an Sarah. „Und du kannst stolz auf dein Pony sein. Der hat wirklich toll gelernt, was im Parcours seine Aufgabe ist! Mit ihm kannst du viel lernen."

Sarah strahlte, als sie mit Sascha am Zügel Richtung Stall ging.

Frau Andres folgte ihr lächelnd. „Ich habe dir doch gesagt, dass Sascha sich freut, wenn er wieder eine Aufgabe bekommt. Meine Tochter ist schließlich jahrelang Turniere mit ihm geritten. Sie konnte sich immer auf ihn verlassen, er hat sie nie enttäuscht."

Begeistert klopfte Sarah Saschas Hals. „Noch einmal vielen Dank, dass ich mitmachen darf. Ich passe gut auf ihn auf, das verspreche ich."

Frau Andres nickte. „Da habe ich wirklich gar keinen Zweifel. Geh mit ihm einfach so um, als ob er dein Pferd wäre. Wenn du unsicher bist, dann kannst du ja die anderen fragen. So, und jetzt muss ich los, sonst fliegt das Flugzeug heute Abend noch ohne mich."

Frau Andres wandte sich um, ging ein paar Schritte, als ihr offensichtlich etwas einfiel. Sie drehte sich noch einmal um. „Sollte doch irgendetwas sein, dann findest du alle wichtigen Nummern an Saschas Boxenschild. Ich verlasse mich auf dich!" Damit winkte Frau Andres noch einmal und verschwand endgültig.

Sarah streichelte den schweißnassen Hals von Sascha. „Ich pass auf dich auf. Versprochen!“, flüsterte sie in seine kleinen Ohren. Dann nahm sie ihm mit geübten Bewegungen die Trense und den Sattel ab und führte ihn zum Waschplatz. Sascha hatte sich nach der Arbeit im Parcours wirklich eine Abkühlung verdient.

Wenig später trafen sich die Mädchen wieder vor dem Stall. Ihre Pferde und Ponys standen gemütlich auf der Koppel, Sascha und Lavinia beknabberten sich gegenseitig an der Kruppe.

Jenny war Feuer und Flamme nach der Springstunde. „Wann sollen wir die nächste Stunde bei Frank nehmen? Morgen?“

Anna schüttelte den Kopf. „Morgen sind doch alle mit mir auf dem Turnier. Ich starte in der E-Dressur. Willst du nicht auch mitkommen?“

Jenny wollte schon nicken, als ihr Blick auf Sarah fiel, die betreten auf die Spitzen ihrer Reitstiefel starrte. Ihre Mutter würde ihr nie erlauben, einen ganzen Tag auf irgendeinem Turnier zu verbringen. Da zeigte Jenny, dass sie einfach die beste Freundin der Welt war.

„Nee, aber danke für das Angebot. Sarah und ich reiten morgen früh aus und halten hier die Stellung!“

Jenny grinste Sarah verschwörerisch an. Und Sarah machte ihr ein begeistertes Zeichen. Vielleicht wurde sie doch wie die alte Scholz …

3

„Möchtest du dir nicht etwas anderes anziehen?" Sarah warf einen Blick in den Spiegel. Schwarze Reithosen, graues T-Shirt, blaue Jacke. Was sollte daran verkehrt sein? Sie sah ihre Mutter fragend an. „Mama, ich gehe in den Stall, nicht in die Schule oder sonst wohin. Sascha kümmert sich nicht darum, wie ich aussehe."

Helga Stürmer schüttelte den Kopf. Ihrer Tochter war es offensichtlich egal, wie sie aussah. Sie seufzte. „Heute Mittag gibt es einen leckeren Salat mit Hühnchen. Sei bitte pünktlich um eins wieder hier. Geht das?"

Sarah nickte, während sie zur Tür ging. „Klar, Jenny und ich wollen heute nur einen kleinen Ausritt machen. Ich melde mich, wenn es ein bisschen später wird. Ich muss mich doch gut um Sascha kümmern, Frau Andres ist schließlich seit gestern weg. Bis nachher!"

Sarahs Mutter wollte noch widersprechen, aber da fiel schon die Haustür ins Schloss. Sekunden später saß Sarah auf ihrem Fahrrad und strampelte Richtung Stall. Ihre roten Locken flogen im Fahrtwind, während sie fröhlich vor sich hin summte. Sie liebte den

Weg. Wenige Meter an der Straße entlang, dann über einen holprigen Feldweg, der durch reife Getreidefelder führte. Danach ging es hinein in den schattigen Wald, in dem so früh am Morgen noch Spinnweben zwischen den Ästen glänzten. Jenseits des Wäldchens lagen schon die ersten Koppeln des Arnoldhofes.

Sarah bog schwungvoll in die Hofanlage ein. Jenny war natürlich noch nicht da. Sarah konnte sich nicht erinnern, dass ihre Freundin jemals pünktlich gewesen wäre. Jenny betrachtete Verabredungen eher als unverbindliche Regelung, bei der man ruhig eine halbe Stunde später erscheinen konnte. Sarah mochte Jenny viel zu gerne, als dass sie sich darüber geärgert hätte. Sie würde Sascha gemütlich in der Sonne putzen, während sie auf Jenny wartete.

Mit einem leisen Pfiff betrat sie den Stall. Aber heute tauchte der braune Ponykopf mit der breiten Blesse und dem dichten Schopf nicht über der Boxentür auf.

Sarah runzelte die Stirn. Auf Sascha war Verlass, er begrüßte sie jeden Tag mit einem fröhlichen Wiehern. Sogar dann, wenn Futter in seinem Trog war. Sie ging zur Box. Sascha stand gerade auf, er hatte offensichtlich geschlafen.

Sarah war beruhigt. „Na, du Schlafmütze. War die Springstunde gestern etwa so schrecklich anstrengend? Komm schon, wir wollen heute ins Gelände!“

Doch Sascha kam nicht zu Sarah, sondern reckte

den Hals nach oben, rollte seine Oberlippe nach hinten und flehmte. Merkwürdig. Das machte er sonst nur, wenn er etwas ganz genau riechen wollte. Sarah lockte das Pony an. „Komm her, Sascha. Sagst du heute gar nicht Hallo?"

Sascha kam zur Boxentür, wo Sarah ihn mit einer Karotte empfing. Die hatte sie heute Morgen vorsorglich aus dem Kühlschrank ihrer Mutter geklaut. Aber der kleine Wallach schnupperte nur kurz an der Leckerei, dann wandte er sich wieder ab und drehte eine Runde durch die Box. Er blieb in der Mitte stehen und fing an zu scharren.

Erst jetzt fiel Sarah auf, dass seine Einstreu völlig zerwühlt aussah. Wo sonst ein gemütliches Strohbett war, hatte Sascha das Unterste nach oben geschaufelt. Zwischen das Stroh war auch Heu gemischt, das Sascha zum Frühstück bekommen, aber heute offensichtlich nicht angerührt hatte. In der Mitte der Box konnte sie sogar den Betonboden sehen. Und genau auf dieser blanken Stelle scharrte Sascha ohne Unterlass weiter. Dabei hob er immer wieder drohend einen Hinterhuf und schlug kräftig aus.

Sarah beobachtete ihn erschrocken und ratlos. Sascha war das gutmütigste Pony der Welt. Er schlug nicht einfach grundlos aus und sogar auf der Koppel vertrug er sich mit allen Pferden.

Sie nahm das Halfter vom Haken und betrat die Box. „Jetzt hör auf damit! Komm her, Sascha!"

Sie zog ihm das Halfter über die Ohren und führte ihn aus der Box auf die Stallgasse. Das Pony ging nur zögernd mit, blieb immer wieder stehen und legte die Ohren an. Ob ein Pony über Nacht bösartig werden konnte?

Sie ermahnte Sascha noch einmal und zog kräftig am Halfter. Sie wollte nicht, dass er so verzogen wurde wie viele andere Ponys. Besonders jetzt nicht, wo Frau Andres ihr Sascha anvertraut hatte. Außerdem wollte sie morgen ihre zweite Springstunde nehmen.

Aber der kleine Schecke zeigte kein Einsehen. Er stemmte seine Beine in den Boden und weigerte sich, mit ihr die Stallgasse zu verlassen.

Sie knuffte ihn leicht in die Seite. „Jetzt komm schon, Sascha!" Gut, dass sie im Moment noch alleine war. Es wäre zu peinlich, wenn die anderen Mädchen sie jetzt sehen würden. Schließlich war allgemein bekannt, dass Sarah ein besonders gutes Händchen für Pferde hatte – und jetzt konnte sie ihr eigenes Pflegepony nicht mal die Stallgasse entlangführen?

Endlich gelang es ihr, Sascha aus dem Stall zu bringen, und sie steuerte mit ihm den Putzplatz in der Sonne an. So weit sollte sie aber nicht kommen. Nach wenigen Schritten legte Sascha sich hin. Einfach so, mitten auf den Weg!

Sarah sah ihren Liebling fassungslos an. Jetzt, im Sonnenlicht, entdeckte sie große Schweißflecken auf seinem kastanienbraun und weiß gescheckten Fell. Ob mit ihm etwas nicht stimmte? Sie zerrte am Führstrick. Er konnte doch nicht hier mitten im Hof liegen bleiben!

In dieser Sekunde kam Jenny mit ihrem Fahrrad auf den Hof geschossen. Sie sah wie immer makellos aus. Eine enge, ärmellose Bluse, rosa-grau gestreifte Reithose, die blonden Haare offen … Aber dafür hatte Sarah diesmal keinen Blick. Sie zerrte weiter am Führstrick. Allmählich bekam sie es mit der Angst zu tun. „Steh auf, Sascha, bitte!“ Verzweifelt winkte sie Jenny zu. „Komm her, du musst mir helfen. Er steht nicht mehr auf!“

Jenny ließ ihr Fahrrad fallen und kam die letzten Meter angerannt. „Was ist passiert?“

Sarah sah sie verzweifelt an. „Ich habe keine Ahnung. Er hat sich so komisch benommen, seit ich hier bin, gar nicht wie sonst. Und jetzt hat er sich hingeschmissen!“

In dieser Sekunde fing Sascha an, sich zu wälzen. Seine stämmigen Beine strampelten in der Luft, dann warf er sich auf die andere Seite. Erst als er sich ein paar Mal hin und her geworfen hatte, rappelte er sich wieder auf.

„Stell ihn doch erst mal wieder in seine Box!“, schlug Jenny vor.

„Jetzt, wo ich ihn endlich hier draußen habe?“ Sarah war sich unschlüssig. Suchend blickte sie über den Hof. Wo war nur der Stallbesitzer? Der wusste doch sonst immer, was zu tun war! Aber an diesem Morgen war der Stall wie ausgestorben.

Sie drehte sich zu Jenny um. „Wo sind die anderen bloß alle?"

Jenny musste nicht lange nachdenken. „Die wollten doch zusammen zu dem Reitturnier fahren. Heute tritt Anna das erste Mal an. Da schauen natürlich alle zu."

Sascha legte die Ohren an. Dann drehte er schnell seinen Kopf und schnappte Richtung Bauch.

Sarah stöhnte auf. „Er wird immer komischer. Ich glaube, ich stelle ihn wirklich erst mal wieder in die Box." Entschlossen marschierte sie los. Zum Glück lief Sascha diesmal mit und warf sich erst in der Box wieder hin, kaum dass Sarah ihm das Halfter abgenommen hatte. Als sie die Boxentür hinter sich geschlossen hatte, fiel ihr Blick auf Saschas Boxenschild. Unter seinem Namen stand seine tägliche Hafer- und Pelletsration, darunter hatte Frau Andres in ihrer ordentlichen Handschrift ihre eigene Telefonnummer geschrieben. Die half natürlich im Moment überhaupt nichts. Die deutsche Handynummer funktionierte in den USA nicht. Daneben stand die Telefonnummer des Schmieds, Herr Egger. Dann „Dr. Wiegand" und eine weitere Handynummer.

Kurz entschlossen wühlte Sarah ihr Handy aus der Jackentasche. Irgendetwas stimmte nicht mit Sascha – da war es vielleicht richtig, einen Tierarzt zu fragen.

„Ich rufe den Tierarzt an. Kennst du diesen Wiegand?“, fragte sie, während sie schon die Nummer eintippte.

Jenny nickte. „Die Wiegand, das ist eine Frau. Ihr gehört die Marienwaldklinik. Ist nicht weit weg, auf der anderen Seite des Wäldchens.“

Am anderen Ende klingelte es unerträglich lange, bis sich eine energische Stimme meldete.

„Wiegand.“

„Hallo, mein Name ist Sarah Stürmer. Ich pflege das Pony von Frau Andres, aber die ist gerade im Urlaub …“

Sarah wurde von der sachlichen Stimme unterbrochen.

„Ich bin gerade mitten in einer Untersuchung. Was fehlt Sascha denn?“

Sarah schluckte. Wahrscheinlich machte sie sich jetzt lächerlich. Diese Frau Wiegand klang alles andere als freundlich. Aber sie wollte sich lieber zur Lachnummer machen, als zu riskieren, dass Sascha wegen ihrer Dummheit leiden musste.

„Ich weiß es nicht. Aber er benimmt sich so komisch. Er schmeißt sich hin und scharrt. Er will nicht einmal eine Karotte fressen. Und ich bin hier mit einer Freundin alleine im Stall. Ich habe Angst, dass ihm wirklich etwas fehlt …“ Sarah kämpfte mit den Tränen.

Die Stimme von Dr. Wiegand wurde freundlicher.

„Ich komme, so schnell ich kann. Das klingt nach einer Kolik. Weißt du, was man da machen muss?"

Sarah schüttelte den Kopf. Bis ihr einfiel, dass man das am Telefon nicht sehen konnte. Mit erstickter Stimme sagte sie: „Nein. Ist das schlimm?"

Fast hörte sie, wie Dr. Wiegand lächelte. „Nein, das muss nicht gefährlich sein. Mach einfach genau das, was ich dir jetzt sage. Pass auf: Bis ich komme, führst du Sascha im Hof herum. Oder du hängst ihn an eine Longe und lässt ihn ein wenig traben. Du darfst ihn dabei aber nicht scheuchen. Kannst du das machen?"

Sarah war verzweifelt. „Aber ich habe ihn vorhin nicht mal bis zum Putzplatz führen können. Er hat sich einfach auf den Weg geschmissen!"

„Das ist nicht schlimm", beruhigte Dr. Wiegand sie. „Das macht er nur, weil er so Bauchweh hat. Versuch trotzdem, ihn zu führen. Geh in die Reitbahn mit ihm, dann kann er sich nicht wehtun, wenn er sich noch einmal hinlegt. Ich bin gleich da!"

Damit legte sie auf.

Sarah ließ das Handy sinken und sah Jenny an. „Sie sagt, dass Sascha eine Kolik hat. Hast du so was schon einmal erlebt?"

Jenny schüttelte den Kopf. „Nein. Aber das ist ziemlich schlimm, glaube ich. Was sollst du jetzt tun?"

„Ihn führen oder longieren. Hilfst du mir?"

Jenny nickte. Gemeinsam halfterten sie Sascha wieder auf und brachten ihn diesmal ohne Zwischenfälle in die Reitbahn. Zusammen liefen sie mit Sascha im Kreis. Sarah versuchte sich zu beruhigen. „Es kann doch nicht so schlimm sein, wenn ein Pony Bauchweh hat, oder? Ich habe schließlich auch manchmal Bauchweh und meine Mutter hat noch nie einen Arzt gerufen."

Jenny schüttelte den Kopf. „Nein, das ist bei Pferden anders. Das haben wir im Theorieunterricht für den Basispass gelernt. Pferde können sich nicht übergeben und wenn sie etwas Falsches gegessen haben, werden sie es nicht mehr los."

„Was sollte Sascha denn gegessen haben? Er kriegt doch immer das gleiche Futter, da ändert sich doch nichts."

„Ja, aber vielleicht hat ihm jemand ein schimmliges Brotstück zugesteckt. Du weißt doch, dass Sascha alles essen würde." Jenny lächelte. „Er ist schließlich ein ziemlich verfressenes Pony!"

In dieser Sekunde fing Sascha wieder an zu scharren. Blitzschnell legte er sich in den hellen Sand der Reitbahn und wälzte sich von einer Seite auf die andere. Der Sand blieb auf dem schweißfeuchten Fell kleben, Sascha sah jetzt wie ein paniertes Schnitzel aus. Sarah war trotzdem nach Heulen zumute. Er war noch nie krank gewesen. Und jetzt tat ihm offensichtlich etwas weh und seine Besitzerin war nicht zu erreichen.

Frau Andres hing sehr an dem Pony, das vor vielen

Jahren einmal ihrer Tochter gehört hatte – eben jener Tochter, die in Washington studierte und die Frau Andres jetzt besuchte. Als die Tochter zu groß geworden war, hätte Sascha eigentlich verkauft werden müssen. Aber das brachte keiner aus der Familie Andres übers Herz und so blieb Sascha auf dem Arnoldhof und genoss sein Dasein als Frührentner. Unter Sarahs Pflege war er in den letzten Jahren richtig aufgeblüht. Endlich kümmerte sich wieder jemand um ihn!

Sarah hatte keine Sekunde gezögert, als Frau Andres ihr von dem geplanten Urlaub erzählt hatte. Kein Problem, dann mussten ihre Eltern in diesen Sommerferien eben auf ihre Begleitung in den Urlaub verzichten. Was konnte es Schöneres geben, als Sascha vier Wochen lang für sich ganz allein zu haben? Aber dass das Pony krank werden könnte, damit hatte Sarah natürlich nicht gerechnet.

Sascha stand jetzt wieder auf, scharrte aber sofort weiter im Boden der Reithalle. Sarah zog am Führstrick. Zögernd folgte ihr das Pony rings um die Reitbahn. Sarah schielte noch einmal auf ihre Uhr. Wo blieb nur die Tierärztin? So weit konnte diese Marienwaldklinik doch wirklich nicht sein!

Das Pony schwitzte jetzt viel stärker als vorhin, an den Flanken war es jetzt richtig nass. Der Sand der Reitbahn tropfte mit dem Schweiß auf den Boden, während Saschas Nüstern weit gebläht waren. Immer wieder blieb er stehen und scharrte auf dem Boden.

Sarah kraulte ihn beruhigend unter der Stirnlocke. Da, wo er es am liebsten hatte. Heute reagierte er kein bisschen darauf.

Zitternd griff Sarah noch einmal zum Handy und drückte auf die Wahlwiederholung. Diesmal ging Dr. Wiegand sofort ans Telefon. „Ja?"

Sarah war jetzt den Tränen nahe. „Hier ist noch mal Sarah Stürmer. Sascha geht es immer schlechter. Er schwitzt so stark. Was soll ich denn nur tun?"

Dr. Wiegand bemühte sich, Sarah zu beruhigen. „Ich bin in fünf Minuten da, ganz bestimmt. Führe ihn weiter und versuche selber ruhig zu bleiben. Wenn du Angst kriegst, wird es für Sascha nur schlimmer. Atme ganz tief ein und aus. Du hörst bestimmt gleich mein Auto."

Sarah kämpfte gegen ihre Panik an. Wenn Dr. Wiegand Recht hatte, dann durfte sie jetzt nicht die Nerven verlieren.

Jenny bemühte sich ebenfalls, Sarah zu beruhigen. „Entspann dich. Sascha bekommt eine Spritze und dann geht es ihm bald besser, du wirst sehen."

Noch bevor Jenny den Satz ganz beendet hatte, bog von der Straße ein dunkelblauer Kombi in die Hofeinfahrt. Eine große, schlanke Frau stieg aus und kam sofort zu Sarah und Jenny. Sie sah die beiden Mädchen aufmerksam durch ihre Brillengläser an. „Ich bin Dr. Wiegand. Mit wem von euch beiden habe ich telefoniert?"

Sarah trat einen kleinen Schritt vor. „Mit mir. Können Sie ihm helfen?"

Dr. Wiegand nickte beruhigend und fing sofort an, Sascha zu untersuchen. Sie nahm ein Stethoskop und horchte ihm den Bauch ab. Als sie Sarahs neugierige Blicke sah, erklärte sie ihr: „Ich höre auf seine Darmgeräusche. Normalerweise gluckert es immer, wenn man sein Ohr an die Seite von einem Pferd legt. Bei einer Kolik kann das völlig zum Stillstand kommen. Leider ist das genau jetzt der Fall – ich kann gar nichts mehr hören. Jetzt muss ich seinen Darm untersuchen."

Sie ergriff einen langen Plastikhandschuh, den sie sich bis zur Schulter über den Arm zog. Sarah sah, wie die Tierärztin ein wenig glitschige Flüssigkeit auf dem Handschuh verteilte. Dann zog sie den dicken Schweif von Sascha zur Seite und der behandschuhte Arm verschwand komplett in dem Pony!

„Ich versuche zu fühlen, ob irgendwo eine Verstopfung vorliegt", erklärte sie mit gelassener Stimme. „Durch die Darmwand kann ich auch andere Teile des Darmes abtasten. Da kann entweder eine Verstopfung oder eine Aufgasung vorliegen. Oder eine Verdrehung. Ganz selten ist sogar ein Tumor für so eine Kolik verantwortlich."

Die Tierärztin sah Sarah entsetztes Gesicht und fügte sofort hinzu: „Das ist aber wirklich nicht häufig."

Plötzlich runzelte sie die Stirn und wirkte, als würde sie versuchen, mit ihrer Hand wirklich etwas im Pferdebauch zu sehen. Dann nickte sie und zog ihren Arm wieder aus Sascha heraus. Der hatte sich das Ganze reglos mit hängenden Ohren gefallen lassen.

Während Dr. Wiegand langsam den Plastikhandschuh auszog, erklärte sie Sarah, was es mit Sascha auf sich hatte. „Er hat eine schlimme Verstopfung vor einer Darmschlinge, da geht einfach nichts weiter. Ich gebe ihm jetzt ein krampflösendes Mittel und etwas gegen seine Schmerzen. Dann kriegt er eine Nasenschlundsonde. Hast du das schon einmal erlebt?"

Sarah schüttelte wortlos den Kopf. Verstopfung? Das klang doch nicht wirklich schlimm, oder?

Während Dr. Wiegand eine Spritze aufzog und sie Sascha in den Hals stach, redete sie weiter.

„Dafür legen wir ihm einen Schlauch durch die Nüstern bis zum Magen. So können wir möglichst viel Flüssigkeit und abführende Mittel in ihn hineinbekommen. Keine Angst, das ist nur am Anfang nicht schön für das Pony. Aber ich brauche deine Hilfe."

Sarah schluckte noch einmal, dann nickte sie entschlossen. „Kein Problem, ich werde Ihnen helfen. Sie müssen mir nur sagen, was ich tun soll. Und meine Freundin ..."

Zum ersten Mal merkte sie, dass Jenny nicht mehr da war.

Dr. Wiegand lächelte nachsichtig. „Nicht jeder ist

so hart im Nehmen wie du. Deine Freundin ist schon gegangen, als ich Sascha gerade untersucht habe. Ich glaube, ihr ist schlecht geworden. Aber um sie kannst du dir nachher Sorgen machen. Jetzt müssen wir erst mal schauen, ob wir Sascha helfen können."

Sie nahm einen Stock aus der Tasche, an dem eine kleine Seilschlinge hing. Ohne lange zu zögern griff sie nach der Oberlippe von Sascha, zog sie durch die kleine Schlinge und drehte dann ein paar Mal an dem Stock. Jetzt war Saschas rosige Oberlippe fest zusammengepresst. Dr. Wiegand drückte Sarah den Stock in die Hand. „Das ist eine Nasenbremse. Keine Angst, sie tut ihm nicht wirklich weh. Sie lenkt nur seine Aufmerksamkeit von der Schlundsonde ab. Wenn ich mit der Sonde komme, musst du einfach ein bisschen hin und her wackeln, damit er nicht auf dumme Gedanken kommt."

Damit holte sie einen dünnen Schlauch aus ihrer Behandlungstasche, den sie geschickt in Saschas Nüster verschwinden ließ. Der riss seinen Kopf hoch, das Weiße in seinen Augen blitzte auf. Nur wenige Augenblicke später beruhigte er sich wieder und senkte den Kopf. Dr. Wiegand schloss einen Beutel an die Sonde an, in dem eine wässrige Flüssigkeit herumschwappte.

„Paraffin", erklärte sie. „Ich hoffe, dass die Verstopfung damit aufweicht. Dann rutscht sie um die Darmschlinge herum und löst sich auf. Und Sascha hätte kein Bauchweh mehr."

Während die Flüssigkeit langsam in Saschas Nüstern verschwand, erkundigte sich Dr. Wiegand endlich nach Frau Andres. Sarah erzählte von dem Urlaub in den USA und fügte stolz hinzu: „Ich soll mich ganz alleine um Sascha kümmern!"

„Das hast du auch gut gemacht!", lobte Dr. Wiegand sie. „Bei Koliken ist es ganz wichtig, dass man nicht zu lange wartet, bis man den Tierarzt ruft. Wenn so eine Darmschlinge verdreht ist, dann können ganze Teile des Darms absterben. Selbst bei einer Operation kann man nur eine bestimmte Menge des Darms entfernen, ohne das Leben des Pferdes zu gefährden."

Sarah wurde blass. „Operation?", flüsterte sie.

Dr. Wiegand nickte. „Ja. Hin und wieder kriegen wir eine Kolik einfach nicht in den Griff. Wir können dann ja nicht einfach warten, bis der Darm platzt."

Sarah wurde so blass, dass die Sommersprossen auf ihrer Nase deutlich hervortraten. Erst jetzt schien Dr. Wiegand zu merken, dass sie dem Mädchen mit dem Gerede von platzenden Därmen wohl etwas zu viel zugemutet hatte. Sie lächelte beruhigend.

„Aber von einer Operation für Sascha sind wir noch weit entfernt. Das ist wirklich nur dann nötig, wenn kein Medikament mehr hilft. Ich glaube nicht, dass das hier so schlimm wird!"

Sarah nickte. Sie hatte trotzdem Angst.

Der letzte Rest der Flüssigkeit verschwand über die Sonde in Saschas Nüstern. Dr. Wiegand zog ihm den

Schlauch vorsichtig wieder aus der Nase und nahm Sarah die Nasenbremse aus der Hand. Sie löste die kleine Seilschlinge und rieb dann kräftig über die Oberlippe von Sascha.

„So, jetzt führst du ihn ein bisschen im Schritt und ich schaue mal, wo deine Freundin abgeblieben ist."

Damit verschwand Dr. Wiegand aus der Reitbahn. Sarah sah ihr hinterher. Auf den ersten Blick wirkte sie streng, ziemlich schroff sogar. Aber jetzt, während der Behandlung, hatte sie Sarah geduldig erklärt, was genau passierte. Sarah fühlte sich ernst genommen von der Ärztin. Das passierte ihr nicht oft mit Erwachsenen. Die meisten schätzten sie auf jünger als vierzehn. Das lag auch daran, dass sie zierlicher als die meisten anderen Mädchen war. Und als Jenny, die schon einen BH trug und ihn auch brauchte.

Sarah lächelte kurz und wandte sich wieder ihrem Sascha zu. Bei ihrer Größe konnte sie ihn wenigstens länger reiten und musste nicht so schnell auf ein Großpferd umsteigen. Sie erinnerte sich noch gut an das Drama, als Jenny sich von ihrem Pflegepony trennen musste, weil sie zu groß geworden war. Es hatte Monate gedauert, bis sie sich wirklich an Lavinia gewöhnt hatte.

Sascha folgte ihr willig um die Reitbahn. Er atmete jetzt ruhiger und blieb auch nicht mehr bei jedem zweiten Schritt stehen um zu scharren. Offensichtlich war das Schlimmste überstanden.

Da tauchte Dr. Wiegand mit Jenny im Schlepptau wieder auf. Jenny war etwas grün im Gesicht. Dr. Wiegand lächelte. „Wie ich mir gedacht habe: Jenny wurde schlecht, als sie gesehen hat, wie ich in Saschas Eingeweiden wühle."

Schon bei diesem Satz wurde Jenny noch ein wenig blasser. Es war ihr offensichtlich peinlich. „Entschuldige, Sarah, aber mir ist so schlecht geworden, ich musste ganz dringend weggehen. Ich tauge wirklich nicht als Hilfe. Ich habe mir ständig vorgestellt, was wäre, wenn Lavinia krank werden würde. Sie könnte sich nicht auf mich verlassen …"

Sarah grinste Jenny tröstend an. „Dafür kannst du doch nichts. Keine Sorge, ich würde mich um Lavinia kümmern!"

Dr. Wiegand mischte sich ein. „Aber jetzt kümmerst du dich erst mal weiter um Sascha. Du musst noch ein paar Runden weitergehen."

Sarah setzte sich sofort in Bewegung, aber sie rief Dr. Wiegand noch zu, dass es Sascha schon viel besser gehe.

Die schüttelte den Kopf. „Das stimmt leider nicht. Das ist nur das Schmerzmittel, das ich ihm gegeben habe. Deswegen kann er sich jetzt ein bisschen entspannen. Aber bei seiner Kolik ist damit in Wirklichkeit noch gar nichts besser."

Nachdem Sarah das Scheckpony zehn Minuten lang geführt hatte, hielt sie wieder bei Dr. Wiegand an. Die lauschte an seinem Bauch und schickte Jenny vorsorglich um die Ecke. „Ich untersuche Sascha noch einmal – da schaust du besser nicht zu!"

Sie tastete Sascha mit ernster Miene ab und schüttelte dann enttäuscht den Kopf.

„Es ist nicht besser geworden. Eher schlimmer, der Darm füllt sich immer mehr. Am liebsten würde ich ihn mit in die Klinik nehmen. Da hätte ich das Ganze einfach besser im Auge. Frau Andres ist wirklich nicht zu erreichen?"

Sarah spürte, wie der Kloß in ihrem Hals wuchs. Sascha musste in die Klinik? Sie riss sich mühsam zusammen. „Nein. Sie kommt erst in vier Wochen wieder."

Dr. Wiegand griff nach ihrem Handy. Sie wählte eine Nummer. Als sich am anderen Ende jemand meldete, hielt sie sich nicht mit einer langen Begrüßung auf. „Peter? Könntest du eben mit dem Hänger auf den Arnoldhof kommen? Wir haben hier eine schlimme Kolik und keine Transportmöglichkeit." Sie lauschte kurz in den Hörer und sagte dann: „Zehn Minuten? Wunderbar. Wir warten auf dich." Sie legte auf und griff nach Saschas Halfter. „So, ich nehme ihn dann zur Sicherheit mit. In der Klinik kann ich mehr für Sascha tun. Und bis dahin sollte der Kleine sich weiter bewegen. Nicht, dass uns sein Kreislauf jetzt noch zusammenbricht." Entschlossen marschierte sie mit dem Pony los.

Sarah lief nebenher. „Wieso sollte der Kreislauf zusammenbrechen? Was passiert dann? Und was hat das mit seinem Bauchweh zu tun?"

„Wenn die Kolik zu lange dauert, wird es Sascha schwindlig. Das Blut kreist nicht mehr ordentlich. Wenn wir Pech haben, legt er sich dann hin und hat nicht mehr die Kraft zum Aufstehen. Solange er laufen muss, kann das nicht passieren."

Sarah dachte nach. „Darf ich Sie etwas fragen?"

Dr. Wiegand nickte. „Sicher. Was gibt es?"

„Woher hat Sascha diese Verstopfung? Er kriegt doch jeden Tag das Gleiche zu fressen! Da kann doch gar nichts passieren!"

Dr. Wiegand ging ein paar Schritte, bevor sie antwortete. „So leicht lässt sich das nicht sagen. Es kann sein, dass sich allmählich doch sein Alter bemerkbar macht. Jetzt im Sommer läuft seine Verdauung nicht mehr so rund und plötzlich legt der Darm eine kleine Pause ein. Leider kommt gerade dann eine Portion Heu, die nicht mehr weitertransportiert wird. Und so fängt der Ärger an. Es kann aber auch sein, dass ihm irgendjemand etwas zugesteckt hat, das er nicht verträgt. Ein schimmliger Apfel kann da schon reichen, der Darm von Pferden ist sehr empfindlich. Es gibt auch Wetterlagen, die wir Tierärzte Kolikwetter nennen. Das kann z. B. ein plötzlicher Wetterumschwung sein oder wenn es sehr schwül ist." Dr. Wiegand sah kurz zum Himmel hinauf. „Heute ist aber einfach nur ein schöner Sommertag. Kein Kolikwetter. Wahrscheinlich hat er etwas Falsches gefressen."

„Aber Pferde haben doch einen Instinkt. Der müsste ihnen doch sagen, dass ein schimmliger Apfel schlecht für sie ist."

Dr. Wiegand lächelte Sarah an. „Unglücklicherweise funktioniert der nicht mehr so gut. Früher haben die Fohlen solche Dinge von ihren Müttern gelernt, heute wachsen sie sehr behütet auf, sie lernen also nicht mehr, dass manche Sachen nicht gut für sie sind. Außerdem sind die meisten Ponys unglaublich verfressen."

Sarah wollte schon die nächste Frage stellen – es war alles so spannend, noch nie hatte sie sich mit einer Tierärztin unterhalten. Kein Wunder: Sascha war bisher gesund gewesen und bei seinen Impfungen war immer Frau Andres dabei.

In dieser Sekunde kam ein Geländewagen mit einem schwarzen Hänger auf den Hof gefahren. Am Steuer saß ein älterer Mann mit kurzen grauen Haaren und einer großen Sonnenbrille. Die nahm er auch nicht ab, als er ausstieg und Dr. Wiegand mit einem kurzen Kopfnicken begrüßte. Er deutete auf Sascha ohne auf Sarah zu achten. „Dieses Pony?"

Dr. Wiegand stellte ihn vor. „Sarah, das ist Peter. Er arbeitet bei uns als Pfleger. Peter fährt deinen Sascha in die Klinik."

Noch während sie redete, hatte Peter mit einer Art

Gruß seine Hand gehoben und machte sich jetzt an der Heckklappe des Hängers zu schaffen.

„Lässt der sich gut verladen?“, rief er von hinten.

Sarah zuckte mit den Schultern und sah Jenny Hilfe suchend an. Die hob abwehrend beide Hände. „Keine Ahnung, ehrlich! Das letzte Turnier von Sascha ist bestimmt vier oder fünf Jahre her. Da war ich noch nicht hier auf dem Arnoldhof.“

Dr. Wiegand ließ sich auch dadurch nicht aus der Ruhe bringen. „Kein Problem. Wir probieren aus, was er zum Verladen sagt. Sarah, nimm seinen Führstrick und geh in den Hänger. Dreh dich nicht um. Er soll dir folgen, so als ob es in die Box geht.“

Sarah nahm den Strick und lief mit Sascha um den Hänger herum. Sie ging entschlossen auf die Rampe und hörte hinter sich die Hufe von Sascha auf dem Holz klappern. Dann polterte er hinter ihr in den Hänger hinein. Peter schloss die Klappe und murmelte anerkennend etwas über gut erzogene Ponys.

Sarah kletterte aus der vorderen Tür wieder aus dem Hänger heraus.

Dr. Wiegand stieg in ihr Auto, ebenso wie Peter, der schon den Motor anließ.

Sarah rannte zu Dr. Wiegand hinüber. „Kann ich mitkommen? Ich meine … immerhin ist Sascha mein Pflegepony, ich bin für ihn verantwortlich und ich kann ihn doch nicht völlig alleine in die Klinik fahren lassen, oder?“

Dr. Wiegand deutete auf die Beifahrertür. „Steig ein, es ist ja nicht weit. Aber sag wenigstens deinen Eltern, wo du steckst. Du hast ja ein Handy, oder?"

Sarah nickte eifrig. „Das kann Jenny für mich erledigen!" Sie drehte sich um und rief ihrer Freundin zu: „Rufst du meine Eltern an? Ist echt ein Notfall und die wissen ja, wo die Klinik ist. Bist ein Schatz! Ich ruf dich nachher an."

Ohne auf die Antwort zu warten, schlug sie die Tür hinter sich zu. Dr. Wiegand gab Gas und folgte dem Hänger vom Hof.

4 Nach wenigen Minuten erreichten sie die Klinik. Sarah schaute sich neugierig um. Eigentlich sah es hier aus wie auf jedem anderen Pferdehof. Es gab einen kleinen Stall, aus dessen Fenstern ein paar Pferde neugierig mit gespitzten Ohren zu dem Hänger hinüberblickten. Peter hatte schon die Klappe geöffnet und Sascha stapfte rückwärts hinaus.

Dr. Wiegand stieg aus dem Auto und erklärte: „Peter bringt Sascha jetzt in eine Box, damit er sich nach dem Transport wieder beruhigen kann. Dann untersuche ich ihn noch einmal und hänge eine Infusion an. Vielleicht kriegen wir die Kolik ja so in den Griff. Komm mit, dann können wir Sascha anmelden!“

Damit verschwand Dr. Wiegand hinter einer Tür. Sarah folgte ihr. Sie kam in ein kleines Empfangszimmer. Eine kräftige Frau mit Pferdeschwanz lächelte sie freundlich an.

„Hast du den Pferdepass von Sascha dabei?“

Sarah schüttelte erschrocken den Kopf. „Pferdepass?“ Sie war sich nicht einmal sicher, ob Sascha so etwas hatte. Brauchten das wirklich alle Pferde?

Die Frau blieb freundlich. „Jedes Pferd oder Pony hat so einen Ausweis. Da stehen alle Impfungen drin, der Besitzer, wie es aussieht, seine Abstammung – ich bin mir sicher, dass dein Sascha einen Pass hat."

Sarah sah sie ratlos an. Sollte Sascha so etwas besitzen, dann hatte sie es noch nie gesehen. Sie schluckte. „Den hat vielleicht die Besitzerin von Sascha, er ist nur mein Pflegepony. Können Sie ihn jetzt nicht behandeln?"

Die Frau lächelte Sarah beruhigend an. „Das ist erst mal nicht so schlimm. Dr. Wiegand behandelt Sascha seit Jahren. Wir wissen, dass Sascha regelmäßig geimpft worden ist. Den Pferdepass kannst du nachreichen. Füllst du das hier bitte aus?"

Damit reichte sie ihr ein Formular und einen Stift über den Tisch. Alter, Name, Geschlecht … Sarah trug alles eifrig ein.

Als sie fertig war, sah sie sich neugierig um. In dem Empfangsraum hingen eine Unmenge gerahmte Fotos an der Wand. Da waren Springpferde, Islandponys, Dressurpferde, Fohlen mit ihren Müttern, Westernpferde und struppige Tinkerponys. Auf den meisten stand eine handschriftliche Bemerkung. Sarah ging näher heran.

„Vielen Dank für die Betreuung!" „Jetzt haben wir wieder Flügel – Danke!" „Danke für eine tolle Geburtshilfe!" Sarah konnte sich nicht sattsehen. Jedes dieser Bilder erzählte eine Geschichte.

Da tauchte Dr. Wiegand wieder in der Tür auf. Sarah hatte sofort ein schlechtes Gewissen. Sie hatte tatsächlich ein paar Minuten nicht an Sascha gedacht.

Die Ärztin sah besorgt aus. „Ich habe Sascha noch einmal untersucht. Es wird einfach nicht besser, der Darm ist so stark gefüllt, dass ich fürchte, er könnte platzen." Sie zögerte kurz, bevor sie weiterredete. „Ich muss ihn eigentlich operieren. Nur dann kann ich sehen, was da wirklich los ist. Aber dafür brauche ich die Genehmigung der Besitzerin. So eine OP ist teuer, Sascha ist schon sechzehn Jahre alt, vielleicht möchte Frau Andres kein Geld mehr in das Pony investieren."

Sarah konnte nicht glauben, was sie da hörte. Es ging schließlich um Saschas Leben, da durfte Geld doch wirklich keine Rolle spielen. Und was sollte das mit seinem Alter. Sascha war topfit!

„Ich bin mir sicher, dass Frau Andres ihn operieren lassen würde", rief sie aus.

Dr. Wiegand nickte. „Das glaube ich ja auch. Noch lieber wäre es mir allerdings, wenn ich das von Frau Andres selber hören könnte."

Fieberhaft suchte Sarah nach einer Lösung. „Kann ich die Operation nicht irgendwie selber bezahlen?"

Dr. Wiegand lächelte ein wenig und schüttelte den Kopf. „Dafür wird dein Sparschwein kaum reichen. So was kostet über tausend Euro."

Sarah machte große Augen. So teuer?

„Aber wir können jetzt doch nicht einfach nichts machen!", rief sie. „Wenn Frau Andres hier wäre, würde sie sicher wollen, dass Sascha operiert wird."

Dr. Wiegand nickte. „Da habe ich keine Zweifel. Aber es gibt Vorschriften. Ich kann nicht jedem Pferd den Bauch aufschneiden, bloß weil ich es für richtig halte …" Sie sah nachdenklich vor sich hin.

In Sarahs Kopf arbeitete es auf Hochtouren. Und dann kam ihr plötzlich eine Idee.

„Es sind doch Sommerferien! Könnte ich nicht hier in der Klinik für die Operation arbeiten? Ich kann ausmisten, das Büro putzen oder die Pferde während einer Untersuchung halten!"

Dr. Wiegand sah Sarah überrascht an und schwieg einen Moment. Endlich fing sie an zu lächeln und nickte langsam. „So könnte es gehen. Wie alt bist du denn?"

„Vierzehn. Aber ich werde im Oktober fünfzehn!"

Die Tierärztin wechselte einen Blick mit der Frau hinter dem Schreibtisch. Dann gab sie zögernd nach. „Natürlich müssten deine Eltern ihre Genehmigung geben …"

Sarah unterbrach die Tierärztin aufgeregt. „Das tun sie sicher! Sie können mir doch nicht verbieten, in meinen Ferien zu arbeiten!"

„Du solltest sie trotzdem anrufen. Ohne ihr Einverständnis klappt das nicht." Sie deutete auf das Telefon. „Es ist ja nur ein kurzer Anruf. Du kannst deine Eltern nicht heute Abend vor vollendete Tatsachen stellen."

Sarah wählte mit fliegenden Fingern die Nummer

ihrer Eltern. Sie hörte, wie es am anderen Ende läutete, dann die vertraute Stimme ihrer Mutter.

„Stürmer. Guten Tag!"

Sarah bekam vor Aufregung fast keine Luft. „Mama, ich bin's, Sarah."

Die Stimme ihrer Mutter wurde sofort besorgt. „Schatz, ich habe gerade schon von Jenny gehört, was passiert ist. Soll ich dich von der Klinik abholen? Wie geht es dem Pony denn?"

Sarah rollte kurz mit den Augen. Ihre Mutter würde sich nie dazu durchringen können, von Sascha zu sprechen. Bei ihr war es immer nur „das Pony". Das war jetzt aber nebensächlich.

„Mama, Sascha muss operiert werden. Ich ..."

„Du arme Kleine. Ich bin gleich bei dir, ja?"

Sarah musste sich beherrschen, damit sie ruhig blieb. Warum tat ihre Mutter immer so, als wäre Sarah etwas passiert – dabei war es doch Sascha, der eine Operation brauchte!

„Nein, Mama. Du musst nicht kommen. Aber ... Frau Andres ist doch nicht da und Saschas Operation muss jemand bezahlen und ich könnte hier in der Klinik dafür arbeiten und ..." Sarah verhaspelte sich. Sie wusste, sie hatte in ihrem Leben schon mal überzeugender geklungen.

Die Stimme ihrer Mutter wurde strenger. „Du kannst doch nicht für die Operation von einem Pony arbeiten, das dir nicht einmal gehört! Und überhaupt:

Du bist noch viel zu jung zum Arbeiten. Ich komme jetzt vorbei. Keine Widerrede!“

Und damit legte Sarahs Mutter auf.

Dr. Wiegand sah sie ernst an. „Was hat deine Mutter denn gesagt?“

Sarah biss sich auf die Lippen. „Sie will vorbeikommen“, flüsterte sie. „Wenn sie hier ist, dann kann ich sie sicher überzeugen. Ganz bestimmt.“

Dr. Wiegand legte ihr beruhigend die Hand auf die Schulter. „Und wenn nicht, dann finden wir noch eine andere Lösung. Keine Angst, so einfach gebe ich den kleinen Sascha nicht auf.“

Nur wenige Minuten später hielt das Auto der Stürmers vor der Klinik. Sarahs Mutter begrüßte Dr. Wiegand mit den Worten: „Sie wollen also, dass meine Tochter für Sie arbeitet?“

Sarah zuckte zusammen. So konnte man die Tierärztin doch nicht ankeifen!

Die Tierärztin lächelte Sarahs Mutter trotzdem gelassen an. „Setzen Sie sich doch!“ Sie wandte sich an die Frau am Empfang. „Elsa, hast du noch einen Kaffee?“

Während Sarahs Mutter sich widerstrebend niederließ und eine Tasse Kaffee bekam, erläuterte Dr. Wiegand das Problem. Sie schloss mit den Worten: „… es schien mir eine gute Idee, dass Sarah in den nächsten Wochen die Operation abarbeitet. So kann sie sich auch immer um Sascha kümmern.“

Frau Stürmer schüttelte entschlossen den Kopf. „Sie soll sich in den Ferien doch erholen!"

Sarah mischte sich wieder ein. „Keine Angst, Mama. Ich kann mich doch auch erholen, wenn ich mich um Sascha kümmere und hier arbeite …"

Frau Stürmer sah ihre Tochter mit diesem erwachsenen Kind-du-hast-ja-keine-Ahnung-Blick an. „Da sieht man, dass du noch nie gearbeitet hast. Dabei erholt man sich nicht! Dein Vater hat seine Ferien dringend nötig …"

Sarah konnte sich nicht mehr beherrschen. „Ja, aber ich fahre dieses Jahr doch sowieso nicht mit in den Urlaub. Ich habe Frau Andres versprochen, dass ich mich um Sascha kümmere. Das kann ich am besten, wenn ich hier in der Klinik bin. Ihr sagt doch immer, dass man Versprechen halten muss, auch wenn es schwer fällt!"

Frau Stürmer sah ihre Tochter überrascht an. Dann wandte sie sich wieder an Dr. Wiegand.

„Kann ich einen Moment ungestört mit Ihnen sprechen?"

Die Tierärztin deutete auf eine Tür, auf der „Labor" stand. „Sicher. Kommen Sie doch mit."

Damit verschwanden Sarahs Mutter und die Tierärztin hinter der Tür. Sarah konnte es nicht glauben. Es ging um Saschas Leben und ihre Mutter stellte sich quer!

Verzweifelt sah sie die ältere Frau am Empfang an.

„Meine Mutter kann mir doch nicht verbieten, Sascha zu retten." Sarah zögerte. „Oder doch?"

Elsa sah Sarah mitleidig an. Dann stand sie auf, kam um den Tisch herum und legte ihre Hand auf Sarahs Rücken. „Mach dir mal keine Gedanken. Wir finden schon einen Ausweg für deinen kleinen Sascha. Komm, wir gehen mal zu ihm."

Sie waren noch nicht an der Tür, als das Telefon schrillte. Elsa ging an den Apparat und bedeutete Sarah mit der freien Hand, dass sie einfach alleine in den Klinikstall gehen sollte.

Sarah drückte die Tür auf und stand plötzlich in der Stallgasse. In der zweiten Box auf der rechten Seite fand sie Sascha, der am Gitter angebunden war. Eine Infusion führte in seinen Hals, eine klare Flüssigkeit tropfte in seine Vene. Der kleine Wallach hatte weit geblähte Nüstern und hielt seine Augen halb geschlossen. Sarah schob sich vorsichtig in seine Box und legte ihre Hand auf sein feuchtwarmes Fell. Er ließ mit keiner Bewegung erkennen, dass er sie überhaupt bemerkte.

„Ich passe auf dich auf", flüsterte sie leise. „Du wirst wieder ganz gesund, das verspreche ich dir. Und wenn ich dafür den ganzen Rest des Sommers Ställe ausmisten muss!"

Sascha hielt seine Augen weiter geschlossen und rührte sich nicht. Es ging ihm wirklich nicht gut. Um das zu merken, musste man kein Tierarzt sein. Sarah hörte nicht auf, ihn zu streicheln. Gleichzeitig fiel ihr Blick in die Nachbarbox.

Ein großes schwarzes Pferd sah sie aus seinen dunklen Augen hellwach an. Es sah nur wirklich nicht krank aus. Was dem wohl fehlte?

Noch bevor sie weiter darüber nachdenken konnte, hörte sie, wie die Tür zum Stall wieder aufging. Dr. Wiegand und ihre Mutter traten an Saschas Box.

Die Tierärztin lächelte Sarah beruhigend an. „Ich werde Sascha jetzt operieren. Ob das mit deiner Arbeit hier wirklich klappt, müssen dann deine Eltern entscheiden. Aber jetzt sollten wir uns erst mal um den Kleinen hier kümmern."

Frau Stürmer nickte zur Bekräftigung. „Ich muss das auf jeden Fall mit deinem Vater besprechen. Jetzt fahren wir erst mal nach Hause! Es wird Zeit, dass du etwas zu essen kriegst."

Sarah biss sich auf die Lippen. Dann platzte es aus ihr heraus. „Aber ich kann doch Sascha jetzt nicht alleine lassen und in aller Seelenruhe essen. Kannst du mich nicht heute Abend abholen?"

Einen Moment lang versteinerte sich das Gesicht ihrer Mutter. Dann rang sie sich zu einem Lächeln durch. „Okay, mein Schatz. Ruf an, wenn ich dich holen soll. Dann reden wir über alles!" Damit zückte ihre Mutter den Autoschlüssel wie eine Waffe und verschwand.

„Gut." Dr. Wiegand wandte sich wieder um. „Wir

müssen Sascha jetzt schnell für die Operation fertig machen. Willst du bei Elsa warten?"

Sarah schüttelte sofort den Kopf. „Nein. Darf ich nicht zusehen? Wenn ich in den nächsten Wochen hier arbeiten will, dann muss ich doch wissen, was bei einer Operation passiert."

Die Tierärztin sah Sarah zweifelnd an. „Du bist vielleicht nicht so empfindlich wie deine Freundin. Aber es ist wirklich kein schöner Anblick, wenn ein Pony operiert wird. Willst du dir das antun?"

Sarah nickte eifrig und Dr. Wiegand zuckte mit den Schultern. „Du kannst bei der Vorbereitung dabei sein, aber nicht im Operationssaal. Jetzt komm, wir müssen uns beeilen, damit es nicht zu spät für Sascha ist."

Saschas Ohren hingen zur Seite.

„Wir haben ihm ein Beruhigungsmittel gegeben", erklärte die Tierärztin. „Jetzt bringen wir ihn in eine weich gepolsterte Box, in der wir ihn in Narkose legen."

Peter, der vorher den Hänger gefahren hatte, befestigte einen Führstrick an Saschas Halfter. Das Pony machte einen unsicheren Schritt nach vorne. Es schwankte. Sarah erschrak. Passierte jetzt die Sache mit dem Kreislauf, die Dr. Wiegand ihr vorhin erklärt hatte? Schnell sah sie zu der Ärztin hinüber. „Warum schwankt er so?"

Dr. Wiegand blieb gelassen. „Du nimmst jetzt seine

Schweifrübe und hängst dich mit deinem Gewicht daran. Dann kann er sicherer gehen. Das Schwanken hat nichts mit der Kolik zu tun – das ist nur die Wirkung von dem Beruhigungsmittel. Das ist wirklich stark!"

Sarah griff in den dicken, schwarzen Schweif und zog an der Schweifrübe, während Sascha zögernd einen Schritt vor den anderen setzte.

In einer grün gestrichenen fensterlosen Box setzte Dr. Wiegand eine kleine Spritze an die Kanüle in Saschas Hals. „Das Narkosemittel", erklärte sie dabei.

Der kleine braune Wallach brach keine Sekunde später zusammen, als sei er plötzlich vom Schlag getroffen worden.

Sarah holte erschrocken Luft. War das normal? Aber alle anderen schienen bis jetzt nichts ungewöhnlich zu finden.

Kaum lag Sascha reglos auf der Seite, legte der Pfleger ihm weiche Stoffschlingen um die Beine. In diese Schlinge hängte er Ketten ein, die an einem Motor an der Decke befestigt waren. Erst jetzt fielen Sarah die Schienen an der Decke auf. Sie führten in den Operationsraum. Ein Motor surrte und Sascha schwebte an den Beinen hängend an der Decke. So wehrlos hatte sie ihr Pony noch nie gesehen! Sarah traten jetzt doch die Tränen in die Augen.

Peter trug Saschas Kopf, als das Pony an der Schiene in den Operationsraum transportiert wurde. Vorsichtig legte er den Kopf auf dem Operationstisch ab und streichelte Sascha ein wenig den Hals.

Sarah sah ihn fragend an. „Kann er das jetzt überhaupt noch spüren?"

Peter nickte nur knapp und hörte auf, Sascha zu streicheln. Er griff nach den Beinen, die er jetzt an den Ständern festband, die sich rund um den Operationstisch befanden. Dann rasierte er dem Pony mit schnellen, geschickten Bewegungen ein großes Stück Fell vom Bauch weg. Gleichzeitig hängte Dr. Wiegand eine Infusion über dem Operationstisch auf und schob Sascha einen Luftschlauch zwischen die Zähne. Dann sah sie Sarah überrascht an.

„Habe ich nicht gesagt, dass du nicht mit in den Operationssaal kannst?"

Sarah lächelte verlegen. „Ich dachte, ich muss erst raus, wenn Sie anfangen zu operieren ..."

Dr. Wiegand schüttelte streng den Kopf. „Geh zu Elsa. Wir kümmern uns um deinen Sascha, du kannst uns jetzt nicht mehr helfen!"

Sarah verließ den OP-Saal nur widerstrebend. Zu gerne hätte sie gesehen, was jetzt mit Sascha geschah.

Sie ging wieder in das Empfangszimmer mit den vielen Pferdebildern. Die Frau mit dem Pferdeschwanz sah Sarah mitfühlend an. „Möchtest du irgendetwas trinken?"

Sarah schüttelte den Kopf und sah weiter die Bilder an der Wand an. Trotzdem musste sie die ganze Zeit an Sascha denken, der so wehrlos auf dem OP-Tisch lag. Dabei war sie doch erst gestern mit ihm gesprungen. Sie würde alles dafür geben, wenn sie nur einmal noch mit ihm durch den Wald galoppieren konnte. Sarah merkte nicht, dass ihr die Tränen über das Gesicht liefen, während sie die Fotos von den ehemaligen Patienten der Marienwaldklinik ansah. Plötzlich legte sich ein Arm um sie. Elsa drückte ihr eine Tasse Kakao in die Hand.

„Soll ich dir vielleicht ein bisschen die Klinik zeigen? Schließlich willst du hier den Rest deiner Sommerferien verbringen." Elsa lächelte Sarah aufmunternd an. „Und es wird dich ein bisschen ablenken. So eine Operation kann dauern."

Sarah nickte und wischte verschämt die Tränen weg. So konnte sie Sascha auch nicht helfen.

Elsa führte sie wieder durch das Labor in die Stallgasse. An jeder Box war eine Tafel angebracht, auf der der Name des vierbeinigen Patienten stand. Neugierig schaute Sarah in die erste Box, auf deren Tür „Angel" stand. In der Ecke stand eine magere schwarzbraune Stute. Ein Hinterbein war dick mit einer weißen Bandage umwickelt. Sarah sah Elsa fragend an. „Was hat sie denn?"

Elsa machte ein besorgtes Gesicht, während sie erklärte: „Angel ist ein Dauergast bei uns. Sie hat eine entzündete Wunde am Hinterbein und spricht auf kein Medikament an. Sie hat seit Wochen Fieber und es sieht so aus, als hätte sie jede Lebenslust verloren. Und die können wir ihr leider auch nicht mit einer Spritze geben, die muss von selbst kommen."

Elsa wandte sich von der dösenden Stute ab und ging zur nächsten Box. Hier stand der bildhübsche Rappe, der Sarah vorher schon aufgefallen war. Er sah aufmerksam zwischen den Stäben hervor. Auf den ersten Blick war nicht zu erkennen, dass ihm etwas fehlte. Sarah sah auf das Schild. „Zodiac". Diesmal musste sie Elsa gar nicht mehr fragen, sie fing von selbst an zu erzählen. „Der hier ist ein echter Schatz! Wenn nur mehr Pferde so wie der wären! Gut erzogen und freundlich, das sind unsere liebsten Patienten. Er ist hier, damit Bettina ihn gründlicher untersuchen kann. Er buckelt beim Reiten immer wieder urplötzlich los, ohne irgendeinen Grund."

Sarah konnte ihre Neugier nicht bezähmen. „Und? Warum macht er das?"

Elsa zuckte mit den Schultern. „Keine Ahnung. Bettina wird es schon herausfinden. Sie wollte ihn gerade untersuchen, als du angerufen hast. Da hat sie natürlich alles stehen und liegen lassen. Zodiac schwebt wirklich nicht in Lebensgefahr."

Sascha! Sarah hatte ihn beim Anblick der anderen Pferde für einen Moment vergessen. Schuldbewusst hörte sie auf, Zodiac zu streicheln.

„Können wir nicht sehen, wie es Sascha inzwischen geht? Dauert das nicht schon viel zu lange?"

Elsa sah auf die Uhr und runzelte die Stirn. „Pass auf, ich werde kurz hineingehen und schauen, wie es deinem Pony geht. Du setzt dich in der Zeit bitte wieder in das Empfangszimmer."

Damit verschwand Elsa hinter der OP-Tür. Sarah ging ins Empfangszimmer und versuchte sich mit einer der Zeitschriften, die auf dem kleinen Tischchen lagen, abzulenken. Sie starrte auf einen Artikel über die Vorteile eines neuen Medikaments gegen Pferdehusten, ohne auch nur eine Zeile zu begreifen.

Es erschien ihr wie eine Ewigkeit, bis Elsa zurückkam.

„Mach dir keine Sorgen. Bettina näht gerade die Wunde wieder zu, dann wird Sascha in die Aufwachbox gebracht. Da kannst du ihn dann auch wieder sehen."

Elsa hatte nicht zu viel versprochen. Nur ein paar Minuten später erschien Dr. Wiegand im Empfang. Sie trug noch ihre blaue Operationskleidung, auf der Sarah zu ihrem Entsetzen Blutspritzer bemerkte. Aber sie schien zufrieden zu sein.

„Die Operation ist gut verlaufen. Wir hätten wirklich nicht mehr warten dürfen, der Darm war schon so dick wie der Oberschenkel von einem ausgewachsenen Mann. Das wäre von selber sicher nicht mehr verschwunden. Jetzt muss Sascha nur noch gut wieder auf die Beine kommen, dann haben wir das Schlimmste überstanden."

„Ist das gefährlich?“ Sarahs Stimme zitterte schon wieder verdächtig.

Dr. Wiegand bemühte sich, sie zu beruhigen.

„Es ist ein Risiko. Ponys sind leider oft nicht vernünftig und bleiben liegen, bis sie richtig aufgewacht sind. Sie sind Fluchttiere, die sich bedroht fühlen, wenn sie nicht aufstehen können. Nach einer Operation ist dieser Instinkt unser größtes Problem. Es kann immer sein, dass ein Pony versucht, zu früh wieder auf die Beine zu kommen, und noch einmal hinfällt. Aber dafür haben wir eine ganz weich gepolsterte Aufwachbox. Komm, ich zeige sie dir.“

Sie führte Sarah in den Stallgang und dort zu einem Sehschlitz, der in eine Tür eingelassen war. Jenny sah in einen fensterlosen, winzigen Raum. Sascha lag reglos auf der Seite, es war zu dunkel, um die Naht an seinem Bauch zu sehen.

„Was hat er denn da am Kopf?“, fragte sie leise flüsternd, so als hätte sie Angst, das schlafende Pony zu wecken.

Dr. Wiegand antwortete mit ebenso gedämpfter Stimme: „Das ist eine Art Helm. So kann er sich am Kopf nicht wehtun, wenn er noch mal hinfällt. Den nehmen wir ihm ab, sobald er sicher steht.“

Plötzlich seufzte Sascha ein paar Mal tief auf und hob ein wenig seinen Kopf an. So verharrte er einige Augenblicke, dann zog er die Hinterbeine unter seinen Körper und schaffte es, sich auf den Bauch zu rollen. Er blieb einige Minuten lang reglos liegen, den Kopf schwer auf den Boden gestützt.

„Das ist gut so“, erklärte die Tierärztin leise. „Manche Pferde geraten jetzt in Panik, aber Sascha wartet ab, bis er genug Kraft hat.“

Das Pony hob plötzlich seinen Kopf, stellte die Vorderbeine auf und stemmte sich mit einem einzigen Ruck auf alle vier Beine. So blieb er stehen, die Beine weit gespreizt und den Kopf hängend – aber er stand. Schwankend, aber sicher.

Erst jetzt merkte Sarah, wie auch die Tierärztin neben ihr kräftig ausatmete.

„Jetzt musst du dir keine Sorgen mehr machen. Er steht!“, stellte sie fest, drehte sich um und verschwand im Labor. Sarah blieb an den Sehschlitz gepresst stehen und sah weiter zu, wie das Leben wieder in ihr Pony zurückkehrte. Sie fuhr erst herum, als sie hinter sich die vertrauten Schritte ihres Vaters hörte.

Ohne ein Wort drehte sie sich um und ließ sich von ihm in die Arme nehmen. Ihr Vater streichelte ihr über den Rücken, bis sie sich wieder beruhigt hatte. Schließlich fragte er mitfühlend: „Wie geht es Sascha denn inzwischen?“

Sarah schniefte und deutete auf den Schlitz. Obwohl ihr noch immer die Tränen über das Gesicht liefen, lächelte sie. „Schau selber, Papa. Sascha steht schon wieder!“

Ihr Vater spähte in die Aufwachbox. Sascha stand

immer noch reichlich unsicher. Aber er war nicht wieder hingefallen.

„Das freut mich. Was ist denn heute passiert? Deine Mutter konnte mir gar nicht genau erklären, was Sascha eigentlich fehlt.“

So schnell es ging, berichtete Sarah von ihrem Tag. Ihr Vater reagierte erst, als sie erzählte, wie sie ihre Arbeit für die Operation angeboten hatte.

„Das willst du wirklich tun?“, fragte er.

Sarah nickte. „Aber du musst natürlich noch zustimmen. Aber das ist doch kein Problem, oder? Andere Mädchen arbeiten auch, Jenny trägt zum Beispiel Zeitschriften aus …“

Thomas Stürmer hob die Hand, um den Wortschwall seiner Tochter zu bremsen.

„Das müssen wir heute Abend in aller Ruhe besprechen. Aber ich glaube kaum, dass wir etwas dagegen haben können, dass du für dein Pony arbeitest. Wir müssen uns natürlich noch mit Dr. Wiegand unterhalten, damit es nicht zu viel für dich wird.“

„Das wird es nicht!“, ertönte die energische Stimme von Dr. Wiegand.

Sarah fuhr herum. Sie hatte keine Ahnung, wie lange die Tierärztin dem Gespräch schon zugehört hatte.

Dr. Wiegand ergriff ohne zu zögern die Hand ihres Vaters. „Ich darf Ihnen zu Ihrer Tochter gratulieren. Nicht viele Mädchen sind so vernünftig. Und das ganz ohne Hilfe von Erwachsenen und ohne irgendeine

Erfahrung mit kranken Pferden! So ein Mädchen lasse ich gerne in meiner Klinik arbeiten. Das habe ich vorher schon Ihrer Frau erklärt."

Sarahs Vater schien noch nicht völlig überzeugt zu sein. „Wird das wirklich nicht zu viel für Sarah? Die Arbeit hier ist doch sicher auch körperlich sehr anstrengend."

Dr. Wiegand musterte das zierliche rothaarige Mädchen. Dann schüttelte sie bestimmt den Kopf. „Wie alt ist sie? Vierzehn? Keine Sorge, sie muss bei uns nicht schwer heben. Dafür habe ich einen Pfleger. Ich werde sie schon nicht überlasten. Jetzt am Anfang kann sie hauptsächlich die Pflege von Sascha übernehmen. Es tut den Tieren gut, wenn sich eine vertraute Person um sie kümmert. Das wird häufig unterschätzt. Und dann werden wir weitersehen." Die Tierärztin spähte durch den Sehschlitz zu Sascha in die Aufwachbox. Offensichtlich war sie zufrieden mit dem, was sie sah.

„Jetzt können wir Sascha in seine eigene Box bringen. Er ist jetzt wach genug."

Damit öffnete sie die schwere Tür, die von innen weich gepolstert war, löste Saschas Kopfschutz und ließ ihn einfach auf den Boden fallen. Am Halfter führte sie den leicht wankenden und noch sehr unsicher laufenden Sascha in eine Box, die mit frischen, hellen Sägespänen eingestreut war. Diesmal hatte Sarah sofort nach dem Schweif gegriffen – Dr. Wiegand nickte anerkennend. „Er darf jetzt erst mal nichts fressen, deswegen die Sägespäne. Erst morgen gewöhnen wir ihn vorsichtig mit ein wenig Mash wieder ans Futter. Das kannst du ihm dann geben. Und jetzt lass Sascha ein bisschen in Ruhe. Das war ein schwerer Tag für ihn." Dr. Wiegand musterte Sarah und fuhr dann fort: „Und so wie du aussiehst, war es für dich auch nicht ganz einfach. Sei morgen um acht hier, dann zeige ich dir, was du tun musst. Und mach dir keine Sorgen: Ich wohne direkt über der Klinik, ich rufe dich an, wenn es Sascha schlechter gehen sollte."

Sarah nickte dankbar und verabschiedete sich von der Tierärztin. Draußen dämmerte es schon. Sarah sah zum Abendstern hoch. Ihr kam es so vor, als sei eine Ewigkeit vergangen, seit sie heute Morgen zum Stall geradelt war. Sie hatte ja nicht gewusst, welche Überraschungen ein Leben mit Pferd bieten konnte!

5 Beim verspäteten Abendessen waren Sarahs Ferienpläne natürlich das Thema Nummer eins. Helga Stürmer sah ihre Tochter prüfend an. „Arbeiten? Die ganzen Sommerferien? Bist du dir sicher, dass du das durchhältst? Und muss nicht eigentlich diese Frau Andres für die Kosten der Operation aufkommen? Immerhin gehört Sascha doch ihr!“

Sarah sah ihre Mutter über den Orangensaft hinweg an. Sie legte kurz ihren Toast weg und sah ihren Vater Hilfe suchend an. Der zuckte nur mit den Schultern.

„Mama, ich kann Frau Andres aber jetzt nicht erreichen. Und wenn Dr. Wiegand nicht operiert hätte, dann wäre Sascha jetzt schon tot. Und ich habe doch die Verantwortung für ihn. Du sagst doch immer, dass ich mich auch wirklich um die Dinge kümmern soll, die mir anvertraut werden.“

Helga Stürmer lachte. „Da dachte ich eigentlich mehr an dein Fahrrad, das du nie abschließt. Oder dein Handy, das du ständig irgendwo vergisst. Nicht an ein Pony …“

Sarah war froh, ihre Mutter wenigstens zum Lachen gebracht zu haben. Dann lehnte sie ihren Wunsch vielleicht doch nicht ab.

„Ein Pony ist doch viel wichtiger als so ein Handy oder ein Fahrrad. Es wiehert und lebt – da muss man sich noch viel mehr kümmern." Sarah sah ihre Eltern an. „Bitte, sagt Ja. Ich habe es doch versprochen, da kann ich jetzt doch nicht einfach einen Rückzieher machen. Man muss halten, was man verspricht! Das sagt ihr doch ständig."

Ihr Vater nickte und schob seinen Küchenstuhl zurück. „Von mir aus ist es in Ordnung. Aber ich fahre dich morgen früh in die Klinik und rede noch einmal mit dieser Tierärztin. Wenn ich irgendetwas finde, was da nicht passt, dann wirst du da nicht arbeiten!" Dann lächelte er. „Sie wirkt sehr nett, diese Dr. Wiegand. Wir können es ja wenigstens versuchen." Er sah zu seiner Frau hinüber, die immer noch nicht überzeugt zu sein schien. „Komm schon, Helga. So lernt Sarah das wirkliche Leben kennen. Vielleicht ist das gar keine schlechte Sache!"

In der Marienwaldklinik war es um kurz vor acht am nächsten Morgen noch ruhig. Sarahs Vater verschwand mit großen Schritten im Empfangszimmer, während Sarah sofort in den Stall lief, um nach Sascha zu sehen. Er stand ruhig in der Ecke seiner Box und döste. Bildete sie sich das ein – oder war er wirklich innerhalb von nur einem einzigen Tag so dürr geworden?

Während die anderen Pferde gemütlich ihr morgendliches Heu kauten, trug Sascha sogar einen Maulkorb. Sarah öffnete die Boxentür und ging zu ihm. Er stellte freundlich die Ohren auf, rührte sich aber keinen Zentimeter von der Stelle. Sarah massierte ihm die Ohren mit kleinen, kreisenden Bewegungen. Sie hatte irgendwo gelesen, dass das beruhigend auf Pferde wirken sollte. Sascha war sicher gestresst – die unbekannte Umgebung, neue Stallnachbarn und bestimmt schmerzte ihn auch noch die Narbe.

„Ich bin für dich da“, flüsterte sie in die Ponyohren. Sascha schien sich unter der Massage tatsächlich zu entspannen und drückte ihr vertrauensvoll die Schnauze in die Seite – so gut das eben mit einem Maulkorb ging. Wozu brauchte er den überhaupt? In seiner Box waren doch sowieso nur Sägespäne!

Sarah fing gerade an, die Schnallen zu lösen, als hinter ihr Peter auftauchte.

„Hat dir das irgendjemand erlaubt?“, fragte er unfreundlich.

Sarah bemühte sich, höflich zu bleiben. Der Typ war einfach unmöglich.

„Guten Morgen. Nein, das hat niemand. Aber in seiner Box ist doch sowieso nichts zu essen, da muss er doch nicht dieses unbequeme Ding tragen …“

Der Pfleger ließ sie nicht einmal ausreden. „Falsch gedacht, Fräulein. Der kleine Kerl hat heute Nacht Hunger bekommen und angefangen, seine Sägespäne zu fressen. Das ist immer gefährlich. So kurz nach einer Kolik-Operation ist es tödlich. Die Späne können in seinem Bauch aufquellen, dann wird die Naht an seinem Darm nicht halten. Leg ihm den Maulkorb wieder um!"

Mit diesem schroffen Befehl wandte er sich um und fing an die Stallgasse zu fegen. Bildete sich Sarah das ein – oder murmelte er wirklich etwas von „unnützer Göre"?

Kurz darauf tauchte Dr. Wiegand mit ihrem Vater im Schlepptau auf. Sie redete ruhig auf ihn ein.

„Sie sehen ja, die Klinik ist nicht allzu groß. Wie ich gestern schon gesagt habe: Es besteht keine Gefahr, dass Ihre Tochter sich bei uns überarbeitet. Es tut den Pferden gut, wenn man ihnen ein bisschen mehr Zeit widmet. Ich und mein Team, wir haben häufig zu wenig Zeit für Streicheleinheiten oder einen kleinen Spaziergang. Ich hoffe, dass ihre Tochter diesen Mangel in unserer Klinik ausgleichen kann. Außerdem wird in drei Wochen ein neuer Assistenzarzt hier bei uns anfangen, damit sind wir bei den schweren Arbeiten zusätzlich entlastet."

Thomas Stürmer nickte. „In Ordnung. Ich kann mich aber darauf verlassen, dass sie mich anrufen, wenn es Probleme gibt? Meine Tochter kann es sicher nicht abschätzen, wenn sie sich übernimmt. Sie hat ein ausgeprägtes Verantwortungsbewusstsein … Wo steckt sie überhaupt?"

Sarah kam hinter Sascha hervor. „Hier. Ich habe ihn nur ein wenig massiert. Es geht ihm wirklich nicht gut."

Ihr Vater strich ihr kurz über den Arm und reichte dann Dr. Wiegand zum Abschied die Hand. Sekunden später schlug vor dem Stall seine Autotür zu und er war weg.

Sarah sah die Tierärztin gespannt an. „Was kann ich tun?"

Dr. Wiegand bedeutete ihr zu folgen. „Ich zeige dir jetzt einmal die ganze Klinik. Ich weiß ja nicht, was Elsa dir gestern schon erzählt hat – ich fange also am besten von vorne an."

In der nächsten Stunde lernte Sarah alle Räume der Klinik kennen. Die Aufwachboxen, den Operationsraum, den Zwangsstand und die Waschbox. Außerdem die Röntgenapparate, das Gerät für den Ultraschall und in einem fensterlosen Raum ein riesiges Gerät, auf das die Tierärztin offensichtlich besonders stolz war.

„Mit diesem Computertomographen können wir uns endlich auch die Strukturen in den Weichteilen genau anschauen. Das ging bisher nicht, wir waren immer nur auf Ultraschall und Röntgen angewiesen, Dieser Tomograph hier liefert viel genauere Bilder. Leider passen nur Pferdebeine und -köpfe in den CT." Sie seufzte. „Aber das ist schon eine große Hilfe."

Sarah schwirrte bei den vielen Fachbegriffen bald

der Kopf – und sie verstand auch nur die Hälfte. Sie nahm sich fest vor, im Laufe der nächsten Tage zu fragen, was das alles bedeutete.

Weiter ging die Führung mit dem Laufband, den Koppeln, dem Misthaufen und schließlich dem Aufenthaltsraum für die Angestellten.

„Hier kochen wir abwechselnd Mittagessen“, erklärte Dr. Wiegand.

Sarah schluckte verlegen. „Ich kann nur Spaghetti!“, gestand sie.

Die Tierärztin nickte. „Dann gibt es in den nächsten Wochen eben einmal die Woche Spaghetti.“

Sie beendete die Führung vor der Tür zum Empfangszimmer.

„Elsa empfängt hier nicht nur die Besitzer unserer Patienten, sie kümmert sich auch um alle Termine, Rechnungen und tröstet wartende Pferdebesitzer – aber das hast du ja gestern selber erlebt. Mach dich gleich darauf gefasst, dass manche Pferdebesitzer etwas sonderbare Gesellen sind. Lass dir besser nicht anmerken, was du dann denkst … So, jetzt muss ich los. Ich habe heute einen vollen Terminkalender außerhalb der Klinik.“

Sarah konnte sich nicht zurückhalten. „Und wie geht es Sascha? Er wirkt so teilnahmslos – kann man nichts gegen seine Schmerzen machen?“

Bedauernd schüttelte Dr. Wiegand den Kopf. „So traurig das ist: Nein. Wenn wir ihm die Schmerzen nehmen würden, dann würde er sich bewegen und womöglich einen Bocksprung machen. In den ersten Tagen nach der Operation ist der Schmerz mein Verbündeter. Er sorgt dafür, dass Sascha sich nicht bewegen mag. Aber glaub mir: Ich würde auch besser schlafen, wenn er keine Schmerzen hätte. Aber es geht ihm ab heute mit jedem Tag besser, das wirst du merken!"

Sarah krampfte es das Herz zusammen. Ihr kleiner Sascha musste also leiden?

„Kann ich irgendetwas für ihn tun?"

Dr. Wiegand nickte. „Was du vorhin gemacht hast, war richtig. Streichle ihn, rede beruhigend auf ihn ein. Dann fühlt er sich nicht so verloren. Ich sehe heute Nachmittag noch einmal nach ihm."

Sie ergriff ihre große Tasche und den Terminkalender und verschwand.

6

Sarah blieb etwas ratlos in der Stallgasse zurück. Was sollte sie jetzt machen? Dr. Wiegand hatte ihr zwar die ganze Klinik gezeigt, ihr aber nicht genau gesagt, was sie jetzt tun sollte. Peter wollte sie nicht fragen, der traute ihr wahrscheinlich nicht einmal einen unfallfreien Gang zum Misthaufen zu.

Vielleicht konnte Elsa ihr ja helfen. Kurz entschlossen ging sie in das Empfangszimmer. Sie öffnete die Tür und blieb wie angewurzelt stehen. Statt der gemütlichen Elsa, die sie hinter dem Schreibtisch erwartet hatte, lümmelte da ein langhaariger Typ. Er hatte seine ausgelatschten Sneaker auf den Schreibtisch gelegt und telefonierte lautstark. Er ließ sich dabei von Sarah nicht stören. Auch nicht von der jungen Frau in Reithosen, die vor seinem Tisch stand und offensichtlich auf etwas wartete. Wenn Sarah ihren Gesichtsausdruck richtig deutete, dann wartete sie schon länger.

Unentschlossen sah sie den Typen an. Wer war das? Jetzt trompetete er immerhin einen Abschied in den Hörer.

„Ich komm dann heute Abend zu dir, dann können wir reden. Muss jetzt weiter! Ciao!"

Er legte auf und die Frau vor ihm legte los. „Ich habe meinen Jimmy dabei, soll ich ihn ausladen?"

Der Langhaarige zuckte mit den Schultern. „Keine Ahnung, ich arbeite hier nicht. Ich soll nur für meine Mutter die Stellung halten."

In der Sekunde klingelte schon wieder das Telefon. Er meldete sich geschäftsmäßig.

„Marienwaldklinik, was kann ich für Sie tun?"

Sarah sah ihn verdattert an. Elsas Sohn? Den richtigen Ton mit den Pferdebesitzern hatte er offensichtlich nicht drauf. Schüchtern machte sie einen Schritt nach vorne und lächelte die Frau an. „Kann ich Ihnen vielleicht einen Kaffee bringen, bis wir Ihnen sagen können, wo Sie Ihr Pferd hinbringen sollen?"

Die junge Frau nickte, offensichtlich erleichtert, dass sich endlich jemand um sie kümmerte. Sarah hatte vorhin die Kaffeemaschine im Labor gesehen und holte schnell eine Tasse. Milch und Zucker standen schon auf dem Tischchen parat. Nachdem sie den Kaffee abgestellt hatte, lief sie zurück in den Stall. Peter musste doch Bescheid wissen! Und wo steckte eigentlich Elsa?

Peter kehrte gerade die Stallgasse.

„Entschuldigen Sie", fragte Sarah schüchtern.

Peter kehrte ungerührt weiter. Sarah nahm ihren Mut zusammen und redete einfach drauflos. „Da ist eine Frau, die ihr Pferd dabei hat. Kann sie es ausladen?"

„Frag Elsa!“, muffelte Peter.
„Die ist im Moment nicht am Schreibtisch. Da ist nur …“
„Hat sie etwa wieder ihren unmöglichen Sohn bei uns ans Telefon gesetzt? Nicht zu fassen!“ Peter dachte kurz nach und redete dann weiter. „In Ordnung. Frag die Frau, warum sie zu uns gekommen ist. Wenn sie einen Termin hat, dann kann sie ihr Pferd vom Hänger abladen.“ Peter deutete auf eine offen stehende, leere Box. „Lass sie das Pferd in diese Box bringen.“
Sarah flitzte wieder zurück in den Empfang.
„Haben Sie einen Termin? Was fehlt Ihrem Pferd denn?“
Die Frau lächelte. „Ja, ich habe das mit Dr. Wiegand abgesprochen. Mein Jimmy lahmt seit Wochen, sie wollte sich das in aller Ruhe hier in der Klinik anschauen.“
Sarah nickte. „Dann können Sie gerne ausladen. Ich zeige Ihnen im Stall die Box für Jimmy.“ Sie zögerte. Konnte man ein Pferd eigentlich alleine ausladen? Wieder einmal hatte sie keine Ahnung. „Kommen Sie alleine zurecht?“, fragte sie schließlich.
Die Frau winkte ab. „Kein Problem. Mein Jimmy ist ganz brav.“
Damit verschwand sie, während Sarah in den Stall vorausging. Wenige Augenblicke später hörte sie schon Hufe klappern und die Frau kam mit einem fet-

ten Schimmel um die Ecke gebogen. Sarah zeigte ihr die freie Box. Jimmy betrat selbstbewusst sein neues Zuhause und machte sich sofort über das Stroh her.

Seine Besitzerin lachte. „Solange er etwas zu Essen findet, fühlt er sich überall wohl!"

Verlegen bot Sarah der Frau eine weitere Tasse Kaffee an.

Im Empfang telefonierte Elsas Sohn mit einer Anruferin, die offensichtlich einen medizinischen Rat verlangte – und einfach nicht einsehen wollte, dass er kein Arzt war. Zumindest klang es so am Telefon.

Sarah betrachtete ihn neugierig. Seine halblangen Haare waren so mausbraun wie die von Elsa, aber er sah schlank und durchtrainiert aus. Er trug eine schwarze Jeans und ein ebenso schwarzes T-Shirt. Sie schätzte ihn auf zwei Jahre älter als sich selber, war sich aber nicht sicher. Die Jungen, die so cool wirken wollten, konnte sie nur schwer schätzen. Vor allem war er ihr im Moment keine Hilfe. Was sollte sie nur mit Jimmys Besitzerin anstellen? Gerade als Sarah sich verzweifelt fragte, wo Elsa eigentlich steckte, flog die Tür auf und Elsa kam mit zwei schweren Einkaufstüten herein. Mit einem Blick erfasste sie die Kaffeetrinkerin, ihren telefonierenden Sohn und die etwas hilflose Sarah. Sie stellte die Tüten auf den Boden, während ihr Sohn zum wiederholten Mal sagte: „Nein. Ich bin nicht Dr. Wiegand. Sie müssen in etwa einer Stunde anrufen, um sie persönlich zu sprechen. Ich kann Ihnen auch keinen Rat geben, was Sie mit ihrem Pferd tun sollen. Rufen Sie in etwa einer Stunde wieder an." Damit legte er auf und sah seine Mutter mit erhobenen Händen an.

„Ehrlich, ich hab versucht, der höflichste aller Sekretäre zu sein. Sie wollte nicht begreifen, dass ich für die Hustenanfälle ihres Lieblings nicht zuständig bin! Ich bin unschuldig!"

Elsa sah ihn streng an. „Benjamin, ich habe dir schon hundertmal erklärt, dass du nett zu unseren Kunden sein sollst. Ich hoffe, du hast wenigstens nicht vom Kliniktelefon aus mit einem deiner Kumpels telefoniert!"

Ben sah kurz zu Sarah und deutete dabei ein leichtes Kopfschütteln an. Seiner Mutter blieb das kleine Manöver nicht verborgen. Ihre Stimme wurde lauter. „Also doch? Ben, verschwinde. Selbst bei einem Anrufbeantworter fühlen sich unsere Pferdebesitzer besser aufgehoben als bei dir. Wir sehen uns heute Abend. Dann unterhalten wir uns noch einmal über deine Rechte und Pflichten."

Der Junge winkte nachlässig, als er ging. Im Hinausgehen meinte er: „Bin heute Abend aber im ‚Sugar'. Ich spiele mit Mick!" Damit klappte die Tür zu. Elsa sah im kopfschüttelnd hinterher. Dann wandte sie sich der vernachlässigten Besucherin zu und setzte ihr freundlichstes Lächeln auf. „Was kann ich für Sie tun?"

Die junge Frau blieb gelassen sitzen. „Nicht viel. Ihre Kollegin hat sich um mich gekümmert, mein Pferd steht schon in der Box, ich habe noch Kaffee und Dr. Wiegand kommt erst in einer Stunde. Soll ich vielleicht eine Anmeldung ausfüllen?"

Elsa schob das Formular über den Tisch und nickte Sarah anerkennend zu. Die glühte vor Stolz. „Kollegin" klang schon ziemlich gut! Wenig später saß sie an Elsas Seite und steckte Rechnungen in Briefkuverts. So hatte sie sich ihre Arbeit zwar nicht vorgestellt – aber sie wurde dafür völlig entschädigt, weil Elsa ihr Geschichten aus der Klinik erzählte. Offensichtlich war das heute ein ruhiger Morgen.

„Oft steht der ganze Hof voller Pferdehänger", erzählte Elsa. „Bettina kann einfach nicht Nein sagen, wenn jemand unbedingt ganz schnell einen Termin braucht. Dann kommen noch die Notfälle dazwischen, so wie dein Sascha gestern. Gut, dass wir in ein paar Wochen endlich Hilfe kriegen!"

„Wer kommt denn?", fragte Sarah neugierig.

„Marc Beringer. Ein Assistenzarzt, der sich zum Fachtierarzt für Pferde ausbilden lassen will. Der wird Bettina einiges an Arbeit abnehmen können."

Wenig später kam Dr. Wiegand zurück und kümmerte sich um den dicken Schimmel mit der netten Besitzerin. Sie winkte Sarah, dass sie bei der Untersuchung dabei sein sollte.

„Bist du schon einmal mit einem Pferd vorgetrabt?"

Sarah schüttelte den Kopf. Allmählich hatte sie das Gefühl, wirklich überhaupt keine Ahnung von Pferden zu haben.

Dr. Wiegand blieb trotzdem freundlich. „Es ist ganz einfach. Du läufst auf Kopf- oder Schulterhöhe von dem Pferd. Achte darauf, dass der Strick durchhängt, sonst können wir den Takt der Schritte nicht beurteilen. Ein gut erzogenes Pferd wird mit dir mittraben, wenn du es mit einem Schnalzer aufforderst. Wenn nicht, dann helfe ich dir."

Damit bekam Sarah den Führstrick von Jimmy in die Hand gedrückt. Erst trabte sie geradeaus vor, dann auf einem engen Kreis. Für sie war es ein Rätsel: Wenn sie zur Seite sah, dann wirkte es so, als würde Jimmy gar nicht lahmen. Warum sahen die Besitzerin und Dr. Wiegand dann so ernst drein?

Schließlich winkte die Tierärztin ab. „Stell ihn wieder in die Box, Sarah, ich habe alles gesehen!"

Sarah ging mit Jimmy in den Stall. Alles gesehen? Sie hatte nicht ein bisschen gesehen. Im Stall wartete Peter auf sie. „Du kannst mir bei der Fütterung helfen", forderte er sie auf. „Den Futterwagen findest du ganz hinten im Stall. Da ist auch ein Container für Instant-Mash. Nimm zwei Handvoll davon für deinen Sascha, wir können ihm jetzt ein wenig zu fressen geben. Wenn du es fertig hast, füttern wir zusammen alle Pferde."

Sarah lief nach hinten, wo tatsächlich der Futterwagen stand. Sie öffnete den Eimer mit der Aufschrift „Mash" und sah die braunen Krümel an. Zwei große Hand voll in eine kleine Schüssel. Fertig. Sie schob den schweren Wagen vor sich her durch die Stallgasse.

„Da bin ich schon", strahlte sie Peter an.

Der sah ihr erst verblüfft ins Gesicht und dann auf den Futterwagen. Um genau zu sein: auf die braunen Krümel in dem Schüsselchen für Sascha. Peter runzelte die Stirn. „Willst du dein Pony jetzt doch noch umbringen?"

Sarah sah ihn überrascht an. „Wieso sollte ich? Ich habe doch Mash …"

Peter sah sie nachdenklich an. „Du hast noch nie ein Mash gesehen, stimmt's?"

Sarah nickte.

Peter atmete tief durch. „Euch bringt man in den Reitschulen wirklich nur noch bei, wie man sich auf einem Pferd hält, sonst nichts mehr. Pass auf: Ein Mash ist ein lauwarmer Brei, den wir für Pferde mit einer angegriffenen Gesundheit als Schonfutter machen. Früher haben wir das Mash noch selber aus Hafer, Melasse, Leinsamen und allen möglichen anderen Leckereien gekocht. War in der Küche immer eine große Sauerei, hat ewig gedauert. Ein paar kluge Köpfe haben inzwischen Instant-Mash erfunden. Funktioniert so ähnlich wie Kartoffelbrei aus der Packung. Man muss ein bisschen heißes Wasser dazu geben, kurz quellen lassen und kann es dann füttern. Der Inhalt ist schon perfekt zusammengestellt. Der einzige Nachteil: Man darf es auf keinen Fall einfach trocken füttern. Das Zeug quillt im Magen auf."

Peter deutete auf die Krümel in der Schüssel. „Das heißt, du gibst jetzt heißes Wasser darüber. Es muss nicht kochen, heißes Wasser aus der Leitung reicht. Im Labor findest du am Waschbecken auch einen alten Kochlöffel zum Umrühren."

Sarah nahm mit hochrotem Kopf die Schüssel und verschwand im Labor. Peter hatte Recht. Sie hatte vorher noch nie von Mash gehört. Im Labor füllte sie heißes Wasser auf und rührte den Brei sorgfältig um, während sie sich heimlich umsah.

Die Regale standen voller Medikamente, Verbandsmaterial und Spritzen. Sie hatte nicht einmal die Andeutung einer Ahnung, wozu das alles gut sein sollte. Sie sah verzweifelt ihr Mash an. War es jetzt zu flüssig?

Vorsichtig brachte sie den Brei wieder in den Stall. Peter sah in die Schüssel und nickte.

„So ist es gut. Merk dir: Zu viel Wasser ist nicht weiter schlimm. Es darf nur auf keinen Fall zu trocken sein. Und jetzt wird gefüttert. Du kannst das Mash deinem Sascha selber geben. Lege ihm aber danach seinen Maulkorb wieder an!"

Peter griff zum Messbecher und verteilte schnell Müsli und Hafer an die Pferde im Stall. Sarah löste Saschas Maulkorb. Er hob nicht einmal den Kopf. Sie hielt ihm das Mash direkt vor sein Maul, aber er bewegte sich nicht. Sarah streichelte vorsichtig seinen Hals. Sein Fell sah stumpf und glanzlos aus, ganz anders als noch vor zwei Tagen. Warum wollte er nichts fressen?

Peter lief geschäftig vorbei. „Wasch die Schüssel aus, wenn das Pony fertig ist. Dann bring den Futterwagen weg und komm nach oben zum Essen."

Und schon klappte hinter ihm die Tür zu. Sarahs Augen füllten sich mit Tränen. Sascha sah das Mash nicht einmal an. Ausgerechnet ihr verfressenes Pony hatte keine Lust mehr auf sein Futter. In der Nachbarbox fraß der fette Jimmy, so schnell es ging. Der hatte offensichtlich kein Problem mit seinem Appetit. Nach ein paar Minuten verließ Sarah langsam Saschas Box. Sie legte ihm auch den Maulkorb nicht mehr an, er wollte ja sowieso nichts fressen. Vorsichtig stellte sie das Mash ab, ging nach draußen und setzte sich vor den Stall. Sie hatte auch keine Lust auf Essen. Vor allem nicht am gleichen Tisch mit dem übellaunigen Peter.

„Was machst du denn hier draußen?"

Dr. Wiegand musterte ihre neue Helferin kritisch. Sarah saß vor dem Stall in der Sonne und sah unglücklich vor sich hin.

„Sascha will nicht essen. Er steht einfach nur da und starrt vor sich hin. Das ist doch nicht normal!"

Die Tierärztin kniete sich neben Sarah. Sie legte ihr eine Hand auf die Schulter.

„Doch, das ist ganz normal. Wir bieten ihm heute immer wieder Mash an, aber es kann sein, dass ihm sein Bauch so wehtut, dass er nichts essen will. Du hast doch sicher auch schon mal eine Darmgrippe oder so etwas gehabt?"

Sarah nickte. Die Tierärztin lächelte. „Damals hast du bestimmt keine Lust auf Essen gehabt. Da hätte man dir sogar deine Lieblingsschokolade bringen können. Genau so geht es jetzt Sascha. Mach dir keine Sorgen, er hält es locker noch ein paar Stunden ohne Fressen aus. Er wird heute schon irgendwann anfangen zu fressen. Hat Peter dir das nicht gesagt?"

Sarah schüttelte den Kopf.

Dr. Wiegand grinste. „Na, lange Erklärungen sind vielleicht auch nicht Peters Stärke. Komm jetzt aber trotzdem nach oben zum Essen. Ich will schließlich keinen Ärger mit deinen Eltern, wenn du hier abmagerst!"

Wenige Minuten später saß Sarah mit den anderen am Tisch und freute sich über das Schnitzel mit dem Gurkensalat. Sie hatte gar nicht gemerkt, wie hungrig sie geworden war. Elsa beschwerte sich lauthals über ihren ungeratenen Sohn, der offensichtlich nichts außer Musik im Kopf hatte. „Und ich wollte doch nur schnell unser Mittagessen besorgen!", jammerte sie. Die anderen waren Elsa und ihren Kummer mit Ben offensichtlich schon gewöhnt. Sie aßen ungerührt weiter. Die Tierärztin wandte sich an Sarah.

„Und – wie gefällt dir der erste Tag?"

Sarah schluckte hastig ein Stück Fleisch hinunter, das sie sich gerade erst in den Mund geschoben hatte.

„Alles ist so ungewohnt. Aber ich kriege das schon hin." Auf keinen Fall wollte sie zugeben, dass sie ständig Angst hatte, etwas falsch zu machen. Und bis jetzt noch keine Ahnung hatte, was Jimmy eigentlich fehlte. Sie räusperte sich. „Was soll ich denn heute Nachmittag machen?"

Dr. Wiegand musste keine Sekunde nachdenken. „Heute kümmerst du dich nur um Sascha. Er muss sich ein wenig bewegen. Peter hilft dir. Biete ihm auch immer wieder etwas von dem Mash an, falls er doch Hunger bekommt. Du kannst ihn auch ein wenig bürsten, das tut ihm sicher gut."

Sarah nickte. Nach dem aufregenden Vormittag freute sie sich auf einen Nachmittag mit Sascha. Leider blieb der Erfolg aus. Das Pony ließ nicht erkennen, ob es überhaupt merkte, dass es geputzt wurde. Sein Mash verweigerte Sascha beharrlich, ebenso weigerte er sich zu trinken. Sascha wollte nur in der Ecke seiner Box stehen. Sonst nichts. Sarah schaffte es auch nicht, ihn zu ein paar Schritten zu bewegen. Dafür musste erst Peter kommen, der energisch am Halfter zog. Aber nach ein paar Schritten wurde Sascha auch bei ihm bockig und blieb einfach stehen. Peter blieb nichts anderes übrig, als das Pony wieder in seine Box zu bringen. Als Dr. Wiegand am späten Nachmittag kam, legte sie ihm schließlich wieder einen Tropf an. „Nur eine Sicherheitsmaßnahme“, tröstete sie Sarah. Aber die glaubte zu erkennen, dass sich die Tierärztin heimlich Sorgen um Sascha machte.

Schließlich schickte Dr. Wiegand Sarah nach Hause. „Komm morgen um acht wieder. Wenn es Sascha heute Nacht schlechter gehen sollte, rufe ich dich an, versprochen. Ich bin ja auch immer in der Nähe.“

Auf Sarahs fragenden Blick hin deutete sie auf die Treppe, die neben dem Empfangszimmer nach oben führte. „Wusstest du das nicht? Ich wohne da oben! Bei Notfällen schaue ich im Laufe einer Nacht immer wieder mal nach dem Patienten. Und Peter wohnt auch direkt hier am Stall. Dein Sascha bleibt also nicht alleine.“

Sarah wurde hellhörig. „Was kann Sascha denn passieren?“

Die Tierärztin musterte Sarah einen Moment, bis sie wohl entschied, dass das Mädchen die Wahrheit verkraften konnte. „Die ersten Tage nach einer Operation sind immer ein Risiko. Sascha ist nicht mehr jung. Er erholt sich nicht so schnell, wie ich es gerne hätte. Das ist alles. Aber ich glaube nicht, dass wir ein Problem kriegen. Es ist nur vernünftig, immer mit allem zu rechnen.“ Damit nickte sie Sarah zu und verschwand im Labor.

Sarah blieb nichts anderes übrig, als ihre Mutter anzurufen und sich abholen zu lassen. Kaum war sie zu Hause, klingelte auch schon das Telefon.

„Ich bin's, Jenny! Wie geht es Sascha?"

Sarah schnappte sich den Hörer und verkroch sich in ihr Zimmer. Endlich konnte sie jemandem von ihren Sorgen erzählen. Von der Operation und dem Plan, die Kosten abzuarbeiten. Und vor allem: Was würde passieren, wenn Sascha sich weiter weigerte, etwas zu fressen?

Jenny hörte geduldig zu. Es verging fast eine Stunde, bis Sarah endlich alles berichtet hatte. Sie versprach Jenny noch, möglichst bald auf den Arnoldhof zu kommen, und legte schließlich auf. Sie war todmüde und wollte nur noch ins Bett.

7 Der Wecker schrillte laut und hässlich. Sarah schlug widerwillig die Augen auf. Der Regen prasselte gegen das Fenster von ihrem Zimmer. Sie ärgerte sich kurz über das schlechte Wetter, der Ausritt würde sicher ins Wasser fallen. Sie schloss wieder die Augen. Warum klingelte das Ding überhaupt? Schließlich waren doch Ferien!

Sascha. Plötzlich fiel ihr alles wieder ein. Die Kolik, die Operation, das teilnahmslose Pony gestern. Sie sprang aus dem Bett, schlüpfte in ihre Jeans und ein T-Shirt. Ihre Haare flocht sie zu einem dicken Zopf, während sie die Treppe in die Küche hinunterrannte.

Ihre Mutter lächelte ihr entgegen. „Du bist schon aufgestanden?"

Sarah nickte. „Ja, aber ich muss schnell los. Ich will gucken, wie es Sascha geht. Ich kriege sicher in der Klinik etwas zu essen, mach dir keine Sorgen!"

Sarah wollte schon weiterrennen, aber ihre Mutter stellte sich ihr energisch in den Weg.

„Vergiss es. Dein Vater hat dir zwar erlaubt, dass du in diesen Ferien arbeiten darfst. Aber ich sorge dafür, dass du dabei wenigstens genug isst. Setz dich hin!"

Sarah kannte ihre Mutter gut genug, um zu wissen,

wann eine Diskussion sinnlos war. Brav setzte sie sich an den Tisch und zwang sich dazu, einen Toast zu essen.

Ihre Mutter lächelte zufrieden. „Siehst du. Du brauchst doch ein ordentliches Frühstück, bevor du in die Klinik fährst. Überhaupt: Du bist gestern so schnell in deinem Zimmer verschwunden, dass ich dich gar nicht fragen konnte, wie dein erster Arbeitstag war."

Sarah zuckte mit den Schultern. „Ich muss noch einiges lernen. Bis jetzt schenke ich wartenden Kunden Kaffee ein und stecke Rechnungen in Briefkuverts. Du siehst also, ich überarbeite mich nicht."

Sarah Mutter nickte. „Du musst aber wirklich sagen, wenn es dir zu viel wird. Versprichst du mir das, Liebling?"

Sarah beruhigte ihre Mutter. „Mache ich. Versprochen! Darf ich jetzt gehen? Ich nehme das Fahrrad!"

Ihre Mutter sah aus dem Fenster. „Bei dem Regen?"

Sarah griff schon nach dem Regencape. „Du sagst doch sonst auch immer, dass es kein falsches Wetter, sondern nur die falsche Kleidung gibt, oder? Und so müsst ihr mich auch nicht abholen! Bis heute Abend!"

Damit war Sarah aus der Tür. Der Weg zur Klinik dauerte mit dem Fahrrad nur zwanzig Minuten. Sie trat kräftig in die Pedale. Hoffentlich hatte Sascha heute Nacht seinen Appetit wiedergefunden.

Schon der erste Blick in die Stallgasse verriet ihr,

dass ihre Hoffnung vergeblich war. Vor der Tür von Saschas Box stand eine Schüssel mit frischem Mash. So wie es aussah, hatte er nichts davon gefressen. Sarah warf ängstlich einen Blick in die Box. Sascha stand in der Ecke und starrte die Wand an. Auch als sie die Tür öffnete und zu ihm ging, rührte er sich nicht. Sie streichelte seinen Hals. Das Pony ließ nicht erkennen, ob es die Berührung überhaupt bemerkte.

Sarah schüttelte den Kopf und ging in das Empfangszimmer. Hier fand sie Peter, Elsa und Dr. Wiegand. Sie tranken Kaffee und machten ernste Gesichter.

Sarah sah sie fragend an. „Sascha hat immer noch nicht gefressen“, sagte sie. Es war eher eine Feststellung als eine Frage.

Dr. Wiegand schüttelte den Kopf. „Nein, leider nicht. Allmählich wird das merkwürdig. Ich denke, ich werde ihm noch mal eine Infusion legen und ihm doch etwas gegen seine Schmerzen geben. Vielleicht will er ja dann etwas fressen.“ Sie lächelte Sarah aufmunternd an. „Keine Angst, bis jetzt ist das noch nicht gefährlich. Er braucht einfach ein bisschen länger, um sich von der Operation zu erholen, das ist alles.“ Sie wandte sich den beiden anderen zu. „Und jetzt kümmern wir uns um unser großes Sorgenkind. Angel braucht einen neuen Verband. Hilfst du mir, Sarah?“

Sarah nickte. Sie gingen gemeinsam in die Stallgasse

und betraten Angels Box – doch die Stute war fast ebenso wenig an Besuch interessiert wie Sascha.

Sarah streifte ihr trotzdem ein Halfter über und führte die Stute aus der Box. Mit schnellen, geschickten Bewegungen löste die Tierärztin den Verband von ihrem Hinterbein.

Sarah stockte der Atem, als sie jetzt zum ersten Mal sehen konnte, was sich unter dem Verband verbarg. Das Bein war dick angeschwollen, aus einer nässenden Wunde sickerte Eiter. Die Tierärztin zog sich sterile Handschuhe an und verteilte eine hellgelbe Flüssigkeit auf die Wunde.

„Ich säubere das nur ein wenig. Tatsächlich hoffe ich, dass das Antibiotikum, das sie bekommt, endlich wirkt", erklärte sie dabei. Dann legte sie einen neuen Verband an.

„Kannst du Angel jetzt auf dem Hof herumführen?", bat sie Sarah anschließend. „Aber nur auf dem gepflasterten Teil, ich möchte nicht, dass der Verband feucht wird."

Sarah lief mit Angel los. Ihre Gedanken waren bei Sascha, während sie im Hof ihre Runden drehte. Angels Hufe klapperten an ihrer Seite, der Regen hatte sich zu einem schwachen Nieseln abgeschwächt. Wie ernst war die Sache mit Sascha? Was, wenn die anderen ihr nur nicht sagen wollten, dass er in Lebensgefahr war? Gab es etwas, was sie für ihn tun konnte? Ob sie vielleicht doch versuchen sollte, Frau Andres zu erreichen? Obwohl sie keine Ahnung hatte, wie sie das schaffen sollte.

Sarah war völlig in Gedanken versunken, als plötzlich ein Auto mit Hänger in den Hof fuhr. Noch bevor Sarah den Führstrick an Angels Halfter fester packen konnte, machte die Stute einen großen Satz zur Seite und Sarah stand mit leeren Händen da. Angel starrte mit hoch erhobenem Kopf zu dem Auto hinüber. Als der Fahrer ausstieg und die Tür hinter sich zuschlug, trabte sie zwei oder drei Tritte und blieb dann wieder stehen.

Sarah sah verdattert zu der Stute hinüber. Angel war doch viel zu krank für so einen Temperamentsausbruch!

Sie streckte ihre flache Hand aus und versuchte Angel anzulocken. „Komm schon her. So ist's brav!" Erst jetzt sah sie Angel zum ersten Mal genauer an. Vor lauter Sorgen um Sascha war sie dazu bisher noch gar nicht gekommen. Das Pferd musste vor seiner Krankheit eine Schönheit gewesen sein. Dunkelbraunes Fell, ein ebenmäßiger Stern auf der Stirn und eine lange, seidige Mähne. Aber jetzt war das Fell stumpf und staubig, über den großen Augen lagen tiefe Gruben.

Sarah machte vorsichtig einen Schritt auf die Stute zu und lockte sie weiter.

„Ich tu dir nichts, bleib stehen. Braves Mädchen."

Endlich war sie nahe genug, dass sie den herunterhängenden Führstrick schnappen konnte. Das war also die Quittung dafür, dass man sich nicht auf seine Aufgabe konzentrierte. Das geschah ihr gerade recht. Sarah ärgerte sich über sich selber. Sie wurde hier schließlich nicht dafür bezahlt, dass sie sich nur um Sascha kümmerte.

Sie führte Angel weiter über den Hof. Aber diesmal zwang sie sich, nur auf die Stute zu achten.

Die schien allerdings mit dem Seitensprung ihr Bedürfnis nach Bewegung für einen ganzen Tag erfüllt zu haben. Jetzt lief sie wieder mit hängendem Kopf neben Sarah her. Das Mädchen redete trotzdem leise auf sie ein. Angel spielte ein wenig mit den Ohren.

Sarah betrachtete sie nachdenklich. Wie lange mochte es her sein, dass sich jemand mit der Stute wirklich beschäftigt hatte?

Nachdem sie Angel wieder in die Box gestellt hatte, wartete schon die nächste Aufgabe auf sie: Jimmy.

Der fette Schimmel wurde heute schon wieder abgeholt, dafür sollte er besonders sauber geputzt sein. Leider hatte sich Jimmy genau so verhalten, wie man es von einem waschechten Schimmel erwartet. Auf seinen Seiten prangten dicke gelbe Mistflecken. Sarah bearbeitete sie mit Striegel und Kardätsche. Ohne Erfolg. Sie nahm ein Handtuch, machte es in der Tränke nass und rubbelte auf den Flecken herum.

Peter beobachtete sie ein Weilchen, bis er aus seiner Ecke knurrte: „Wasch ihn ab. Er soll schließlich nicht erst morgen abgeholt werden!“

Sarah wurde rot. Schon wieder. In Peters Augen war sie wahrscheinlich die nutzloseste Arbeitskraft, die jemals ihren Fuß in die Marienwaldklinik gesetzt hatte. Als sie Jimmy zum Waschplatz zog, rief er ihr hinterher: „Shampoo findest du im Labor! Bei den Desinfektionsmitteln!"

Schnell band sie Jimmy am Waschplatz an und rannte ins Labor Mit den Augen suchte sie die Flaschen am Waschbecken ab. Richtig, da war es ja. Sie griff zu und lief wieder zum Waschplatz. Jimmy stand ruhig da und döste – aber Peter stand neben ihm und empfing Sarah ganz und gar nicht freundlich.

„Du kannst doch nicht einfach ein fremdes Pferd hier draußen angebunden stehen lassen! Der Schimmel ist ja brav, aber was passiert, wenn ein Pferd in Panik gerät, während du im Labor nach irgendetwas suchst? Pferde können sich schnell verletzen, besonders, wenn sie in fremder Umgebung sind." Peter sah Sarahs entsetztes Gesicht und wurde etwas versöhnlicher. „Rechne einfach immer damit, dass Pferde unvorhersehbar sind. Du musst an jeden möglichen Unfall denken, Sarah. Und ihn verhindern." Damit ließ er sie stehen und stapfte wieder in den Stall. Sarah sah ihm verstört hinterher. Alle im Stall waren so freundlich, nur Peter schimpfte ständig mit ihr. Sie ballte ihre Hände zu Fäusten. Sie würde ihm schon noch beweisen, dass sie eine gute Arbeitskraft war!

Sie wusch Jimmy gründlich und stellte ihn danach

unter das Solarium. Mit ein wenig Mähnenspray und Huffett brachte sie den Schimmel schließlich auf Hochglanz. Was ihm wohl eigentlich fehlte? Bis jetzt hatte ihr noch niemand gesagt, warum er lahmte oder was die Besitzerin dagegen unternehmen sollte.

Als sie Jimmy wieder in die Box brachte, fiel ihr Blick auf Sascha. Er hatte sich seit dem Morgen nicht bewegt. Bildete sie sich das ein, oder wurde er immer magerer?

Niedergeschlagen ging sie zu Elsa.

Die sah sie mitfühlend an. „Frisst Sascha immer noch nicht?"

Sarah schüttelte ihren Kopf. „Nein. Er scheint das Interesse an allem verloren zu haben. Er steht einfach nur da …" Sie sah Elsa an. „Kann Dr. Wiegand nichts tun?"

Elsa legte beruhigend ihre Hand auf Sarahs Rücken. „Wenn es etwas gibt, was sie tun kann, dann wird sie es tun. Ganz bestimmt."

Wenig später sah Sarah, wie Peter im Labor einen Brei kochte und zu Sascha brachte. Neugierig kam sie näher. „Was ist das?"

Peter beobachtete das Pony, das ein Maul voll von dem Brei nahm, aber nicht kaute. Dann drehte Sascha seinen Kopf von dem Brei weg. Erst dann antwortete der erfahrene Pfleger.

„Ist ein altes Hausmittel. Ein echtes Mash. Mit ein bisschen Honig und ein paar Kräutern, die eigentlich seinen Appetit anregen sollen." Er schob die Schüssel noch einmal unter Saschas Maul, aber der weigerte sich, den Brei auch nur anzusehen.

Peters Stimme wurde leiser. „Scheint nicht so, als ob er für alte Rezepte sonderlich empfänglich wäre." Enttäuscht ließ er die Schüssel sinken. „Komm, wir lassen ihn ein bisschen in Ruhe. Vielleicht ist das ja alles, was er braucht."

Am Nachmittag kam die Tierärztin von ihren Besuchen bei Patienten zurück. Kopfschüttelnd sah sie Sascha an. „Körperlich ist er in Ordnung. Er sollte jetzt wieder Appetit kriegen. Ich weiß nicht, warum er sich damit so viel Zeit lässt. Ruft mich, wenn sich irgendetwas verändert."

Damit wandte sie sich der Besitzerin von Jimmy zu, die gerade mit ihrem Pferdehänger wieder auf den Hof gefahren war. Ihre Stimme blieb ernst.

„Wir haben Jimmy gestern ausgiebig untersucht. Seine Lahmheit ist nur gering, er lahmt auch nicht ständig. Auf den Röntgenbildern habe ich geringe Verschleißerscheinungen gefunden, die sind für ein Pferd seines Alters aber ganz normal. Was nicht normal ist, ist sein Gewicht. Ich denke, er sollte auf Diät gesetzt werden. Wenn er nicht mehr einen Zentner zu viel auf seinen Rippen herumträgt, dann kommt er auch besser mit den leichten Veränderungen an seinen Gelenken zurecht. Ich habe hier einen Futterplan aufgestellt – und bitte halten Sie sich daran! Jimmy darf nicht ständig kauen, selbst wenn er dann ganz besonders glücklich ist. Wir essen ja auch nicht ständig Schokolade …" Dr. Wiegand drückte Jimmys Besitzerin einen Zettel in die Hand und verabschiedete sich. Dann sah sie auf die Uhr und drehte sich zu Sarah um.

„Du hast für heute genug getan. Fahr jetzt nach Hause. Wir sehen uns morgen, in Ordnung?"

Zögernd verließ Sarah den Klinikstall. Konnte sie wirklich nichts für Sascha tun? Sie schwang sich auf ihr Fahrrad. Es war später Nachmittag, der Regen rauschte inzwischen wieder unablässig herunter. Sie fuhr langsam nach Hause. Beim Abendessen antwortete sie nur einsilbig auf die vielen Fragen ihrer Eltern und war froh, als sie endlich in ihrem Zimmer alleine war.

8

Am nächsten Morgen sah sie auf den ersten Blick, dass sich bei Sascha nichts geändert hatte. Er stand angebunden in seiner Box, eine Infusion tropfte langsam in eine Ader an seinem Hals, die Schüssel mit dem Mash stand unberührt vor seiner Box.

Sarah seufzte. Sie begrüßte den kleinen Schecken, aber heute zeigte er nicht mal mehr mit dem geringsten Wackeln seiner Ohren, dass er ihre Anwesenheit bemerkte. Stumm und traurig strich Sarah ihm über die Nase.

Kurz darauf kam Peter mit einer Schubkarre vorbei und wies Sarah an, die Boxen auszumisten. Vorsichtshalber fragte er dieses Mal nach, ob sie so etwas schon mal gemacht hatte. Jetzt war Sarah froh darüber, dass die Einsteller auf dem Arnoldhof jeden Sonntag selber ausmisten mussten – so konnte sie wenigstens einmal selbstbewusst sagen, dass sie eine Aufgabe ohne weitere Einweisung erledigen konnte. Gründlich und gewissenhaft nahm sie eine Box nach der anderen in Angriff.

Bei Angel fiel ihr wieder auf, dass sie ebenso teilnahmslos wie Sascha wirkte. Sarah tat die Stute leid. Seit Tagen stand sie immer nur in der Ecke ihrer Box, niemand kümmerte sich richtig um sie. Sie lehnte die Mistgabel gegen die Wand und ging zu ihr.

„Na, was fehlt dir denn? Tut dir dein Bein so weh? Und warum willst du eigentlich nicht gesund werden?"

Angel hob den Kopf. Sie schnupperte an Sarahs Händen und wandte sich dann wieder ab. Sarah streichelte ihr weiter den Hals. Ob Angel wieder einen Spaziergang machen wollte? Gestern hatte sie sich während der Runde auf dem Hof wenigstens etwas für ihre Umgebung interessiert.

Sarah mistete die letzte Box im Eiltempo aus und suchte dann nach Peter. Sie fand ihn im Labor, wo er gerade Verbandsmaterial in das Regal einsortierte.

Sie erklärte ihm ihre Idee.

„Ich habe das Gefühl, dass Angel der kleine Spaziergang gestern gut getan hat. Vielleicht fehlt ihr ein bisschen Zuwendung? Soll ich mich darum kümmern?"

Peter sah sie prüfend an. Zögernd meinte er schließlich: „Schaden kann es nicht. Ihr Zustand wird nicht besser, egal welches Medikament wir ihr geben. Wenn du sie zusätzlich ein bisschen umsorgst, wird es garantiert nicht schlechter." Er sah ihr zum ersten Mal in die Augen. „Außerdem lenkt es dich von Sascha ab. Bei ihm kannst du wirklich nur abwarten, bis er wieder Hunger kriegt. Die Infusion verhindert zumindest, dass er austrocknet."

Sarah schluckte. „Ich weiß, dass ihr alles macht, damit es ihm besser geht. Deswegen dachte ich, dass ich mich um Angel …"

Peters Stimme wurde freundlicher. Zum ersten Mal. „Das ist eine gute Idee. Achte nur darauf, dass sie nicht zu viel tut. Drehe einfach ein paar Runden auf dem Hof."

Sarah ging zurück zu Angel und legte ihr das Halfter an. Willig folgte ihr die Stute über den Hof. Sarah fiel auf, dass sie bei jedem Auto, das vorüberfuhr, den Kopf hob und es genau betrachtete. Wartete sie womöglich auf ihre Besitzerin? Oder Besitzer – Sarah hatte nie gefragt, wem die Stute gehörte. Leise und beruhigend murmelte sie auf Angel ein. Die schien den Spaziergang tatsächlich zu genießen. Als Sarah sie schließlich wieder in die Box stellte, nahm sie sich fest vor, künftig jeden Tag eine halbe Stunde mit ihr zu verbringen. Wie hatte Elsa am Anfang gesagt? „Ihr fehlt jeder Lebensmut!" Sarah hatte den Verdacht, dass Angel eher die persönliche Ansprache fehlte. Dann würde sich der Spaß am Leben schon wieder einstellen.

Kaum war Angel in der Box, kam Dr. Wiegand auf den Hof gefahren. Sie stieg aus ihrem Kombi und kam in das Empfangszimmer. Hier ließ sie sich müde auf einen Stuhl fallen.

Elsa lächelte. „So schlimm?"

Die Tierärztin blies die Backen auf. „Wenn diese

Frau Schubert mich noch einmal anruft, dann werde ich krank. Spontane Kopfschmerzen oder so. Immer diese panischen Anrufe. Mitten in der Nacht ein ‚Das Bein ist ab!' Und ich Idiot renne jedes Mal los. Rase durch die Nacht, um den Liebling von Frau Schubert vor dem sicheren Tod zu retten. Dann stehe ich im Morgengrauen am Ende der Welt und verarzte einen Kratzer."

Elsa konnte ein Lachen nicht unterdrücken. „Und warum ist es jetzt schon fast Mittag?"

Dr. Wiegand beruhigte sich nur langsam. „Ganz einfach. Weil ich schon einmal da bin, soll ich doch ihren Hund impfen. Der Katze ein Wurmmittel geben. Und ihrem Pferdchen, das ja nun doch nicht am abgeschlagenen Bein stirbt, wenigstens die Zähne raspeln. Dafür hat sie dann ein tolles Frühstück parat. Wenn ich mehr solche Kunden hätte, dann wäre ich fett. Und arm. Ich habe schließlich den ganzen Vormittag bei Frau Schubert vertan."

Elsa beruhigte ihre Chefin. „Das nächste Mal können wir Dr. Beringer schicken. Es dauert ja nicht mehr lange, bis er hier ist. Dann kann er gleich die Wahrheit über Frau Schubert und ihr todkrankes Pferd herausbringen."

Dr. Wiegand lachte. Dann wurde sie wieder ernst. „Was gibt es denn Neues bei euch? Hat Sascha endlich seinen Appetit wiedergefunden?"

Sarah schüttelte den Kopf. „Leider nein. Er will

überhaupt nichts mehr. Nicht die Box verlassen, nicht trinken, nicht fressen. Ich glaube, er will nicht einmal mehr gestreichelt werden."

Die Tierärztin sah besorgt aus. „So hartnäckig weigert sich ein Pferd wirklich selten. Eigentlich müsste jetzt sein Überlebenswille einsetzen. Hat Peter schon sein geheimes Mash-Rezept gemacht?"

Sarah nickte. „Ja. Aber Sascha fand Peters Mash auch nicht spannend. Er hat ein Maulvoll genommen und das war's."

„Schade. Das funktioniert sonst eigentlich immer. Ich frage Peter jedes Mal, was er da alles hineinkocht. Er will es mir nicht verraten." Dr. Wiegand dachte nach, dann zuckte sie ratlos mit den Schultern. „Die Infusion sorgt dafür, dass ihm körperlich nicht so viel fehlt. Im Moment müssen wir wohl auf die Natur hoffen. Was liegt denn sonst noch an?"

Elsa griff nach einem Kuvert. „Hier sind die Laboruntersuchungen für Zodiac. Keine besonderen Werte. Zumindest nichts, was seine Launen erklären könnte."

Die Ärztin sah die Listen aufmerksam durch und runzelte die Stirn. „Nein, das ist wohl nicht der Grund. Die Röntgenbilder haben nichts ergeben. Er wirkt auch nicht so, als ob er bösartig wäre. Und das Pferd, das ohne Grund buckelt, muss erst noch geboren werden. Ich muss ihn mir mal beim Reiten anschauen. Sagt doch Peter, dass er Zodiac für mich satteln soll."

Zwanzig Minuten später standen sie am Rand der Reitbahn, die neben dem Stall lag. Zodiac trabte unter der Tierärztin brav dahin. Der Rappe spielte mit den Ohren, ging leicht ans Gebiss und trabte und galoppierte willig auf dem Hufschlag. Nach ein paar Runden parierte Dr. Wiegand ihn kopfschüttelnd durch. „Ich kann an diesem Pferd nichts Verkehrtes finden. Zodiac will doch keinen Schritt falsch machen. Es muss etwas sein, das wir hier nicht sehen." Sie stieg aus dem Sattel und drückte Peter die Zügel in die Hand.

Dann wandte sie sich an Elsa. „Ruf doch bitte für mich die Besitzer an. Sie sollen mir seine gesamte Ausrüstung bringen. Ich will alles sehen! Das Zaumzeug, den Sattel, die Bandagen, die Gamaschen, seine Decken, das Putzzeug – wirklich alles. Es ist mir egal, ob sie es vorbeibringen oder es von einem Boten abholen lassen. Sag ihnen, dass wir ihr Pferd auf den Kopf gestellt haben, genau so, wie sie es von uns wollten. Zodiac ist so gesund wie wenige Pferde." Dr. Wiegand tätschelte dem Rappen noch einmal den Hals. „Stellt ihn für heute Nachmittag auf die Koppel. Der braucht nun wirklich keine Boxenhaft."

Im Stall ging die Tierärztin weiter zu Angel. Sarah folgte ihr einfach. Sie war neugierig, wie es mit der Stute weiterging. Als sie vor der Box stehen blieben, hob die Stute ihren Kopf und sah die Menschen neugierig an.

Dr. Wiegand betrachtete sie überrascht. „Was ist denn da passiert? Ich dachte schon, Angel würde hier nie heimisch werden!"

Peter, der gerade mit Zodiacs Sattel vorbeikam, blieb kurz stehen.

„Sarah ist heute Vormittag mit Angel spazieren gegangen. Sie dachte, Angel kann ein bisschen Zuwendung vertragen." Er spähte in die Box. „Vielleicht hat Sarah ja Recht!" Damit ging er weiter.

Sarah sah ihm erstaunt hinterher. Hatte er etwa so was gesagt wie „Sarah könnte recht haben"?

Dr. Wiegand warf ihr einen überraschten Blick zu. „Auf die Idee bist du selber gekommen?"

Sarah antwortete schüchtern: „Ich hatte so ein Gefühl, als ob sie keinen Menschen hat, der sich um sie kümmert. Sie horcht doch immer nach den Autos, die kommen. Vielleicht vermisst sie einfach ihren Besitzer. Und sie ist doch ständig in der Box … frische Luft und Sonne sind doch auch nicht verkehrt."

Dr. Wiegand war von Sarahs Eigeninitiative offensichtlich angetan. „Du könntest tatsächlich Recht haben … Weißt du was: Ich möchte, dass du in den nächsten Tagen vormittags und nachmittags mit Angel spazieren gehst. Lass sie grasen, geh mit ihr in den Wald – was immer dir Spaß macht. Ich behandele dabei ihr Bein weiter. In ein paar Tagen werden wir wissen, ob deine Vermutung zutrifft. Am besten fangen wir sofort an."

Sarah führte Angel auf die Stallgasse. Dr. Wiegand verband die hässliche Wunde neu – und dann ging Sarah mit Angel einfach zur nächsten Wiese. Hier senkte die Stute ihren schmalen Kopf und fing gierig an zu grasen.

Sarah sah ihr zu. Wenn nur Sascha endlich wieder Appetit bekommen und so begeistert wie dieses Pferd fressen würde. Aber erst einmal blieb ihr nichts anderes übrig, als Angel beim Grasen zuzuschauen. Sie redete dabei leise mit ihr und kraulte ihr den Widerrist. Wie das Leben in ihrem heimatlichen Stall wohl aussah? Es konnte ja sein, dass Angel normalerweise jeden Tag auf der Koppel war. Oder jeden Tag stundenlang mit ihrer Besitzerin zusammen war. Wie konnte man so etwas eigentlich herausfinden? Warum informierten die Besitzer die Klinik nicht genauer über solche Dinge?

So verbrachte Sarah eine Stunde, bis sie die Stute wieder zurückführte.

Sie merkte es in der Sekunde, als sie den Stall betrat. Hier stimmte etwas nicht. Schnell versorgte Sarah die braune Stute, dann lief sie zu Saschas Box.

Der Schecke hatte sich hingelegt. Seinen Kopf hatte er auf den Boden abgestützt, die Augen hielt er halb geschlossen. Sarah riss die Tür auf und setzte sich neben Saschas Kopf. Er reagierte nicht. Sarah stand auf und sah sich Hilfe suchend um. Dann eilte sie ins Empfangszimmer. Dort unterhielten sich gerade Elsa und Dr. Wiegand. Als Sarah ins Zimmer gestürmt kam, sahen beide überrascht auf.

Sarah hielt sich nicht mit langen Vorreden auf. „Sascha! Er hat sich hingelegt! Es sieht aus, als ob er …“ Es schnürte ihr den Hals zu. „… als ob er jetzt einfach stirbt!“, brachte sie noch hervor.

„So schnell geht das nicht!“, sagte die Tierärztin bestimmt. Trotzdem stand sie schnell auf und ging gemeinsam mit Sarah zu Sascha. Der lag genauso da, wie sie ihn zurückgelassen hatte.

Die Tierärztin zog seine Lippen hoch und sah sein Zahnfleisch an, fühlte den Puls und lauschte noch einmal an seinem Bauch. Sie wirkte nicht besonders ruhig. Schließlich sah sie Sarah ernst an.

„Ich weiß nicht, warum es ihm schlechter geht. Sein Kreislauf ist stabil, aber nicht mehr sehr stark. Er müsste aufstehen, sich bewegen, fressen … Er müsste so einiges tun. Aber es sieht nicht so aus, als ob er uns diesen Gefallen tun wird. Wie ich schon heute Morgen gesagt habe: Wir können ihn nur beobachten, wir können nichts für ihn tun.“ Damit erhob sie sich wieder und sah nachdenklich auf das Pony herunter. „Es gibt so viel, für das uns eine Erklärung fehlt“, sagte sie schließlich.

Den Rest des Tages verbrachte Sarah in Saschas Box. Sein Zustand veränderte sich nicht, bis Dr. Wiegand sie nach Hause schickte.

9 Der Regen peitschte gegen das Fenster. Es war pechschwarze Nacht, als Sarah in ihrem Bett auffuhr. Ein Sturm ließ die Fensterläden klappern. Sie brauchte ein paar Sekunden, bis sie sich beruhigte. Sie hatte geträumt. Von Sascha. Dem gesunden Sascha. Sie war auf ihm ohne Sattel und Zaumzeug über eine riesige Wiese galoppiert, mit wehender Mähne und so schnell, wie er mit seinen kurzen Beinen eben rennen konnte. Dann hatte Sarah sich von ihm entfernt. Sie sah Sascha aus immer größerer Höhe, wie ein Vogel. Und plötzlich erkannte sie, dass die Wiese in einem Abgrund endete. Abrupt brach die Ebene ab, es ging hunderte von Metern senkrecht nach unten. Und Sascha galoppierte darauf zu, so schnell er konnte. Sie versuchte nach ihm zu rufen. Aber sie war schon viel zu weit von ihm weg. Er war ein kleiner braun-weißer Punkt, der über die Wiese lief. Er war nur noch wenige Meter von der Kante entfernt, als sie aufwachte.

Sarah versuchte sich zu beruhigen. Es war schließlich kein Wunder, dass sie von ihrem Pony geträumt hatte. Sie stand auf und tappte barfuß zum Fenster. Was für ein Regen – so musste die Sintflut ausgesehen haben! Sarah dachte an ihren Traum. Was, wenn Sascha wirklich in Gefahr war? Ihr Herz klopfte wieder schneller. Sie stellte sich den kleinen Schecken vor, der alleine in seiner Box stand. Er kannte keines der Pferde um ihn herum. Er litt ganz still vor sich hin. Dr. Wiegand schlief sicher. Peter auch.

Sarah sah in den Regen. War das die Lösung? Dass er sich einsam fühlte und deswegen nicht auf die Beine kam? So wie Angel, die in der Klinik jeden Lebensmut verloren hatte. Vermisste Sascha seine Herde?

Sie überlegte weiter. Seine beste Freundin auf der Koppel war Lavinia. Mit ihr graste er immer Seite an Seite, sie war bei jedem Ausritt dabei. Und sie stand in seiner Nachbarbox.

Das musste die Lösung sein! Sarah griff kurz entschlossen zu ihrem Handy. Jenny hatte ihres immer neben dem Bett liegen. Das Display leuchtete auf. 1.45 Uhr. Egal. Sarah drückte auf die Wahltaste. Es erschien ihr endlos, bis Jenny sich verschlafen am anderen Ende meldete.

„Ja?"

Sarah hätte vor Erleichterung heulen können. „Jenny, ich bin's, Sarah."

Jenny war sofort hellwach. „Wie geht es Sascha? Was ist passiert?"

Sarah beruhigte sie. „Noch nichts. Aber er will nicht fressen. Und Dr. Wiegand sagt, dass ihm körperlich nichts fehlen dürfte. Sie meint, es liegt an seinem Alter, dass er sich nicht von der Operation erholt. Aber mir ist gerade eingefallen, dass Sascha nicht von Lavinias Seite weicht, seit du sie bekommen hast. Was ist, wenn er Lavinia vermisst?"

Jenny stimmte ihr zu. „Möglich wäre das schon. Pferde sind schließlich Herdentiere. Aber dann würde es ihm doch besser gehen, wenn wir Lavinia zu ihm bringen. Oder?"

„Ja. Aber ich weiß nicht, wie viel Zeit wir noch haben. Ich hatte so einen komischen Traum. So, als hätte Sascha nicht mehr genug Kraft, wenn wir ihm nicht schnell helfen."

Jenny kannte Sarah lange genug, um zu ahnen, worauf sie hinauswollte. „Du meinst, wir sollen Lavinia zu ihm bringen? Jetzt?"

Es folgte ein kurzes Schweigen an beiden Enden der Leitung. Die Mädchen sahen in die stürmische Nacht hinaus. Der Regen flog fast waagerecht am Fenster vorbei.

Jenny sprach als Erste wieder. „In Ordnung. Wir treffen uns in fünfzehn Minuten am Arnoldhof. Wenigstens hört heute Nacht niemand, wenn wir ein Pferd aus seiner Box holen. Vielleicht schaffen wir es ja, wieder zu Hause zu sein, bevor jemand etwas merkt. Bis gleich!"

„Danke!" Sarah atmete tief durch. Dann zog sie sich schnell ihre Jeans und eine Kapuzenjacke an. Vorsichtig schlich sie die Treppe hinunter. An der Garderobe zog sie sich ihre Regenjacke über, dann öffnete sie leise die Haustür. Sie blieb stehen und sah in die Nacht. Das würde kein gemütlicher Ausflug werden. Sie zog die Tür hinter sich zu und holte ihr Fahrrad aus der Garage.

Der Weg zum Arnoldhof, den sie sonst so sehr liebte, erschien ihr heute endlos. Erst als sie den Wald erreichte, wurden Regen und Wind durch die Bäume etwas schwächer. Es fühlte sich an wie eine Ewigkeit, bis sie endlich den Arnoldhof erreichte. Sarah stellte ihr Fahrrad ab und rannte die letzten paar Meter.

Kurz vor der Stalltür löste sich eine Gestalt aus dem Schatten. Sarah zuckte zusammen und atmete dann langsam wieder aus.

„Jenny! Puh, ich habe mich ganz schön erschreckt."

Jennys Stimme klang auch nicht ganz so selbstsicher wie sonst. „Kann doch gar nichts passieren. Bei diesem Wetter sind garantiert keine Verbrecher unterwegs, die auf kleine Mädchen warten." Jenny klang so, als wollte sie vor allem sich selber davon überzeugen, dass dieser nächtliche Ausflug nur ein großes Abenteuer war.

Die beiden Mädchen schoben sich in den Stall. Lavinia hörte die Schritte von Jenny und wieherte überrascht.

Jenny griff zum Zaumzeug. „Ich habe mir gedacht, dass wir sie am besten zur Marienwaldklinik reiten. Lavinia kann uns gut beide tragen, wir sind ja nicht so schwer."

Sarah nickte, während sie die Stute gemeinsam sattelten und hinausführten. Am Stalleingang zögerte Lavinia kurz.

Jenny lachte leise. „Jetzt hält sie mich für völlig verrückt. Erst fange ich an zu springen, dann reite ich mitten in der Nacht aus ..."

Doch dann schien es so, als ob Lavinia verstehen würde, dass es jetzt auf sie ankam. Sie ließ sich brav aus dem Hof führen und wartete, bis beide Mädchen in ihrem Sattel saßen. Ihr Fell war tropfnass, kaum dass sie den Hof verlassen hatten. Im Wald heulte der Sturm in den Baumgipfeln. Lavinia blieb immer wieder stehen und lauschte mit hochgerissenem Kopf und straff gespitzten Ohren in die Dunkelheit. Dann lief sie weiter.

„Unglaublich, dass sie nie stolpert", flüsterte Jenny.

Sarah stimmte zu. „Ist es noch weit? Bist du überhaupt jemals diesen Weg geritten?"

Jenny schüttelte den Kopf. „Nein. Aber ich habe mich mit der alten Scholz über dich und Sascha unterhalten. Da hat sie erzählt, dass dieser Weg quer durch den Wald direkt zur Klinik führt. Und die kennt wirklich alle Wege hier wie ihre Westentasche!"

Lavinia stapfte unverdrossen voran, als würde sie auf ein unsichtbares Ziel zusteuern. Sarah ging es trotzdem nicht schnell genug, sie fühlte eine drängende Eile. Endlich ließen sie den Wald hinter sich. Die Klinik lag tatsächlich direkt vor ihnen. Ein Blick auf ihre Uhr verriet Sarah, dass es noch nicht mal drei war.

Die beiden sprangen von Lavinias Rücken. Sarah ging voraus und ergriff die Klinke zur Stalltür. Abgeschlossen. So kurz vor dem Ziel – und dann so etwas! Sie hatte völlig vergessen, dass die Klinik nachts natürlich versperrt war. Das hatte Elsa sogar mal erwähnt. Aber hatte sie nicht auch etwas über Notfälle gesagt? Sarah dachte nach. Elsa hatte so viel erklärt. Röntgen. Bleischürzen. Medikamente. Kontrastmittel. Sicherheitsschlösser. Nadeln.

Vor ihrem inneren Auge tauchte die alte Turnierkiste im Heuschuppen auf. Elsa hatte sie geöffnet und auf die oberste Schublade gedeutet. „Da ist immer ein Schlüssel für den Stall. Sollte es einmal brennen oder sonst ein Notfall vorliegen, dann wissen alle entscheidenden Personen, dass sie hier fündig werden. Erzähl es niemandem!"

Sarah hatte der Erklärung damals wenig Beachtung geschenkt. Jetzt war sie dankbar. Sie rannte hinüber in den Heuschuppen und schob sich durch einen Spalt in das Innere. Sie blieb kurz stehen. Zum Glück hatte sie ihre Taschenlampe eingepackt! Im Lichtkegel tauchte die Kiste auf, die staubig in der Ecke stand. Sarah tastete in der Schublade herum, die Elsa ihr gezeigt hatte. Plötzlich spürte sie etwas Hartes. Sie hatte den Schlüssel in der Hand!

So schnell es ging, rannte sie zurück zum Klinikstall und schloss ihn auf. Sie schlich hinein und machte das Licht an. Angel und Zodiac blinzelten sie in der plötzlichen Helligkeit verschlafen an. Aus Saschas Box kam kein Laut.

Sarah ging näher und sah ängstlich hinein. Sascha lag genauso da wie gestern Abend. Hatte er sich überhaupt bewegt? Er reagierte überhaupt nicht auf das Licht.

Sarah ging zur Tür und ließ Lavinia und Jenny hinein. Es erschien ihr ohrenbetäubend, wie laut die Hufeisen von Lavinia auf dem Steinboden klapperten. Davon mussten Peter oder die Tierärztin doch aufwachen! Und damit hatte ihr Job hier in der Klinik sicher ein Ende. Aber das war ihr im Moment egal, sie wollte nur Sascha helfen.

„Führ sie einfach direkt vor Saschas Box."

Lavinia ließ sich brav bis vor die Box führen und hinterließ dabei eine tropfnasse Spur. Sascha veränderte sich, als ihre Huftritte sich der Box näherten. Er hob seinen Kopf ein wenig und spitzte die Ohren. Als Lavinia vor seiner Box auftauchte, wieherte er sogar leise. Mühsam erhob er sich und machte einen Schritt nach vorne. Dabei schwankte er zwar gefährlich – aber es war das erste Mal, dass er sich seit seiner Operation freiwillig bewegte.

Sascha blies Lavinia zart seinen Atem ins Gesicht. Fast sah es aus, als ob er ihr von seinen schrecklichen Erlebnissen in der Klinik erzählen würde. Und Lavinia blies ihm ihren warmen Atem in sein kleines Ponygesicht und schien ihn zu trösten. So vergingen ein paar

Minuten. Sarah sah zu und griff dann zu der Schüssel mit dem Brei, den Peter am Abend für Sascha neu gekocht hatte. Sie rührte noch einmal um und ging dann in die Box. Vorsichtig hielt sie ihm die Schüssel unter das Maul. Und Sascha beugte seinen Kopf und fing an zu fressen! So, als sei es das Natürlichste der Welt.

Sarah sah Jenny mit leuchtenden Augen an. „Wir hatten Recht! Er hatte nur Sehnsucht nach Lavinia! Er hat sich hier in der Klinik mit den ganzen kranken Pferden nicht wohlgefühlt. Schau dir das an: Er frisst!“ Die beiden Mädchen fielen sich in die Arme.

So überhörten sie auch die Schritte, die sich langsam durch die Stallgasse näherten. Im Dunkeln stand Peter und sah verblüfft das fremde Pferd an Saschas Box stehen. Er hörte aus der Box ein lautes Schmatzen. Der kleine Schecke schien sich entschlossen zu haben, endlich etwas zu essen. Langsam breitete sich ein Lächeln in seinem Gesicht aus. Sarah und Jenny bemerkten ihn nicht, als er lautlos wieder in seiner Wohnung verschwand.

Jenny band Lavinia vor Saschas Box fest und schlüpfte zu Sarah in die Box. Die Mädchen lehnten sich an die Wand und sahen dem Pony zu, das bedächtig seine Schüssel leerte. Als Sascha auch die letzten Reste säuberlich ausgeleckt hatte, wandte er sich wieder Lavinia zu. Nase an Nase stellten die beiden sich hin.

Jenny flüsterte Sarah leise ins Ohr: „Mir ist das nie aufgefallen – aber genauso schlafen sie auch auf dem Arnoldhof immer. Ich dachte, das sei nur Zufall. Für Sascha ist es offenbar mehr …"

Ganz allmählich begann es draußen zu dämmern. Von ihnen unbemerkt hatte auch der Regen aufgehört.

Jenny streckte sich. „Ich glaube, es wird allmählich Zeit, dass wir wieder gehen. Sascha geht es viel besser, seit er Lavinia gesehen hat. Zumindest scheint es so. Ich komme heute Nachmittag wieder mit ihr vorbei – und besuche euch dann jeden Tag, bis er entlassen wird. Ist ja nicht so weit."

Sarah nickte. „Stimmt. Meine Eltern sollten lieber nichts von diesem Ausflug wissen – und deine bestimmt auch nicht. Meinst du, dass Lavinia uns beide zurück zum Arnoldhof tragen kann?"

„Klar!"

Sie führten die Stute wieder aus dem Klinikstall. Sascha wieherte ihr aus seiner Box sofort sehnsuchtsvoll hinterher. Lavinia antwortete ihm mit einem tiefen Brummeln und kam nur zögernd mit den Mädchen mit.

Jenny und Sarah stiegen auf und lenkten sie Richtung Wald. Lavinia fügte sich nur widerwillig dem Befehl. Sie wollte Sascha wohl nicht alleine lassen.

Der Regen hatte jetzt komplett aufgehört, die Wolken verzogen sich und am Horizont stieg die Sonne als großer oranger Ball schnell höher. Sarah hätte singen können, als sie durch den glitzernden Wald ritten, in dem die Vögel lauthals den Tag begrüßten.

Wenig später trennten sich die beiden Freundinnen am Arnoldhof. Lavinia stand in ihrer Box und verspeiste mit Genuss eine große Extra-Portion Hafer.

„Die hat sie sich wirklich verdient. Tausend Dank euch beiden", flüsterte Sarah.

„Wir kommen heute Nachmittag in der Klinik vorbei", versprach Jenny.

Damit schwangen sie sich auf ihre Fahrräder und fuhren nach Hause.

Sarah zog gerade die Tür von ihrem Zimmer zu, als sie den Wecker im Schlafzimmer ihrer Eltern klingeln hörte. Mit einem glücklichen Lächeln zog sie ihre feuchten Sachen aus und verschwand direkt unter der Dusche. Ein knappe Stunde später war sie mit ihrem Fahrrad wieder unterwegs zur Marienwaldklinik.

10

Bettina Wiegand betrachtete zufrieden das kleine Pony. Sascha zupfte gerade an einem Heubüschel, das Peter ihm in die Box gelegt hatte.

„Ich habe doch gesagt, dass es ihm bestimmt bald besser geht. In seinem Alter erholen sich Pferde nicht mehr so schnell." Sie lächelte Sarah an. „Jetzt geht es jeden Tag aufwärts, garantiert. Führe in heute Nachmittag eine kleine Runde über den Hof. Aber denk dran: Er darf auf keinen Fall von dem Gras fressen. Verstanden?"

Sarah nickte und die Tierärztin wandte sich ihrem nächsten Patienten zu.

Mit Angel hatte Sarah heute schon ihre Runde gedreht, jetzt sollte sie zum ersten Mal das Mittagessen für alle kochen. Sie zog eine Grimasse, als sie sich an das Frühstück heute Morgen mit ihrer Mutter erinnerte. Sarah hatte harmlos nach einem Rezept für die Spaghettisauce gefragt. Ihre Mutter hatte sie lange und ernst angesehen und dann mitfühlend nachgefragt, ob sie jetzt auch noch die Kantine dieser Klinik übernehmen sollte. „Du siehst müde aus, Kind. Du sollst doch Spaß haben, es sind schließlich deine Sommerferien!", hatte sie in besorgtem Tonfall gesagt. Sie schien zu glauben, dass Sarah ihr etwas vorlog, wenn sie versicherte, dass sie die spannendste Zeit ihres Lebens in der Marienwaldklinik verbrachte.

Sarah schüttelte den Kopf, während sie die Treppe in den Aufenthaltsraum hinauflief. Heute hatte Angel fast interessiert an ihrer Umgebung gewirkt. Ihre Mutter würde nie verstehen, wie großartig es war, wenn man einem dieser Pferde und Ponys helfen konnte.

Während Sarah Zwiebeln und Knoblauch klein schnippelte, kam Elsa herein. Sie setzte sich auf einen der Stühle, sah Sarah ein Weilchen schweigend zu und griff schließlich nach den Tomaten, um sie zu waschen und in Scheiben zu schneiden.

„Sascha geht es heute besser, nicht wahr?“, fragte sie schließlich.

Sarah lächelte. „Ja, er frisst. Wurde ja auch Zeit, ich habe mir echt schon Sorgen um ihn gemacht.“ Sie hatte beschlossen, niemandem etwas von ihrem nächtlichen Besuch im Stall zu erzählen. Keiner hatte Jenny und sie dabei gesehen, der Besuch heute Nachmittag sollte ganz zufällig mit Saschas erstem Spaziergang zusammenfallen. Sarah glaubte nämlich nicht, dass Dr. Wiegand so ein eigenmächtiges Handeln wie ihre Nachtaktion gut finden würde.

Aber Elsa schien etwas anderes auf dem Herzen zu haben. Sie zögerte kurz und meinte dann: „Du hast Ben doch gesehen, als er vor ein paar Tagen am Telefon saß, oder?“

Sarah nickte. „Ja. Wieso, stimmt etwas nicht?"

Elsa seufzte. „Ich habe ihn seitdem nicht gesehen. Ich weiß, er ist schon siebzehn und er hängt meistens einfach mit seinen Kumpels zusammen und redet tagelang über Musik. Oder sie proben für ihren ersten Hit, ich habe keine Ahnung."

Sarah sah Elsa fassungslos an. Ben kam einfach nicht nach Hause? Sie dachte an ihre Mutter, die jeden ihrer Schritte überwachte. Zumindest kam es Sarah meistens so vor.

„Das hat er schon öfter gemacht?", versicherte sie sich noch mal.

Elsa zuckte mit den Schultern. „Er ist ohne seinen Vater aufgewachsen. Ich denke, da fehlt die starke Hand." Sie lächelte. „Allerdings hat Ben schon früh gelernt, auf sich selbst aufzupassen. Ich sollte mir wirklich keine Sorgen machen. Aber …" Sie zögerte. „Hast du am Telefon vielleicht gehört, was er vorhat?"

Sarah schüttelte den Kopf. „Er hat irgendwas von einem Mick gesagt – aber das hilft wahrscheinlich auch nicht weiter, oder?"

Elsa schnitt die letzte Tomate in Scheiben. „Nein, er zieht immer mit Mick um die Häuser. Ich dachte, die beiden sind vielleicht auf einem Konzert und du hättest …" Sie stand abrupt auf. „Ich sollte mir nicht so viele Gedanken machen! Er wird schon wieder auftauchen. Entschuldige, dass ich dir damit auf die Nerven gehe. Kann ich dir bei deinen Spaghetti helfen?"

Sarah nickte und dank Elsas tatkräftiger Hilfe konnten sie Peter und Dr. Wiegand kurze Zeit später zum Mittagessen rufen. Zu Sarahs Überraschung schien es allen zu schmecken und auch sie selbst fand die Sauce gelungen.

Nachdem sie den Abwasch erledigt hatte, drehte Sarah ihre zweite Runde mit Angel. Der Stute schien das gut zu tun. Aber Sarah wurde das Gefühl nicht los, dass mit Angel etwas nicht stimmte. Es gab irgendein Geheimnis um ihre Krankheit. Warum besuchten ihre Besitzer sie nicht ein einziges Mal? Die meisten anderen Pferde in der Klinik bekamen fast jeden Tag Besuch. Vielleicht sollte sie einfach mal bei Angels Besitzern anrufen – was konnte schon passieren? Auf Elsas Schreibtisch stand ein Ordner mit allen wichtigen Telefonnummern. Sarah wusste, dass dazu auch die Nummern der Besitzer von Klinikpatienten gehörten. Kein Wunder, die mussten schließlich sofort informiert werden, wenn sich bei ihren Lieblingen etwas veränderte.

Sarah fasste den Entschluss, Angels Geheimnis auf den Grund zu gehen. Vielleicht konnte man ihr ja genauso schnell helfen wie Sascha!

In diesem Moment klingelte ihr Handy.

„Hi, hier ist Jenny. Lavinia und ich sind in fünf Minuten an der Klinik. Kannst du uns da irgendwo empfangen?“

Sarah jubelte. Auf Jenny konnte man sich einfach

verlassen! „Klar. Ich stehe mit Sascha im Hof. Du kannst uns gar nicht übersehen.“ Sie dachte an ihre Handyrechnung und den dauernden Streit darüber mit ihrer Mutter. „Alles Weitere können wir gleich besprechen. Bist ein Schatz! Tschüss!“

So schnell sie konnte, versorgte sie Angel und holte Sascha aus seiner Box. Zumindest wollte sie das. Aber der kleine Schecke stemmte seine kurzen Beine in den Boden und weigerte sich, mit ihr zu kommen.

Sarah stöhnte. „Jetzt ist wirklich der falsche Moment, um mir zu zeigen, wie stur Ponys sein können!“ Sie zerrte am Führstrick. Ohne Ergebnis. Sascha hatte sich anscheinend entschieden, dass er die Box, in der ihn seine Freundin Lavinia besucht hatte, nicht mehr verlassen wollte. Doch plötzlich erklangen von draußen Hufschläge auf dem gepflasterten Hof.

Sascha hob seinen Kopf, brummelte sein Willkommenswiehern und zog Sarah fast aus seiner Box. Sarah freute sich viel zu sehr, dass es ihm so gut ging, als dass sie ihn dafür ausschimpfen wollte. Eilig folgte sie Sascha auf den Hof, wo Lavinia schon aufgeregt wieherte. Die beiden stapften aufeinander zu und bliesen sich begeistert ihre Pferdeneuigkeiten in die Nasen.

Jenny saß ab. Sie sah sich kurz um, ob keiner zuhören konnte, bevor sie anfing zu reden.

„Na, bist du auch so müde wie ich?“

Sarah grinste. „Mir fallen bald die Augen zu! Und ausgerechnet heute fängt meine Mutter an, sich Sorgen zu machen, ob ich mich hier nicht übernehme. Ich konnte ihr schlecht erklären, dass ich heute Nacht durch den Sturm geritten bin. Dafür hätte sie garantiert kein Verständnis gehabt!"

Jenny stimmte ihr zu. „Nein, das behältst du besser für dich. Ich konnte heute Morgen wenigstens noch zwei Stunden schlafen, bevor meine Mutter beschlossen hat, dass ich in den Ferien nicht den ganzen Tag im Bett liegen soll." Sie musterte Sascha. „Bilde ich mir das ein, oder sieht er schon besser aus als letzte Nacht?"

„Ja, er hat heute Vormittag noch mal eine Portion gefressen. Der Besuch von Lavinia hat Wunder gewirkt. Tausend Dank, dass du heute Nacht mitgemacht hast …"

Jenny winkte ab. „Ist doch selbstverständlich. Das hättest du schließlich auch für mich gemacht! Sollen wir die beiden ein bisschen im Schritt herumführen?"

Sarah nickte. Die Freundinnen gingen gemütlich nebeneinander her. Sie merkten nicht, dass Peter ihnen grinsend von der Stalltür aus zusah.

Sarah erzählte Jenny von Angel. „Sie blüht richtig auf, seitdem ich sie jeden Tag spazieren führe. Ich glaube, dass da irgendetwas mit den Besitzern nicht stimmt. Warum wird sie nie besucht? Elsa hat mir erzählt, dass sie seit ein paar Wochen hier in der Klinik steht. Ihr Bein wird einfach nicht besser, obwohl Dr. Wiegand wirklich alles probiert."

Jenny sah ihre Freundin gespannt an. „Und – was willst du da machen?“

Sarah erzählte von ihrem Plan, die Telefonnummer von Angels Besitzern herauszufinden. „Vielleicht kann ich ja etwas erfahren, was bisher übersehen worden ist. Bei Sascha hat ja auch niemand an Lavinia gedacht … Jetzt habe ich aber genug von der Klinik erzählt. Wie geht es mit dem Springunterricht voran? Hat Lavinia immer noch Angst vor jedem Kreuz?“

Jenny schüttelte lächelnd den Kopf. „Du wirst dich wundern. Seitdem sie weiß, dass Stangen nicht beißen, wird sie mit jedem Tag sicherer. Du musst unbedingt mal beim Training zuschauen.“

Sarah versprach, bald zu kommen. „Spätestens dann, wenn Sascha entlassen wird. Dann bin ich jeden Tag bei euch!“

Jenny sah auf die Uhr. „Ich muss los, sonst schaffe ich es nicht rechtzeitig zur Springstunde. Ich komme morgen wieder vorbei. Gleiche Uhrzeit, gleicher Ort?“

Sarah nickte. „Viel Spaß! Sag den anderen einen Gruß von mir, ja?“

Jenny schwang sich auf Lavinias Rücken und winkte zum Abschied.

Sascha sah seiner Freundin sehnsüchtig hinterher und zog an seinem Führstrick. Er sah nicht ein, warum er in der Klinik bleiben sollte, während Lavinia nach Hause ging.

Sarah streichelte ihn tröstend. „Ich verspreche dir,

dass du bald auch wieder auf den Arnoldhof darfst." Sie zog an seinem Halfter. „Aber leider nicht heute. Jetzt geht es erst mal wieder in den Stall. Du sollst noch ein bisschen Mash fressen!"

Als das Pony brav in seiner Box stand und den warmen Brei schlürfte, verschwand Sarah unauffällig im Empfangszimmer. Elsa sortierte Medikamente im Labor, der Schreibtisch stand verwaist da. Sarah kämpfte mit ihrem schlechten Gewissen, dann griff sie schnell nach dem Ordner. Sie musste nicht lange suchen. Da war das Formular von Sascha, das sie selber ausgefüllt hatte. Und direkt dahinter: Angel. Daneben eine Adresse und eine Telefonnummer. Sarah schrieb sie schnell auf einen Zettel und stellte den Ordner wieder an seinen Platz zurück. Jetzt musste sie nur noch anrufen. Dafür suchte sie sich ein stilles Plätzchen hinter dem Heuschuppen.

Das Freizeichen erklang zweimal, dann meldete sich eine Männerstimme. „Hallo?"

Sarah versuchte möglichst erwachsen zu klingen. „Guten Tag, Sarah Stürmer von der Marienwaldklinik."

Der Mann klang nicht sonderlich besorgt. „Ist etwas mit unserem Pferd?"

Sarah räusperte sich. „Nein, nein. Angel geht es gut. Wir haben uns nur gefragt, ob es etwas im Alltag der Stute gibt, das wir wissen sollten. Sie scheint sich hier in der Klinik …"

Der Mann unterbrach sie. „Wenn ich mich mit dem Alltag von dem Pferd auseinandersetzen wollte, dann wäre sie hier bei mir im Stall. Ich habe sie Ihnen gebracht und ich hole sie erst wieder ab, wenn sie gesund ist. Was ist daran so schwer zu verstehen?"

Sarah schluckte, aber sie wollte nicht so schnell aufgeben.

„Sicher, das wissen wir …"

„Gut. Dann rufen Sie mich erst wieder an, wenn die Stute gesund ist. Auf Wiedersehen!"

Es klickte. Der Mann hatte einfach aufgelegt. Sarah sah verwirrt ihr Handy an. Es hatte nicht so geklungen, als ob er sein Pferd irgendwie vermisste oder sich Sorgen um es machte. Was war da nur passiert?

Nachdenklich ging sie zu ihrem Fahrrad und fuhr nach Hause. Sie konnte sich nicht vorstellen, aus welchem Grund jemand die freundliche, hübsche Stute nicht bei sich haben wollte.

Sie war immer noch ganz in Gedanken, als sie zu ihren Eltern in die Küche kam.

Ihre Mutter war jetzt regelrecht entsetzt darüber, wie Sarah aussah. Sie deutete auf ihre Tochter und sagte zu ihrem Mann, der sich hinter einer Zeitschrift verbarg: „Schau sie dir an, Thomas! Ich habe dir doch gesagt, dass sie müde und abgekämpft aussieht. Und das nach nur ein paar Tagen in der Klinik. Dieser Spuk muss ein Ende haben! Die Arbeit in der Klinik ist zu viel für Sarah."

Thomas Stürmer legte seufzend seine Zeitschrift zur Seite und sah seine Tochter aufmerksam an.

Sarah versuchte möglichst wach auszusehen. Sie ahnte, dass nach der letzten Nacht ihre Augenringe kaum zu übersehen waren.

Schließlich stellte ihr Vater die entscheidende Frage: „Wird es dir denn zu viel, Schatz?"

Sarah schüttelte heftig den Kopf. „Ich habe nur in den letzten Nächten so schlecht geschlafen, weil ich mir Sorgen um Sascha gemacht habe. Er hat nichts gefressen und wurde immer dünner. Aber ich hätte mir die Sorgen auch gemacht, wenn ich nicht in der Klinik arbeiten würde. Eher schlimmer. So habe ich wenigstens gesehen, dass Dr. Wiegand alles für ihn getan hat."

„Geht es ihm denn jetzt besser?", fragte ihr Vater.

„Ja. Er hat heute früh angefangen zu fressen. Heute Nachmittag habe ich ihn sogar schon ein bisschen über den Hof geführt. Keine Sorge: Jetzt kann ich bestimmt wieder schlafen."

Sarah wollte das Thema wechseln und sah Richtung Herd. „Ist noch etwas vom Mittagessen übrig?"

Ihre Mutter wurde sofort wieder misstrauisch. „Kriegst du etwa nichts zu essen?"

Sarah lachte. „Ich habe dich doch heute Morgen extra nach einem Rezept für eine Spaghetti-Sauce gefragt. Heute war ich mit dem Kochen dran. Es hat allen geschmeckt, sogar mir. Ich habe nur schon wieder Hunger." Sarah blickte kritisch an sich herunter. „Ich glaube, ich kann es mir noch leisten."

Jetzt mussten ihre Eltern doch lachen. Schließlich war es seit Jahren ein Witz in der Familie, dass Sarah immer so zierlich und schlank blieb, egal, wie viel sie aß. Endlich entspannte sich die Stimmung und Sarah begann mit leuchtenden Augen von ihrem aufregenden Tag zu erzählen. Mit dem letzten Bissen, den sie verspeiste, stand sie auf. „Ihr habt Recht, ich bin wirklich müde. Ich geh ins Bett."

Damit verschwand sie in ihrem Zimmer. Und zum ersten Mal seit der Operation von Sascha schlief sie in aller Ruhe durch und wurde nicht von Albträumen über ihr krankes Pony gequält.

11

Elsa sah hilflos auf den Haufen, der mitten im Empfangszimmer lag. Lederriemen, Bürsten, Satteldecken, ein Spring- und ein Dressursattel. Winter-, Regen- und Abschwitzdecken. Gamaschen aus Leder und Gamaschen aus Neopren. Hufglocken und Mähnenkämme. Und daneben ein gut gekleideter Mann um die vierzig, der herausfordernd das Personal der Klinik ansah.

„Sie haben gesagt, ich soll alles von Zodiac mitbringen! Ich habe mehrfach nachgefragt, was Sie mit ‚alles' meinen. Und habe dann meinen Kofferraum vollgeladen und Ihnen Zodiacs Ausrüstung gebracht. Wozu brauchen Sie das überhaupt? Ich reite nur mit qualitativ hochwertiger Ausrüstung. Ein Pferd wie Zodiac kann man schließlich nicht mit einem billigen Sattel aus dem Versandhandel reiten!"

Elsa beruhigte ihn. „Das haben wir auch keine Sekunde lang gedacht. Wir wollen bei einer gründlichen Untersuchung nur alle Möglichkeiten ausschließen, die zu der Widersetzlichkeit von Zodiac geführt haben können. Ich hoffe, Sie haben Verständnis dafür, dass Dr. Wiegand nichts dem Zufall überlassen will."

Der Mann schien sich ein wenig zu beruhigen.

„Wenn Sie meinen, das sei nötig … Wann kann ich die Ausrüstung wieder abholen? Und vor allem: Wann kann ich Zodiac abholen?“

Elsa lächelte ihn unverbindlich an. „Solche Fragen kann Ihnen leider nur Dr. Wiegand beantworten. Ich sage ihr, dass sie sich bei Ihnen melden soll.“

Der Mann wehrte ab. „Nein, so wichtig ist es nun auch wieder nicht. Ich will nur nicht, dass Zodiac endlos hier in der Klinik bleibt. Kann ich ihn wenigstens besuchen?“

Elsa blieb die Freundlichkeit in Person. „Sicher. Sarah wird Sie zu ihm bringen.“ Elsa sah Sarah an. „Tust du das für mich?“

Sarah bemühte sich um ein ähnlich freundliches Lächeln wie Elsa und führte den Besucher in den Stall. Dort begrüßte der Mann Zodiak, klopfte ihn ab, untersuchte ihn an den Beinen und richtete sich schließlich auf. „Gut gepflegt ist er, Respekt“, brummte er vor sich hin. „Wie haltet ihr ihn hier fit?“

„Er kommt jeden Tag auf das Laufband“, erklärte Sarah. „So können wir sichergehen, dass er keine Muskulatur abbaut.“

Der Mann nickte zufrieden. „In Ordnung.“ Er griff in seine Hosentasche und drückte der völlig überraschten Sarah einen 10-Euro-Schein in die Hand. „Kümmere dich weiter so gut um ihn, Mädchen.“ Damit nickte er ihr zu und verschwand wieder im Empfangsraum.

Sarah starrte verdattert auf den Schein in ihrer Hand. Trinkgeld? Das gehörte doch eigentlich Peter. Oder Elsa. Oder Dr. Wiegand. Aber ganz sicher am allerwenigsten ihr.

Sie ging zurück zu Elsa, die immer noch ratlos auf den Haufen vor ihrem Schreibtisch starrte. Zodiacs Besitzer war schon abgerauscht. Sarah wedelte mit dem Geldschein vor Elsas Gesicht herum. „Das habe ich als Trinkgeld bekommen. Für die gute Pflege von Zodiac. Ich habe allerdings das Gefühl, dass dieses Geld allen hier in der Klinik gehört. Und nicht nur mir."

Elsa deutete auf ein kleines rosa Sparschwein auf dem Schreibtisch, das Sarah bisher noch nicht aufgefallen war. „Wir stecken die Trinkgelder immer in unser Schwein. Davon machen wir dann im Winter unser großes Weihnachtsessen. Je nach Großzügigkeit der Kunden gibt es Pizza oder ein echtes Festmahl." Elsa zögerte. „Obwohl ... Weihnachten bist du ja schon lange nicht mehr bei uns. Weißt du was? Behalte das Geld doch. Es wäre unfair, wenn du hier etwas zugesteckt bekommst und wir uns davon einen Weihnachtsspeck anfressen."

Sarah wurde traurig. Sie wollte sich nicht vorstellen, dass sie mit dem Ende der Sommerferien nicht mehr zum Team der Klinik gehören würde. Aber daran konnte wohl niemand etwas ändern. Trotzdem steckte sie den Geldschein in das Sparschwein. „Vielleicht ladet ihr mich ein“, sagte sie und hoffte, dass es möglichst unbeschwert klang.

Dann deutete sie auf den Haufen. „Soll ich dir beim Sortieren helfen? Vielleicht entdecken wir ja irgendwas.“

Elsa nickte erleichtert. „Das wäre lieb von dir.“

Gemeinsam machten sie sich über das Lederzeug und die Decken her. Gründlich untersuchten sie dabei jedes einzelne Stück. Auch wenn Sarah sich kaum vorstellen konnte, was daran nicht in Ordnung sein sollte. Sie arbeiteten eine Weile schweigend. Dann fiel Sarah plötzlich ein, dass Elsa gar nichts mehr von Ben erzählt hatte. Scheu sah sie zur Seite. Hoffentlich war da nichts passiert. Sie räusperte sich verlegen. „Sag mal, ist Ben eigentlich wieder aufgetaucht?“

Elsa winkte ab. „Ach ja, das habe ich völlig vergessen dir zu sagen. Entwarnung. Er war am nächsten Tag wieder zu Hause und hat sich benommen, als wäre es das Normalste der Welt, mal für ein paar Tage mit seinen Freunden Musik zu machen.“ Elsa seufzte. „Ben träumt von einer großen Karriere als Musiker. Ich wäre schon froh, wenn er öfter zur Schule gehen würde. Von Musik kann man doch nicht leben.“ Sie sah Sarah neugierig an. „Was sind eigentlich deine Pläne nach der Schule?“

Sarah zuckte mit den Schultern. „Ich habe ja noch lange Zeit, bis ich mich entscheiden muss. Mein Abitur ist ja erst in vier Jahren.“ Sie zögerte. „Aber eigentlich gefällt mir das, was Dr. Wiegand macht. Vielleicht schaffe ich ja auch mal so was?" Das hatte Sarah noch niemandem erzählt. Nicht einmal Jenny.

Elsa fand die Idee offensichtlich gar nicht so verrückt. „Klar schaffst du das. Es ist aber ein langer Weg. Das wirst du spätestens übernächste Woche sehen, wenn Dr. Beringer auftaucht. Der hat schon fertig studiert und trotzdem noch ein paar Jahre vor sich, bis er endlich Fachtierarzt für Pferde ist. Da bleibt wenig Zeit für das Privatleben. Es ist kein Zufall, dass Bettina geschieden ist, ihr Mann hat sie wohl einfach zu wenig gesehen. Aber ich denke, es lohnt sich trotzdem."

Sarah wollte gerade antworten, als sie mit den Fingern über eine scharfe Stelle fuhr.

„Autsch!" Sie zuckte zurück und sah genauer hin. Sie hatte eine einfache Wassertrense in der Hand, schön dick und offensichtlich viel und lange benutzt. Makellos sauber. Sie suchte weiter. Wo war ihr Finger gerade hängen geblieben? Und dann sah sie die Stelle. Direkt an den Trensenringen war die Trense auf einer Seite ausgeschlagen, es hatte sich eine winzige scharfe Kante gebildet. Mit bloßem Auge war sie fast nicht zu erkennen. Aber ihre Fingerspitzen verrieten ihr, dass diese kleine Erhebung messerscharf war.

„Elsa?" Sie zeigte ihr die winzige Stelle. „Kann es sein, dass das hier der Grund für Zodiacs Buckelei ist?"

Elsa nahm ein Stück von einem roten Klebestreifen und markierte die Erhebung.

„Treffer! Ich wette, so etwas hat Bettina gesucht. Zodiac ist sensibel – und sein Besitzer hat das winzige Ding hier wahrscheinlich gar nicht bemerkt. Wir zeigen es ihr nachher, wenn sie von ihrer Runde zurück ist."

Sie untersuchten noch eine weitere Stunde Zodiacs Ausrüstung, ohne etwas Auffälliges zu finden. Schließlich sah Sarah auf die Uhr und stand auf. „Ich sollte mich um Angel kümmern!"

Diesmal begrüßte die Stute sie sogar mit einem leisen Wiehern. Sarah hatte deswegen fast ein schlechtes Gewissen. Das Pferd gewöhnte sich an sie – und wurde dann einfach dem gefühllosen Mann zurückgegeben, mit dem sie am Telefon gesprochen hatte. Ihre Streicheleinheiten kamen ihr fast wie Verrat vor. Trotzdem holte sie Angel aus der Box, putzte sie sorgfältig und führte sie ein wenig spazieren. Angel lief mit gespitzten Ohren schwungvoll neben ihr her, es schien ihr wirklich schon viel besser zu gehen.

Dr. Wiegand kam an diesem Tag später als sonst von ihrer Runde zurück. Sie sah müde aus. Als Elsa vorsichtig fragte, was passiert war, winkte sie ab. „Frag lieber nicht. Man kann nicht immer gewinnen. Aber ich kann mich nicht damit abfinden, dass ich hin und wieder ein Pferd verliere." Dann lächelte sie Sarah zu. „Bei dir und Sascha habe ich wenigstens alles richtig gemacht. Komm mit, ich untersuche ihn jetzt noch einmal. Wenn alles gut aussieht, dann kannst du ihn noch heute Nachmittag zurück zum Arnoldhof führen. Er wird sich freuen, wenn er wieder in seiner gewohnten Umgebung ist. Dann muss deine Freundin auch nicht mehr jeden Tag hierherreiten." Dabei zwinkerte die Tierärztin Sarah zu.

Die zuckte zusammen. Ahnte Dr. Wiegand etwas von dem nächtlichen Abenteuer vor einer Woche? Das konnte nicht sein. Wahrscheinlich hatte Dr. Wiegand wirklich nur die nachmittäglichen Besuche von Jenny gesehen.

„Heimkommen? Das wäre toll!", sagte sie also nur. Sascha war jetzt schon acht Tage in der Klinik. Seitdem er wieder fraß, kehrte mit jedem Tag mehr Leben in den Schecken zurück. Was aber, wenn es ihm zu Hause plötzlich wieder schlechter gehen sollte? Sarah sah die Tierärztin ängstlich an. „Bleibt er denn jetzt gesund? Was mache ich, wenn er wieder eine Kolik bekommt?"

Dr. Wiegand blieb entspannt. „Dann bringen wir ihn wieder hierher. Das ist allerdings wirklich unwahrscheinlich. Ich bin mir sicher, dass ihm in seiner gewohnten Umgebung noch viel weniger fehlt als hier in der Klinik. Komm, wir gehen gleich zu ihm."

Minuten später sah sich die Tierärztin die Naht an Saschas Bauch an. Ihre langen, schmalen Hände glitten prüfend über die Stiche. Mit einem Stethoskop horchte sie noch einmal seine Darmgeräusche ab. Dann maß sie ihm den Puls und überprüfte die Atmung. Mit einem Blick auf Saschas Boxenschild vergewisserte sie sich noch einmal, dass er seit Tagen fieberfrei war. Dann griff Dr. Wiegand nach dem Halfter und drückte es Sarah in die Hand.

„Hier! Bring ihn heim. Dann hat er für heute auch genug Bewegung. Kennst du den Weg durch den Wald?"

Sarah wurde unwillkürlich rot. Sie wurde das Gefühl nicht los, dass die Tierärztin ganz genau wusste, was letzte Woche in ihrer Klinik passiert war. Aber sie traute sich nicht nachzufragen. Sie griff nach dem Halfter und zog es Sascha über die Ohren. Dann hakte sie den Führstrick unter seinem Kinn ein. „Komm, Sascha. Wir gehen nach Hause."

Während sie gemütlich mit Sascha durch den Wald zum Arnoldhof lief, dachte sie über die letzten Tage nach. Sie konnte kaum glauben, dass es erst eine knappe Woche her war, dass sie hier mit Jenny und Lavinia durch die Nacht geritten war. Diesen Sturm würde sie nie vergessen, auch in zehn Jahren nicht. Wer weiß – wären sie damals nicht so schnell wie möglich zur Marienwaldklinik geritten, vielleicht wäre es zu spät für Sascha gewesen. Sarah sah zur Seite. Mit glänzenden Augen und wippender Mähne lief der Schecke neben ihr her. Er schien sich wieder des Lebens zu freuen. Und je mehr er begriff, wo es hinging, desto fleißiger wurde sein Schritt. Nur noch die kahl rasierte Stelle an seinem Bauch und die lange Naht erinnerten daran, dass Sascha den Sommer um ein Haar nicht überlebt hätte.

Als Sarah den Waldrand erreichte, blieb sie kurz stehen. Auf dem Springplatz sah sie „ihre" Gruppe beim Training. Neugierig ging sie näher. Gerade schoss die kleine Solveig mit ihrem Frühlingsball über den Parcours. Immer noch viel zu schnell, aber immerhin – sie schaffte den ganzen Parcours. Aus der Ferne hörte sie schon die Anweisungen von Frank, die über den Platz schallten. „Ruhiger! Kontrolle, denk an deine Kontrolle!" Es sah nicht so aus, als ob seine Ermahnungen viel bewirkten.

Sarah blieb am Springplatz stehen. Sascha neben ihr sah ebenso gespannt wie sie den Springreitern zu. Jetzt war Jenny an der Reihe. Die Stute galoppierte geschmeidig an und überwand mit einem kleinen Sprung das erste Hindernis. Gelassen lief sie durch die Wendung und spitzte ihre Ohren in Richtung des nächsten Sprungs.

Sarah war beeindruckt. Das sah wirklich schon gekonnt aus. Zwei Sprünge später beschloss Sascha allerdings, dass er lange genug brav zugesehen hatte. Er hob seinen Kopf und wieherte, so laut er konnte, quer über den Platz. Lavinia sollte eigentlich in Richtung einer zweifachen Kombination weitergaloppieren – aber jetzt hatte sie plötzlich andere Dinge als Springen im Kopf. Sie wendete ab und lief auf dem schnellsten Weg zu Sascha. Jenny hielt sich mit Mühe auf Lavinias Rücken, als die kleine braune Stute direkt vor ihrem Freund scharf bremste.

Sarah konnte ihr Lachen nicht unterdrücken. „Entschuldigung, ich wollte euch nicht stören." Sie prustete los. „Ich konnte ja nicht ahnen, dass dein Spitzenspringpferd als Erstes mein Pony begrüßen will!"

Jenny lachte mit und sprang von Lavinias Rücken, um Sarah zu umarmen. „Darf Sascha wieder nach Hause? Das ist toll! Ich dachte schon, ihr bleibt für immer in der Klinik."

Frank tauchte hinter Jenny auf und lächelte Sarah an. „Na, ist dein kleiner Professor wieder fit?"

Sarah nickte. „Ja, aber es dauert noch eine Weile, bis er wieder springen darf …"

„Es gibt Wichtigeres als Springen", tröstete Frank sie. „Zuerst muss er wieder ganz gesund werden!"

Sarah nickte. „Ich bringe ihn schnell in seine Box. Und dann komme ich, um euch zuzusehen."

Sascha stapfte in seine Box, als hätte er sie erst vor ein paar Minuten das letzte Mal verlassen. Er untersuchte die Futterraufe, die zu seinem offensichtlichen Ärger leer war.

Sarah streichelte ihn. „Jetzt gibt es erst mal noch Schonkost! Du kannst hier nicht erst den großen Fastenmax spielen und heute wieder alles in dich hineinschlingen wollen!"

Sascha schien ihr nicht zugehört zu haben. Jetzt suchte er auf dem Boden seiner Box nach Heu. Fehlanzeige.

Sarah lachte und kraulte ihn am Hals. „Ich bringe dir nachher ein paar Büschel zu fressen, keine Sorge."

Damit verschwand sie zum Springplatz und sah den anderen beim Training zu. Sie lehnte sich gemütlich an den Zaun. Alle drei hatten viel gelernt in der kurzen Zeit. Aber Sarah hatte das Gefühl, am meisten gelernt zu haben.

12

Sarahs Mutter ließ die Kaffeetasse sinken. Sie sah ihre Tochter ungläubig an.

„Du willst Tiermedizin studieren?"

Sarah nickte. Je länger sie über ihren Plan nachdachte, desto sicherer war sie sich.

„Ja. Ich hatte noch nie so viel Spaß wie in den letzten Wochen. Die Arbeit von Dr. Wiegand ist so spannend, da ist kein Tag wie der andere. In einem Büro würde ich mich total langweilen. Ich will Tiermedizin studieren und danach den Fachtierarzt für Pferde machen."

Thomas Stürmer sah seine Tochter nachdenklich an. „Ich möchte deine Begeisterung nicht bremsen. Aber hast du schon mal deine Noten in der Schule genauer angesehen? Im Moment ist es noch alles andere als sicher, dass du überhaupt dein Abitur schaffst. Und dann bist du noch weit entfernt von einer Note, mit der du Tiermedizin studieren darfst."

Sarah hatte auch über dieses Problem schon nachgedacht. „Ich habe mich bisher noch nie wirklich angestrengt. Ich verspreche euch: Ich schaffe das! Und ich habe einen Vorsprung vor anderen Studenten, weil ich schon mal in einer Tierklinik gearbeitet habe."

„Wenn du anfängst zu studieren, ist das schon vier Jahre her", gab ihre Mutter zu bedenken.

„Schon", räumte Sarah ein. „Aber vielleicht kann ich Dr. Wiegand ja überzeugen, dass ich in den nächsten Ferien noch mal bei ihr helfen darf. Ich glaube, sie ist nicht so unzufrieden mit meiner Arbeit."

Thomas Stürmer sah seine Frau an. „Na, freuen wir uns doch, dass Sarah endlich weiß, was sie will." Er sah Sarah in die Augen. „Wir unterstützen dich ganz bestimmt. Du darfst aber nicht vergessen, dass wir dich auch unterstützen, wenn du deine Entscheidung noch einmal änderst. Bis zum Abitur ist es noch ein langer Weg, da kann viel passieren."

Sarah strahlte ihn an. Auf ihren Vater war einfach Verlass. Sie nahm einen letzten großen Schluck von ihrem Orangensaft und stand auf. „Okay. Ich muss dann los. Ist sowieso meine vorletzte Woche in der Marienwaldklinik. Da will ich noch möglichst viel lernen." Und schon war sie aus der Tür.

Sarah war gerade vom Fahrrad gestiegen, als sie Angel im Stall hörte. Die Stute erkannte ihren Schritt und wieherte ihr entgegen. Innerhalb der kurzen Zeit, in der sich Sarah um sie gekümmert hatte, war aus dem teilnahmslosen Pferd wieder ein fröhliches Tier geworden. Die Höhlen über den Augen hatten sich in der letzten Woche wieder aufgefüllt, das Fell ein wenig von seinem Glanz zurückbekommen.

Sarah begrüßte Angel mit einem kleinen Klaps auf den Hals. Sie holte die Stute aus der Box, als Dr. Wiegand in der Stallgasse auftauchte. „Guten Morgen, Sarah. Sehen wir uns doch gleich als Erstes Angels Bein an. Das Fieber ist schon seit einer Woche weg, mal schauen, ob wir sie bald nach Hause schicken können."

Sarah nickte, band die Stute fest und entfernte schnell den Verband. Sie grinste, als sie an ihre ersten Versuche mit dem Verbandswechsel dachte – irgendwie hatte sie die selbstklebende Bandage nie richtig entfernen können. Durch die tägliche Übung war ihr das immer leichter gefallen – jetzt ging ihr die Arbeit so leicht von der Hand wie Peter. Sie zupfte die letzte Unterlage von Angels Bein und kniff kritisch die Augen zusammen. Die Wunde war jetzt geschlossen und nässte auch nicht mehr. Das Bein war wieder dünn. Eigentlich sah das gut aus.

Fragend sah sie Dr. Wiegand an. Die tastete die Wunde ab, dann lächelte sie. „Ich rufe ihren Besitzer an. Das kann jetzt nicht mehr schlechter werden." Sie klopfte Sarah auf die Schulter. „Das ist dein Verdienst, Sarah. Die Spaziergänge mit dir haben ihr wirklich gut getan. Ich muss zugeben, dass ich nicht daran geglaubt habe. Aber Peter war sich so sicher … meistens hat er Recht." Sie deutete auf Angels Bein. „Lege ihr einfach eine trockene Stallbandage an. Kannst du das?"

Sarah verzog ihr Gesicht. „Ich frage lieber noch mal

Peter. Ich habe Angst, dass ich ihr wehtue, wenn ich etwas falsch mache."

Dr. Wiegand nickte und wandte sich ab. „Ja, mach das." Sie ging schon weiter zum nächsten Patienten, einem riesigen Fuchs, der gestern für eine Untersuchung im Computertomografen hergebracht worden war. Er sollte heute Nachmittag in Narkose gelegt werden.

Sarah hatte sich an den ständigen Wechsel im Klinikstall schon fast gewöhnt. Viele Pferde blieben nur für zwei oder drei Tage und die Besitzer kamen jeden Tag zu Besuch, um nach ihren Lieblingen zu sehen. Da war für sie nicht viel zu tun – außer dem Ausmisten der Boxen.

Nachdem Sarah alles erledigt hatte, ging sie in den Empfangsraum. Elsas Platz war leer, aber in einem der beiden Wartestühle saß ein junger Mann, der interessiert einen der langweiligen Artikel über Wurmkuren las.

Sarah setzte ihr professionelles Gesicht auf. „Kann ich Ihnen helfen?"

Der Mann sah kurz auf und schüttelte dann den Kopf. „Nein, danke. Ich warte auf Frau Dr. Wiegand."

Sarah blieb freundlich. „Haben Sie Ihr Pferd dabei? Sie können es gerne schon ausladen."

Diesmal sah der Mann nicht einmal mehr von seinem aufregenden Würmer-Artikel auf.

„Nein, nein. Ich warte einfach hier."

Sarah war überrascht. Kein Pferd? Was wollte er dann hier? Die Marienwaldklinik war schließlich kein Aufenthaltsort für heimatlose Leser von Fachzeitschriften. Sie wagte noch einen letzten Anlauf. „Kann ich Ihnen wenigstens einen Kaffee bringen? Es dauert noch etwas, bis Dr. Wiegand wieder hier ist."

Ohne aufzusehen kam die erste positive Reaktion. „Ja, Kaffee wäre nett. Mit Milch, ohne Zucker."

Sarah holte den Kaffee und rätselte weiter, warum der Mann überhaupt da war. Als sie ihm die Tasse hinstellte, sah sie ihn genauer an. Sehr groß, sehr schlank, sehr blass. Schwarze Haare und hellgraue Augen. Sie schätzte ihn auf Anfang zwanzig. Gerade als sie überlegte, ob sie ihn einfach allein lassen konnte, kam Elsa wieder.

„Hallo, Sarah. Ich sehe, du hast Dr. Beringer schon kennen gelernt?"

Sarah lachte verlegen. „Sie sind Dr. Beringer? Entschuldigen Sie, ich dachte, Sie sind einer der Kunden."

Elsa sah den jungen Mann strafend an. „Sie hätten sich unserer Mitarbeiterin ruhig vorstellen können, Dr. Beringer!" Sie deutete auf Sarah. „Das ist Sarah Stürmer, sie arbeitet in diesen Sommerferien bei uns."

Dem schwarzhaarigen Mann war sein Auftritt offensichtlich peinlich. „Entschuldigung! Ich hätte nicht gedacht, dass du … äh, Sie … hier in der Klinik arbeiten würden. Ich habe mich schon gewundert, warum mir hier ein Kind Kaffee anbietet!"

Sarah wurde rot. Kind? Spontan wünschte sie sich, endlich zu wachsen. „Ich bin ja auch erst vierzehn“, murmelte sie verlegen.

Dr. Beringer fand das offensichtlich nicht weiter merkwürdig. Er lächelte sie das erste Mal direkt an.

Sarah fand, dass er wirklich sehr nett aussah.

„Ja, wenn das so ist, dann sollten wir vielleicht die Sache mit dem Sie und dem Doktor lassen.“ Er streckte ihr seine Hand entgegen. „Ich heiße Marc!“

„Sarah!“ Zögernd nahm sie seine Hand.

Jetzt mischte sich auch Elsa ein. „Und ich als alte Schachtel darf bei der allgemeinen Verbrüderung nicht mitmachen?“ Sie bot dem jungen Tierarzt ebenfalls ihre Hand an. „Ich heiße Elsa. In Ordnung?“

Damit wandte Elsa sich wieder ihrer Arbeit zu. Marc und Sarah standen etwas unschlüssig im Empfangsraum, als Elsa noch einmal aufsah. „Sarah, zeig Marc doch bitte ein wenig die Klinik. Bettina ist frühestens in einer Stunde zurück. Machst du das?“

Sarah nickte. In der nächsten Stunde führte sie den neuen Assistenzarzt durch die Räume der Klinik und erklärte ihm alles, was sie wusste. Besonders spannend fand Marc Beringer natürlich den Computertomografen. „Wann wird denn hier das nächste Pferd untersucht?“, fragte er.

„Heute Nachmittag!“ Sarah zeigte ihm den Fuchs. „Ist eine Überweisung von einer anderen Klinik, die so ein Ding nicht im Angebot haben.“

Marc sah sie neugierig von der Seite an. „Wie kommt es, dass du hier arbeitest?"

Sarah grinste. „Das ist eine lange Geschichte. Die erzähle ich dir irgendwann mal. Aber ich habe eine Frage an dich …"

Marc sah sie aufmerksam aus seinen grauen Augen an. „Ja?"

Sarah räusperte sich. „Wie lange hat es denn gedauert, bis du fertig studiert hast? Ich meine – war es sehr schwierig?"

Marc dachte kurz nach und zuckte dann mit den Schultern. „Ich finde, es war den Ärger wert. Vor allem jetzt, wo ich endlich in einer Pferdeklinik anfangen kann. Ab sofort lerne ich alles, was ich in Zukunft auch wirklich gebrauchen kann!"

Noch bevor Sarah weiter nachfragen konnte, fuhr Dr. Wiegands Kombi in den Hof. Die Ärztin nahm Marc in Empfang und rief Sarah noch zu, dass Zodiac am Nachmittag abgeholt werden sollte. Er sollte auf Hochglanz gebracht werden, so wie alle Pferde, die aus der Klinik entlassen wurden.

Es war schon später Nachmittag, als der große schwarze Jeep mit dem ebenso schwarzen Hänger auf den Hof gefahren kam. Zodiacs Besitzer stieg aus und lief mit energischen Schritten über den Hof. Sarah erkannte ihn gleich wieder, er hatte schließlich auch Zodiacs Ausrüstung gebracht.

Er ging sofort auf Dr. Wiegand los. „Also, was ist

los mit ihm? Muss ich mir Sorgen um Zodiac machen?“

Dr. Wiegand schüttelte gelassen den Kopf. „Wir haben ihn körperlich auf den Kopf gestellt. Ihm fehlt nichts. Er hat Beine wie ein junges Pferd, die Röntgenbilder von seinem Rücken sind makellos. Er hat keine Verspannungen und ist gut bemuskelt. Wir konnten keinen einzigen Entzündungsherd in seinem Körper finden. Seine Blutwerte sind vorbildlich. Sie haben ein gesundes Pferd.“

Der Mann schien diese guten Neuigkeiten nicht gerne zu hören. „Was wollen Sie mir damit sagen?“, knurrte er unfreundlich. „Dass mein Pferd leider nur eine Meise hat und deswegen hin und wieder buckelt? Wissen Sie, was dieses Tier gekostet hat?“

Dr. Wiegand schüttelte den Kopf. „Sie haben mich nicht ausreden lassen. Wir haben trotzdem etwas gefunden.“

Der Mann atmete hörbar auf. „Dann ist ja alles in Ordnung. Kann man ihn heilen?“

Jetzt lächelte Dr. Wiegand breit. „Sicher!“ Sie wandte sich an Sarah. „Holst du bitte das Zaumzeug?“

Sarah rannte los und holte Sattel- und Zaumzeug. Am Gebiss klebte immer noch der rote Klebestreifen.

Die Tierärztin zog das Band ab und zeigte es Zodiacs Besitzer. „Sie haben ein sehr empfindliches, sensibles Pferd“, erklärte sie. „Er reagiert auf winzige Signale, nicht wahr?“

Der Mann nickte stolz. „Stimmt, auf Zodiac braucht man nicht einmal Sporen."

„Deswegen ist er schon bei kleinen Störungen extrem ungehalten", fuhr Dr. Wiegand fort. „Sehen Sie hier diese kleine Kante? Die Wassertrense ist ein wenig ausgeschlagen. Das kann passieren, wenn sie über Jahre hinweg im Einsatz ist. Das hat nichts mit Qualität oder Pflege zu tun."

Der Mann schüttelte den Kopf. „So ein winziges Ding soll Zodiac gestört haben? Das glaube ich nicht!"

Die Tierärztin sah ihn kühl an. „Das sollten sie aber besser glauben. Ich hatte gleich so einen Verdacht, nachdem ich Zodiac selber unter dem Sattel hatte. Dieses Pferd will alles richtig machen, es scheut nicht und ist unglaublich willig. Warum sollte es plötzlich aus heiterem Himmel widersetzlich sein? Deswegen habe ich Sie um die Ausrüstung von Ihrem Zodiac gebeten …"

Das Gesicht des Mannes wurde hochrot. „Bloß weil Sie unfähig sind, den wahren Grund für Zodiacs Ungehorsam zu finden, soll jetzt meine Ausrüstung schuld sein? Das glauben Sie doch selber nicht! Wochenlang untersuchen Sie ihn, jedes Röntgenbild kostet ein Vermögen – und Sie wagen es, mir eins meiner Gebisse zu zeigen und zu behaupten, dass eine neue Wassertrense für dreißig Euro alle meine Probleme mit diesem Pferd löst?" Der Mann entriss Sarah den Führstrick. Während er Richtung Rampe stampfte, brüllte er lauthals: „Sie werden keinen Cent von mir sehen! Das ist doch lächerlich! Sie haben Ihren Beruf verfehlt!“

Eigentlich hatte er wohl vorgehabt, sein Pferd schnell in den Hänger zu verladen. Doch Zodiac zeigte auch jetzt seine sensible Art. Er hörte das Geschrei seines Besitzers und rammte seine schwarzen Hufe fest in den Boden. Er ging keinen Schritt weiter, was dem geplanten Abgang seines Besitzers leider eine lächerliche Note gab.

Er schrie seinen Rappen an: „Steigst du jetzt in den Hänger?“

Aber es sah nicht so aus, als ob Zodiac dem Befehl nachkommen würde. Im Gegenteil. Jetzt ging er auch noch rückwärts.

Sein Besitzer färbte sich vor Zorn dunkelrot. „Wollen Sie mir wenigstens beim Verladen helfen, wenn Sie schon sonst nichts für mein Pferd tun konnten!“

Dr. Wiegand verschränkte ihre Arme. Ohne einen Funken Freundlichkeit sah sie den tobenden Mann an. „Wir helfen Ihnen gerne.“ Sie machte eine kleine Pause und fuhr dann fort: „Nachdem Sie die Rechnung an unserem Empfang beglichen haben.“

„Nichts bekommen Sie. Sie haben nichts gefunden, sondern nur Ihre teuren Geräte benutzt. Das will ich nicht bezahlen!“

Die Tierärztin blieb gelassen. „Es geht nicht darum, was Sie wollen. Sie haben auf dem Anmeldeformular unterschrieben, dass Sie das Pferd erst abholen dürfen, nachdem Sie die Rechnung bezahlt haben. Sie haben von mir eine Untersuchung und eine Diagnose erhalten. Das reicht, um eine Rechnung zu stellen."

Der Mann drückte der überraschten Sarah den Führstrick in die Hand und verschwand ohne ein weiteres Wort im Empfangsraum.

Dr. Wiegand nickte zufrieden, ging zu Zodiac und streichelte seine Nase.

„Feiner Junge, da hast du richtig gut mitgemacht. Das hat uns einen Streit um viel Geld erspart."

Sarah führte Zodiac ein wenig über den Hof. Er beruhigte sich schnell wieder. Wenige Augenblicke später kehrte sein Besitzer zurück.

Auffordernd stellte er sich neben den Hänger. „Dann zeigt doch mal, wie gut ihr einladen könnt!", rief er höhnisch.

Sarah sah suchend in die Runde. Wem sollte sie den Führstrick geben? Sie selber hatte wenig Erfahrung mit dem Verladen von Pferden.

Zum Glück trat Marc zu ihr und nahm ihr Zodiac ab. Er führte in gelassen im Kreis. Ein paar Mal hielt er an, ließ Zodiac einige Tritte rückwärtsgehen und lief dann weiter. Nach ein paar Minuten ging er zur Rampe.

Sarah fiel dabei seine Haltung auf. Marc drehte Zodiac beharrlich seine Schulter zu und sah das Pferd nicht an. Stattdessen blickte er in den Hänger oder auf den Boden. Eigentlich sah das in Sarahs Augen eher unfreundlich aus. Aber Zodiac schien sich wohlzufühlen. Er zögerte nur einen kurzen Moment, dann stieg er brav auf die Rampe und verschwand in dem schicken schwarzen Hänger.

Sein Besitzer schien darüber richtig verblüfft zu sein. Er rannte wortlos um den Hänger herum und verschloss die große Heckklappe.

Elsa und Sarah brachten noch schnell Zodiacs Ausrüstung zu dem großen Jeep.

Sein Besitzer sah ihnen schweigend mit finsterer Miene zu. Kaum hatten sie die letzte Satteldecke verstaut, stieg er grußlos hinter das Lenkrad und gab Vollgas. In einer Staubwolke verschwand das Fahrzeug um die Ecke.

Sarah sah ihm hinterher. „Schade. So ein nettes Pferd. Und so ein Idiot als Besitzer."

Dr. Wiegand nickte. „Allerdings. Aber zu uns kommen viele nette Pferde mit Besitzern, die so ein Tier nicht verdient haben. Glaub mir, Zodiac geht es trotzdem gut. Er wird jetzt zur nächsten Klinik gefahren, vielleicht finden die ja etwas. Und – ganz heimlich – wird der Besitzer auch eine neue Wassertrense kaufen. Damit ist dann ja allen Beteiligten geholfen. Vor allem Zodiac."

Dr. Wiegand wandte sich Marc zu. „Habe ich das richtig beobachtet? Pferdeflüstern im Stil von Monty Roberts?"

Marc nickte. „Ja. Ich habe das bei einer Trainerin in Norddeutschland gelernt. Da ist viel Wahres dran. Die Pferde reagieren auf die Körpersprache des Menschen."

Sarah sah ihn neugierig an. „Und was hast du da gerade gemacht?"

„Da ging es eigentlich nur um Vertrauen und Führung. Durch das Rückwärtsrichten habe ich Zodiacs Gehorsam überprüft, meine Schulter ist für das Pferd eine Einladung, mir zu folgen. Wenn wir ein Pferd direkt anschauen, wirkt das für den Vierbeiner bedrohlich. Das liegt daran, dass unsere Augen nebeneinander angeordnet sind – das ist für Pferde eigentlich das Signal, dass das Gegenüber ein Raubtier ist. Es hat dann Angst. Wenn wir vermeiden, ihm direkt in die Augen zu sehen, fühlt es sich sicherer." Marc zuckte mit den Achseln. „Eigentlich keine große Sache."

Dr. Wiegand hatte ihm aufmerksam zugehört. „Davon habe ich auch schon gehört. Gute Arbeit, Marc." Sie sah in die Runde. „Für heute machen wir Schluss. Morgen kommen eine ganze Reihe Pferde für Untersuchungen. Und Angel wird am Vormittag abgeholt – es gibt also mehr als genug zu tun." Sie verabschiedete sich mit einem Winken. „Bis morgen!"

13

Mit einem letzten Strich mit der Kardätsche beendete Sarah Angels Pflege. Sie trat einen Schritt zurück und betrachtete kritisch ihr Werk. Die Stute sah jetzt völlig anders aus als vor vier Wochen. Sie hatte glänzendes Fell und blickte lebhaft um sich. Jetzt konnte wirklich jeder sehen, dass sie außergewöhnlich hübsch war.

Sarah sortierte noch einmal die lange, seidige Stirnlocke. „Hab keine Angst, Angel. Dein Besitzer passt bestimmt gut auf dich auf!"

Sarah glaubte selber nicht, was sie da sagte. Sie erinnerte sich lebhaft an die ruppige Stimme am Telefon vor ein paar Wochen. Dem Mann war es wahrscheinlich eher lästig, dass er die Stute jetzt abholen musste.

Sarah seufzte. Wenn es etwas gab, was sie an der Arbeit in der Klinik nicht mochte, dann war es das ständige Abschiednehmen von Pferden, die sie ins Herz geschlossen hatte. Ihr Blick wanderte durch den vollen Klinikstall. Aus jeder Box sahen sie große Augen an, jedes Pferd hatte sein Schicksal. Manche blieben nur ein oder zwei Nächte, andere für eine Woche. Dauergäste wie Angel oder Zodiac waren selten.

In dieser Sekunde warf Angel den Kopf hoch. Sie

musste irgendetwas vor dem Stall gehört haben. Sie spitzte die Ohren und wieherte lauthals. Dabei zerrte sie am Anbindestrick.

Sarah strich ihr beruhigend über den Hals und ging vor die Tür, um zu sehen, was Angel so aufregte. Auf dem Hof parkte ein Kombi mit einem Hänger dahinter. An der Beifahrertür stand ein schlanker Mann, etwa so alt wie Sarahs Vater. Er klappte gerade einen Rollstuhl auf, bückte sich dann zum Beifahrersitz hinunter und hob ein zerbrechlich wirkendes Mädchen mit langen schwarzen Haaren heraus und setzte es in den Stuhl. Dann sahen die beiden sich suchend um. Aus dem Stall ertönte ein zweites Mal Angels lautes Wiehern.

Das Gesicht des Mädchens leuchtete auf. Es wandte sich an den Mann hinter ihm. „Das muss Angel sein! Komm, wir gehen sofort zu ihr! Sie hat sicher unser Auto gehört!"

Sarah war völlig verwirrt. Dieses Mädchen im Rollstuhl war die Besitzerin von Angel? Sie war höchstens zwölf.

Sarah ging entschlossen auf sie zu und streckte ihre Hand aus. „Guten Tag. Ich bin Sarah Stürmer. Wollen Sie Angel sehen? Ich kann sie gerne aus dem Stall holen."

Das Mädchen klatschte vor Begeisterung die Hände zusammen. „Oh ja, bitte holen Sie Angel!"

Sarah ging in den Stall. Sie war immer noch wie vor

den Kopf geschlagen. Da hatte sie sich wochenlang ausgemalt, warum es Angel so schlecht ging – und dann passte die Wirklichkeit überhaupt nicht zu ihren Vorstellungen. Sie hakte den Führstrick in Angels Halfter und brachte sie zur Tür. Hier blieb die Stute kurz stehen und sah sich suchend um. Erst als das Mädchen leise „Hallo, Angel!" sagte, begriff sie, wohin sie gucken musste.

Angel machte ein paar Schritte vorwärts und senkte dann vorsichtig ihren Kopf zu dem Mädchen hinunter. Die streichelte sie liebevoll. Leise flüsterte das Mädchen in Angels Ohr: „Vor dem Stuhl musst du keine Angst haben, Angel. Das sind jetzt meine Beine. Und mit ein bisschen Glück brauche ich das Ding nicht mehr lange. Keine Angst, meine Süße."

Sarah stand daneben und kam sich völlig überflüssig vor. Und lächerlich. Sie hatte sich Gedanken gemacht, ob Angel je wieder einen Menschen finden würde, der sich gut um sie kümmerte. Und jetzt merkte sie, dass Angel diesen Menschen schon längst hatte. Sarah bekam einen dicken Kloß im Hals, als sie sah, wie vertraut das Mädchen und Angel miteinander umgingen.

Schließlich wendete sich das Mädchen Sarah zu. „Hast du dich in den letzten Wochen um Angel gekümmert?"

Sarah nickte.

Das Mädchen fuhr fort: „Ich konnte ja leider nicht

kommen. Nach dem Unfall war ich so lange in der Klinik und man hat mir immer nur gesagt, dass Angel auch in der Klinik wäre und nicht wirklich gesund werden will. Ich habe mir solche Sorgen gemacht …“

Sarah wurde jetzt doch neugierig. „Was denn für ein Unfall?“

„Ich bin mit Angel ausgeritten. Sie hat vor irgendetwas gescheut, ich weiß bis heute nicht, wovor. Dann ist sie durchgegangen. Auf einer Straße ist sie ins Rutschen gekommen, ich bin wohl beim Sturz unter sie geraten. Ich erinnere mich nicht mehr …“ Das Mädchen schluckte und schob sich eine Haarsträhne aus dem Gesicht. „Ich kam erst ins Krankenhaus, dann in die Reha – und Angel kam hierher. Die Wunde hatte sich entzündet und wurde nicht besser … “

Sarah nickte. „Ja. Angel hat dich schrecklich vermisst. Sie stand nur in ihrer Box, wollte nichts fressen und auch nicht gesund werden. Du hast früher viel Zeit mit ihr verbracht, oder?“

Jetzt lächelte Angels Besitzerin zum ersten Mal. „Ja, sicher. Der Stall ist bei uns am Haus. Ich habe sie jeden Tag gefüttert und geritten und ihre Box ausgemistet.“

Allmählich verstand Sarah, was da passiert war.

Der Vater sah sie fragend an. „Wo kann ich die Rechnung bezahlen? Ich möchte möglichst schnell wieder nach Hause. Lisa darf sich nicht überanstrengen. Ich wollte sie nicht mitnehmen, aber sie wollte unbedingt dabei sein, wenn Angel aus der Klinik entlassen wird."

Sarah deutete auf die Tür zum Empfang. „Elsa kümmert sich um alles. Soll ich hier mit Ihrer Tochter warten?"

Der Vater nickte. „Das wäre sehr nett." Damit verschwand er in der Klinik.

Lisa sah ihrem Vater hinterher. Sie seufzte. „Er wollte Angel loswerden. Er gibt ihr die Schuld an meinem Unfall. Er versteht nicht, dass ich Angel wiederhaben will. Ich glaube, ihn hat es sogar gefreut, als er hier aus der Klinik gehört hat, dass es Angel so schlecht geht." Sie ballte die Fäuste. „Das wäre für ihn die einfachste Lösung gewesen."

Sarah beschloss, dass Lisa nicht auch noch von dem Telefonat vor ein paar Wochen erfahren musste. Sie hatte es schwer genug. Sarah deutete auf den Rollstuhl.

„Du hast gesagt, dass du ihn vielleicht nicht für immer brauchst. Stimmt das?"

Lisa zuckte mit den Schultern. „Meine Ärztin ist da ganz zuversichtlich. Sie sagt, ich hätte mir die Nerven nur gequetscht. Ich habe auch schon wieder Gefühl in den Beinen! Es reicht nur leider nicht zum Laufen." Lisa warf Sarah einen entschlossenen Blick zu, bevor sie trotzig sagte: „Noch nicht! Mein Vater würde mich jetzt am liebsten in Watte packen. Aber das klappt nicht. Nicht mit mir."

Sarah lächelte. „Das wird bestimmt wieder. Und dein Vater lernt schon noch, dass er Angel so schnell nicht loswird …"

In diesem Moment tauchten auch schon Dr. Wiegand und Lisas Vater wieder im Hof auf. Dr. Wiegand deutete lächelnd auf Sarah.

„Und das hier ist die Mitarbeiterin, von der ich Ihnen erzählt habe. Ohne ihren täglichen Einsatz hätte Angel sich wohl nicht so gut von allem erholt. Sie hat sich ständig um die Stute gekümmert, als sie erkannt hat, dass sie um ihre Bezugsperson trauert."

Lisas Vater nickte Sarah zu. „Dann sage ich doch vielen Dank." Dann wandte er sich an seine Tochter. „So, jetzt machen wir uns auf den Heimweg. Dann kannst du dich ein wenig ausruhen."

Lisa nickte ergeben. Zum Abschied gab sie Sarah die Hand. „Vielen Dank, dass du dich so gut um Angel gekümmert hast. Ohne dich wäre sie wahrscheinlich nie wieder gesund geworden …"

Sarah lächelte. „Das habe ich gerne getan. Ich wusste ja nicht, warum sie so merkwürdig war. Ich dachte nur, dass ihr ein bisschen Zuwendung guttut. Es freut mich, wenn ihr jetzt wieder zusammen sein könnt." Sie zögerte kurz. „Ich wünsche euch viel Glück – hoffentlich hat deine Ärztin Recht!"

Lisas Vater brachte Angel in den Hänger. Die Stute stieg so schnell ein, als ob sie ahnen würde, dass es nach Hause ging. Wenige Augenblicke später rollte der Hänger vom Hof. Sarah sah ihm nachdenklich hinterher. So gründlich hatte sie sich selten geirrt.

Für lange Grübeleien blieb allerdings keine Zeit. Dr. Wiegand hatte Recht gehabt, als sie einen harten Arbeitstag vorhergesagt hatte. Fast ohne Pause kamen Hänger und sogar LKWs auf den Hof gefahren. Sarah trabte mit einem halben Dutzend Pferden vor, führte andere in Boxen, hielt die Beine hoch oder brachte die Tiere zum Röntgen. Der Tag verging wie im Flug.

Es dämmerte schon, als von der Stalltür eine vertraute Stimme erklang. „Ich habe schon gehört, dass ich dich hier finden würde!“

Sarah fuhr herum. Frau Andres! Sie hatte völlig vergessen, dass sie heute aus ihrem Urlaub zurückkommen wollte. Hatte ihr schon jemand von Sascha erzählt? Hatte sie vielleicht doch etwas dagegen, dass das Pony operiert worden war?

„Hallo, Frau Andres! Waren Sie schon im Stall, haben Sie Sascha gesehen? Wir haben ganz oft versucht Sie zu erreichen, Sascha hatte eine Kolik und Dr. Wiegand konnte ihm nicht mehr helfen und dann hatten wir keine Genehmigung …“

Frau Andres hob beschwichtigend die Hand. „Langsam, Sarah, langsam. Jetzt eilt es ja nicht mehr. Ja, ich war gerade schon am Arnoldhof, Sascha scheint es schon wieder ganz gut zu gehen. Jenny hat mir alles erzählt. Von der Operation und der Kolik – mach dir keine Sorgen: Du hast alles richtig gemacht, natürlich hätte ich Sascha operieren lassen. Der Kleine hat doch noch viel zu viel Spaß am Leben, als dass wir es einfach beenden, oder?" Frau Andres sah sich suchend um. „Wo ist denn Dr. Wiegand? Ich würde mich gerne mit ihr unterhalten."

Sarah deutete auf die Labortür. „Sie ist gerade dort verschwunden."

Frau Andres zwinkerte Sarah zu und klopfte an die Tür. „Bist du nachher noch da? Dann können wir uns unterhalten und gemeinsam Sascha besuchen."

Sarah nickte. Natürlich würde sie auf Frau Andres warten – und zu Sascha musste sie heute Abend sowieso. Schließlich sollte er noch eine Viertelstunde geführt werden.

Frau Andres' Gespräch mit Dr. Wiegand schien Sarah eine halbe Ewigkeit zu dauern. Unruhig tigerte sie durch den Stall und verschwand schließlich im Empfangsraum, um sich mit Elsa die Wartezeit zu verkürzen.

Elsa begrüßte sie wie immer mit einem freundlichen Lächeln. „Na, warum schaust du heute denn so ängstlich aus?"

Sarah zog eine Grimasse. „Frau Andres unterhält sich mit Dr. Wiegand. Ich habe keine Ahnung, worüber. Vielleicht habe ich ja irgendwas falsch gemacht mit Sascha. Oder sie findet es nicht richtig, dass ich hier in der Marienwaldklinik den Preis für die Operation abarbeite."

„Hat sie denn so ausgesehen, als ob sie mit irgendetwas nicht zufrieden ist?“, fragte Elsa nach.

Sarah schüttelte den Kopf so heftig, dass die roten Locken flogen. „Nein, gar nicht. Sie hat sogar extra gesagt, dass ich alles richtig gemacht habe …“

„Na also“, unterbrach Elsa sie. „Sie wird jetzt nur von Dr. Wiegand aus erster Hand erfahren wollen, was genau passiert ist. Das ist doch nicht ungewöhnlich. Die beiden sind bestimmt gleich wieder da.“

Aus dem Labor drang lautes Gelächter. Elsa sah zu der verschlossenen Tür hinüber. „Wie ich dir gesagt habe: Du musst dir garantiert keine Sorgen machen!“

Sarah knabberte trotzdem an ihrem Daumennagel, bis Frau Andres und Dr. Wiegand endlich aus der Tür zum Labor traten.

„… und dann habe ich mich in dieser Shopping Mall einfach verlaufen!“, erzählte Frau Andres gerade.

Dr. Wiegand nickte. „Das ist mir ganz genauso passiert, als ich das erste Mal in den Staaten war. Alles ist so riesig, dass ich jede Orientierung verloren habe.“

Sarah sah die beiden überrascht an. Sie redeten gar nicht über Sascha?

Dr. Wiegand bemerkte Sarah als Erste. „Da ist ja unsere Heldin. Wir haben uns gerade über dich unterhalten. Ich habe Frau Andres erzählt, wie sehr du dich für Sascha eingesetzt hast.“

Frau Andres nickte. „Wirklich toll. Mir war bis gerade gar nicht klar, dass du deine ganzen Sommerferien hier in der Klinik gearbeitet hast, um Saschas Operation zu bezahlen. Ich wusste, dass ich Sascha in guten Händen zurückgelassen habe, aber mir ist erst jetzt bewusst geworden, wie gut diese Hände tatsächlich sind. Vielen Dank!"

Sarah bekam einen roten Kopf vor Verlegenheit.

Frau Andres lächelte, bevor sie weiterredete. „Bettina hat mir erzählt, dass du damit schon die Rechnung von Saschas Operation bezahlt hast. Das kann ich natürlich nicht dulden! Ich gebe dir das Geld zurück. Dann kannst du dir wenigstens etwas Schönes kaufen für deine ganze Arbeit."

Sarah bekam kein Wort heraus. „Vielen Dank", krächzte sie schließlich. „Ich habe das doch gerne gemacht. Es hat sich nicht angefühlt wie Arbeit."

Dr. Wiegand lachte. „Das macht nichts. Auch wenn man Spaß bei seiner Arbeit hat, sollte man dafür bezahlt werden. Jetzt bin ich aber neugierig: Was hast du denn vor mit dem Geld?"

Sarah biss sich auf die Unterlippe. Ob die Tierärztin sie wohl auslachen würde, wenn sie von ihrem größten Traum erzählte? Ausweichend murmelte sie: „Ich glaube, ich spare das Geld. Ich kann das sicher für mein Studium gut gebrauchen."

Dr. Wiegand ließ nicht locker. „Und – was möchtest du studieren?"

Es kam fast wie ein Flüstern heraus, als Sarah leise antwortete: „Ich würde gerne Tiermedizin studieren.

Dann kann ich irgendwann vielleicht auch mal in so einer Klinik wie dieser hier arbeiten. So wie Sie."

Die Tierärztin sah Sarah nachdenklich an. Schließlich nickte sie, als ob sie Sarahs Entscheidung unterstützen wollte. „Ich denke, du hast das Zeug dazu. Ich finde, du solltest deinen Traum weiter verfolgen. Gib nicht zu schnell auf. Aber ich warne dich: Es wird nicht immer einfach!"

Sarah nickte ernst. Noch bevor sie etwas erwidern konnte, mischte sich Frau Andres ein.

„So, jetzt fahren wir aber noch mal zu Sascha! Komm, Sarah, du kannst mir auf dem Weg zum Arnoldhof erzählen, was du hier in der Marienwaldklinik alles erlebt hast." Sie wandte sich an Dr. Wiegand. „Du bist doch morgen auch auf dem Turnier auf dem Arnoldhof, oder? Dann können wir uns etwas länger unterhalten. Bis dann!"

Sarah wurde es plötzlich siedendheiß. Das Turnier auf dem Arnoldhof hatte sie fast vergessen! Morgen würden Jenny und Lavinia das erste Mal in einer Springprüfung antreten! Das bedeutete auch, dass die Sommerferien nächste Woche zu Ende gingen. Ihre Zeit in der Klinik war fast vorbei …

Traurig wandte sie sich ab und lief hinter Frau Andres her.

14 Sarah lehnte ihr Fahrrad an den Zaun und sah sich um. Der Arnoldhof war auf das Feinste herausgeputzt. Alles war mit Blumen geschmückt, im Hof war ein Zelt aufgebaut worden, in dem so früh am Vormittag schon Kaffee und Kuchen angeboten wurden. Der Parcours war schon aufgebaut, der Abreiteplatz allerdings noch leer. Wo Jenny nur steckte? Sarah ging in den Stall, in dem man die Nervosität fast mit Händen greifen konnte. Die Mädchen putzten ihre Pferde, flochten die Mähnen ein und versuchten sich gegenseitig zu beruhigen.

„Hast du den Oxer hinten links in der Ecke gesehen?“, rief Solveig, deren Schimmel vor Aufregung fast auf der Stelle trabte, während sie ihm den Schweif bürstete.

Annas Rappe dagegen döste, er gab auch für ein Turnier sein grundlegendes Temperament nicht auf. Dafür schafften Annas flatternde Hände es kaum, einen einzigen Zopf in seine Mähne zu flechten.

Sarah lächelte und ging zu Saschas Box. Er begrüßte sie mit einem lauten Wiehern und sah unternehmungslustig über seine Boxentür. Sarah kraulte ihn unter seiner dichten Stirnlocke. „Hallo, mein Kleiner.

Entspann dich, dein Einsatz sind heute zwanzig Minuten Schritt."

Jenny sah aus der Nachbarbox hinter Lavinia hervor. Sie stöhnte. „Kannst du mir helfen, Sarah? Die anderen sind so aufgedreht, da werde ich selber noch ganz nervös. Dabei ist Lavinia großartig beim Springen. Es macht ihr wirklich Spaß. Ich brauche jemanden, der sich von den anderen nicht anstecken lässt. Dich!" Jenny sah Sarah bittend an. „Vor allem auf dem Abreiteplatz."

Sarah nickte. „Klar helfe ich dir. Du musst mir allerdings genau sagen, was ich machen soll. Ich habe schließlich keine Ahnung von Springturnieren."

Jenny blieb ernst. „Das erkläre ich dir schon. Jetzt müssen wir erst mal Lavinia schick machen." Sie zeigte auf den Sattelhalter vor der Box. „Hast du schon mein Turnier-Outfit gesehen?"

Jetzt musste Sarah doch lachen. „Wie konnte ich glauben, dass du mit deiner alten Ausrüstung antrittst?" Sie musterte die Satteldecke. Sie war weiß, umsäumt von einer silbernen und einer goldenen Kordel. Die Fliegenmütze passte perfekt, sie war ebenfalls weiß mit silber und gold.

„Das sieht toll aus!", gab sie zu. „Dann fangen wir doch am besten damit an, Lavinia einzuflechten."

Die beiden Mädchen suchten sich eine ruhige Ecke im Stall. Dann arbeiteten sie, während Sarah Jenny vom letzten Abend in der Klinik erzählte.

„Stell dir vor, ich kann jetzt das ganze Geld sparen, das ich in diesem Sommer verdient habe."

Jenny hatte zwei Mähnengummis zwischen den Zähnen, deswegen war ihre Antwort etwas undeutlich: „S'doch sellvesstänlich. Hasse dir vedient!"

Sarah putzte Lavinia weiter. „Na ja, ganz selbstverständlich nicht. Immerhin hat Frau Andres die Operation ja nicht in Auftrag gegeben."

„Aber isdoch ihr Pony!"

Sarah lächelte. „Ja, das hat sie wohl auch so gesehen. Sie hat mir extra gesagt, dass ich alles richtig gemacht habe."

Jenny rollte den letzten Zopf zusammen und umwickelte ihn mit einem Gummiband. Kritisch trat sie zwei Schritte zurück. „Sieht gut aus, oder?"

Sarah nickte und sah auf ihre Uhr. „Ja, fantastisch. Du musst jetzt satteln, in einer halben Stunde geht es los. Die wievielte Starterin bist du?"

„Elfte Starterin. Frank hat uns beigebracht, dass wir nicht zu früh abreiten sollen. Er hat gemeint, dass die meisten Reiter ihre Pferde und Ponys schon müde reiten, bevor es überhaupt losgeht. Es reicht, mit dem Abreiten anzufangen, wenn wir noch zehn Starter vor uns haben. Sechs Starter vorher sollen wir die ersten Sprünge machen."

Sarah blies überrascht ihre Backen auf. „Wirklich? Ich finde, das klingt gruselig knapp!"

Jenny schüttelte den Kopf. „Eigentlich nicht. Pro

Durchlauf vergehen zwei Minuten, zwanzig Minuten müssen wirklich reichen. Wir haben das extra trainiert und ausprobiert."

Sarah fand das alles sehr spannend. Sie hatte sich noch nie Gedanken über die Vorbereitung vor einem Turnier gemacht. Aber Jenny schien sich ihrer Sache sicher zu sein. Sie sattelte in aller Ruhe und griff dann nach Lavinias Zügel.

„Komm. Es geht wohl los. Kannst du das Sakko für mich mitnehmen?"

Wie Sarah schon vermutet hatte, hatten Jennys Eltern natürlich ein neues Sakko für ihre Tochter gekauft. Es war dunkelgrau mit schwarzem Samtkragen, wirklich schick. Sarah grinste vor sich hin.

Wenig später trabte Jenny über den Abreiteplatz. Bestimmt zwanzig Reiter trabten und galoppierten hier durcheinander. Erst jetzt sah Sarah, dass auch Frank auf dem Abreiteplatz stand, um seinen Schülern zu helfen. Gerade eben sah er zu Jenny hinüber. „Wie viele hast du noch vor dir?"

Jenny sah auf die Tafel am Rand des Reitplatzes. „Noch acht!"

Frank nickte. „Dann fang jetzt an zu galoppieren. Wie wir besprochen haben: Ein paar Runden im leichten Sitz, dann versammelst du sie ein bisschen. In Ordnung?"

Jenny nickte. Sie wirkte sehr konzentriert. Wenig später sprang sie mit Lavinia über einen kleinen

Kreuzsprung. Sarah warf einen Blick zum Parcours hinüber, in dem Solveig gerade verzweifelt versuchte, ihren Frühlingsball zu einem gesetzten Tempo zu überreden. Das E-Springen war als Stilspringen mit Stechen ausgeschrieben, ein rasanter Ritt brachte hier keine Punkte. Die acht Reiter mit den besten Stilnoten mussten anschließend noch einmal in den Parcours und um die schnellste fehlerfreie Runde kämpfen. Aber wichtig war zunächst ein guter Stil – und den konnte Solveig mit ihrem wilden Ritt leider nicht zeigen. Sie blieb fehlerfrei, aber vom Richterturm kam die Wertung: „Solveig Geisler mit Frühlingsball: 5,8." Bein einer Höchstpunktzahl von 10 war das wirklich nicht besonders gut, stellte Sarah kopfschüttelnd fest. Solveig ritt aus dem Parcours, draußen wurde sie von ihrer Mutter mit Vorwürfen und Belehrungen überschüttet.

Sarah wandte sich wieder Jenny zu. Die sprang gerade über einen Oxer und ritt danach zum Parcours hinüber. Sie war die nächste Starterin. Frank begleitete sie zum Einritt – so wie er es vorher bei allen seinen Schülern getan hatte.

„Nimm die Zügel kurz, schau immer zum nächsten Sprung – und vergiss nicht: Du willst da wirklich drüber! Im Training seid ihr schon viel höher gesprungen, das kannst du."

Jenny nickte und ritt ein, während aus dem Lautsprecher ihr Aufruf ertönte.

„Im Parcours begrüßen wir die Kopfnummer 92, das ist Jennifer Müllerschön mit Lavinia."

Jenny grüßte die Richter. Dann galoppierte sie geschmeidig an und lenkte Lavinia zum ersten Hindernis, das sie ohne Probleme bewältigte. Die Stute spitzte die Ohren und bewegte sich im perfekten Rhythmus in einem weiten Bogen zum nächsten Hindernis. Jenny konnte schön den leichten Sitz zeigen.

Sarah drückte fest beide Daumen. Aber den beiden unterlief kein einziger Fehler. Sie zeigten eine wunderschöne Runde und als Jenny nach dem letzten Hindernis durchparierte, strahlte sie über das ganze Gesicht. Sie lobte Lavinia überschwänglich.

„Hast du das gesehen?", rief sie Sarah zu. „Lavinia ist einfach unglaublich! Das war heute ihr erstes Turnier!"

Sarah nickte. „Das muss für das Stechen gereicht haben. Hör mal!"

Es knackte im Lautsprecher, dann ertönte die Stimme des Sprechers: „Die Wertnote für Jennifer Müllerschön: 7,1! Damit geht sie in Führung."

Jenny klopfte weiter Lavinias Hals. „Ich komme ins Stechen! Wo ist Frank? Ich habe keine Ahnung, was ich jetzt tun soll!" Aufgeregt sah sie sich nach allen Seiten um.

Sarah lachte. „Ich such ihn. Lass Lavinia am besten ein bisschen Schritt am langen Zügel gehen!"

Sie fand Frank ein Stück entfernt gelassen am Zaun

des Springplatzes lehnend. „Jenny fragt, was sie jetzt tun soll!“

„Sie soll Schritt reiten, bis ich zu ihr komme. Ich sage ihr dann, wie sie im Stechen reiten soll.“

Während sie den letzten Teilnehmern im Grundparcours zusahen, entdeckte Sarah Dr. Wiegand unter den Zuschauern. Sie lief zu der Tierärztin hinüber.

„Hallo! Schön, dass Sie auch hier sind.“

„Sicher bin ich hier – ich bin schließlich die Tierärztin des Turniers. Das ist Vorschrift, genauso wie die Sanitäter.“ Dr. Wiegand deutete auf den Ambulanzwagen, der am anderen Ende des Springplatzes stand. Vor ihm saßen zwei Sanitäter und sahen mit gelangweilten Gesichtern dem Turnier zu.

Dr. Wiegand lachte. „Sanitäter sind nicht immer Reitsport-Fans.“

Sarah zeigte auf den Abreiteplatz. „Dahinten auf der braunen Stute, das ist meine Freundin Jenny. Erinnern Sie sich? Die beiden haben Sascha immer in der Klinik besucht.“

Die Tierärztin nickte. „Natürlich erinnere ich mich an Lavinia. Sie ist Saschas beste Freundin, nicht wahr?“

„Ja. Ohne sie …“ Sarah verstummte. Es gab keinen Grund, ausgerechnet jetzt von ihrer nächtlichen Aktion zu erzählen. Stattdessen wandte sie sich wieder dem Springen zu.

Wenig später hatten alle Reiter den ersten Umlauf

beendet. Frank besprach mit Jenny den Stechparcours. „Das haben wir noch nicht geübt, aber es ist ganz einfach. Pass auf: Siehst du die Wendung von dem rot-weißen Steilsprung auf den Natur-Oxer? Da musst du eng reiten. Nach dem Steilsprung sitzt du ein und wendest Lavinia. Aber zieh sie nicht am inneren Zügel rum! Nimm den äußeren Zügel an und schau den Oxer an – dann wird Lavinia wenden. Und sonst machst du alles wie im ersten Parcours. In Ordnung?"

Jenny nickte. Sie war die letzte Starterin im Stechen, weil sie die beste Wertnote im ersten Umlauf hatte. Ein Mädchen mit einem kleinen Fuchspony schoss gerade durch den Stechparcours. Sie versuchte nach dem Steilsprung eine enge Wendung – aber die Stange vom Oxer fiel herunter.

Einige Minuten später war Jenny dran. Sie nahm die Zügel ein Stück kürzer und legte nach dem Gruß ein flotteres Tempo vor. Lavinia war mit Feuereifer bei der Sache und nahm die ersten Hindernisse fast im Jagdgalopp. Dann kam der rot-weiße Steilsprung. Jenny saß direkt nach dem Sprung wieder im Sattel, nahm den äußeren Zügel an und sah über die Schulter zum Oxer. Und die Stute drehte tatsächlich auf der Hinterhand um und sprang nach zwei oder drei Galoppsprüngen schon wieder über den Oxer. Sie zog die Beine zur Seite – und blieb fehlerfrei!

Sarah jubelte Jenny zu, als sie über die Ziellinie galoppierte. Nicht zu glauben: Ihre Freundin hatte mit ihrem allerersten Turnierstart schon einen Sieg errungen.

Frank klopfte Sarah auf die Schulter. „Wenn dein kleiner Professor fit geblieben wäre, hätte Jenny es nicht so leicht gehabt."

Sarah applaudierte weiter für Jennys Ritt. Sie überlegte kurz, bevor sie antwortete: „Ich glaube, Sascha hat in diesem Sommer ein viel wichtigeres Rennen gewonnen. Bei dem ging es nicht nur um eine Turnierschleife ..."

Frank nickte, während Dr. Wiegand Sarah verschmitzt angrinste. „Na ja, an Saschas Rennen war Lavinia ja nicht ganz unbeteiligt, oder?"

Sarah verstand sofort, was sie meinte. Ihr blieb der Mund offen stehen. „Sie wussten davon? Ich meine ... Sie haben gewusst, dass Lavinia in der Nacht im Stall war?"

Dr. Wiegand nickte. „Sicher. Das hat Peter mir am nächsten Tag erzählt. Ich dachte nur, dass ihr das lieber als Geheimnis behalten wollt."

Sarah wurde rot. „Und ich dachte, es wäre Ihnen nicht recht. Der Ritt durch die Nacht, der Sturm, und das alles nur weil ich das Gefühl hatte, dass Sascha seine Freundin vermisst ..."

Dr. Wiegand sah Sarah ernst an. „Wieso hätte ich etwas dagegen haben sollen? Dein Gefühl war richtig. Sascha hat erst wieder gefressen, als er Lavinia gesehen hat. Wir wissen nicht, ob er sonst wieder gesund geworden wäre. Und sehr viel länger hätte er nicht mehr durchgehalten."

Sarah war verlegen. „Tut mir echt Leid, dass ich Ihnen nichts davon erzählt habe."

Dr. Wiegand winkte ab. „Kein Problem. Es hat nur gezeigt, dass du ein gutes Gespür für Pferde hast. Genauso wie bei der Sache mit Angel." Sie sah Sarah forschend an. „Willst du immer noch Tiermedizin studieren?"

Sarah nickte eifrig. „Ja, natürlich."

Die Tierärztin lächelte. „Wenn du noch mehr von meinem Beruf wissen möchtest – dann kannst du gerne weiter in der Klinik arbeiten. Am Wochenende, nachmittags oder in den Ferien ist das kein Problem, oder?"

Sarah wäre vor Freude am liebsten in die Luft gesprungen. „Ehrlich? Ich meine, ich darf wirklich weiter bei Ihnen arbeiten? Das wäre toll. Nein: Das wäre fantastisch!"

Die Tierärztin streckte ihr die Hand entgegen. „Dann ist das ausgemacht!"

Sarah schlug ein und konnte ihr Glück nicht fassen. Sie würde weiter in der Marienwaldklinik arbeiten! Sie musste morgen nicht für immer Abschied von Elsa, Marc und Peter nehmen.

Irgendwie würde sie das auch noch ihren Eltern beibringen.

Sie wandte sich wieder der Siegerehrung zu. In dieser Sekunde bekam Lavinia die goldene Schleife angesteckt. Sarah jubelte ihrer Freundin zu. Aber für sie stand fest: Sie hatte den viel größeren Sieg in diesem Sommer errungen!

Glossar

Aufgasung: eine Ansammlung von Darmgasen; möglicher Grund für eine ☞ Kolik

Basispass: grundlegende Theorieprüfung für die Reitabzeichen. Hier wird dein Wissen über Pferdehaltung und den Umgang mit Pferden abgefragt.

Flehmen: Wenn ein Pferd etwas besonders intensiv riechen möchte, rollt es seine Oberlippe nach oben, reckt den Kopf hoch und saugt die Luft in den Mund. Im Gaumen haben Pferde nämlich noch ein Extra-Riechorgan! Flehmen kann aber auch ein Zeichen dafür sein, dass das Pferd Schmerzen hat.

Kolik: Oberbegriff für Bauschmerzen. Sie können verschiedene Ursachen haben und unterschiedlich schwer verlaufen. Pferde können an einer Kolik sterben!

Kruppe: Das ist der höchste Punkt der Hinterhand, der „Pferdehintern".

Mash: ein warmer Brei für Pferde. Gibt es fertig gemischt zu kaufen, kann man aber auch selber kochen. Ein Rezept:

Vitamin-Mash
(vor oder nach großer Anstrengung)

- *1 Tasse Leinsamen (mit kochendem Wasser übergießen, eine Nacht ziehen lassen)*
- *250 g Weizenkleie*
- *250 g gequetschter Hafer*
- *1/2 kg Möhren*
- *1/2 kg Äpfel*
- *1 Esslöffel Obstessig*
- *2 Teelöffel Honig*
- *Wasser*

Gequollenen Leinsamen mit Weizenkleie und Quetschhafer in 3 l Wasser aufkochen und ausquellen lassen. Möhren und Äpfel raspeln, Obstessig und Honig druntermischen und abkühlen lassen. Sofort verfüttern!

Nasenbremse: Seilschlinge an einem Holzstock; die Schlinge wird um die Oberlippe des Pferdes gelegt und durch Drehen des Stocks angezogen. Der Reiz auf die Oberlippe lenkt die Tiere von Schmerzen oder unangenehmen Behandlungen ab, sie bleiben ruhig.

Nasenschlundsonde: Plastikschlauch, der durch die Nüstern in den Magen des Pferdes geschoben wird

Nüstern: Nasenlöcher beim Pferd

Oxer: eine bestimmte Hindernisart, ein sogenannter Hochweitsprung

Paraffin: geschmackloses und ungiftiges flüssiges Kunstwachs, wirkt abführend

Parcours: Abfolge von Hindernissen

Pferdepass/Equidenpass: Alle Pferde, Ponys, Esel oder Maultiere müssen diesen „Ausweis" bei jedem Transport mit sich führen. Der Pass dient nicht als Besitznachweis, sondern zeigt Abstammung, Aussehen, Impfungen u. ä. auf.

Solarium: Warme Lampen an der Decke, die den Pferderücken wärmen/trocknen. Ideal vor oder nach dem Training.

Stethoskop: Hörrohr zum Abhören des Körpers

Stilspringen: Ein Springwettbewerb, bei dem es um Rhythmus, Einwirkung auf das Pferd, Harmonie und einen geschmeidigen Sitz geht. Springfehler und Verweigerungen sorgen für Abzüge bei der Wertung.

Verdrehung: möglicher Grund für eine ☞ Kolik. Eine Darmschlinge hat sich ein- oder mehrfach verdreht.

Wassertrense: Einfaches Gebiss, in der Mitte gebrochen. Der Name kommt daher, weil Pferde mit dieser Trense gut Wasser trinken können.

Wallach: kastriertes männliches Pferd

Zwangsstand: ein schmaler Ständer für ein Pferd, der vorne und hinten direkt am Körper des Pferdes geschlossen werden kann. Wird manchmal bei Tierärzten oder Hufschmieden verwendet, um die Menschen vor Tritten/Bissen des Pferdes zu schützen.

Freundinnen forever

1 „Beeil dich, Sarah! Die Übertragung fängt gleich an!" Jenny trommelte ungeduldig mit den Fingern an Saschas Boxentür.

Sarah ließ sich durch ihre aufgeregte Freundin nicht aus der Ruhe bringen. Sie warf einen Blick auf ihre Uhr. „Aber erst in zehn Minuten. So lange bleibe ich noch bei Sascha!", antwortete sie. „Und überhaupt, Jenny: Seit wann achtest du auf Uhrzeiten?"

Ihre Freundin nahm es mit Terminen und Pünktlichkeit nie sonderlich genau. Doch damit konnte man Jenny nicht ärgern. Grinsend sagte sie: „Seitdem ich unbedingt im Fernsehen die Geländeprüfung von der Vielseitigkeit in Windmühle sehen will!"

Sarah putzte gelassen weiter ihr braun-weiß geschecktes Pflegepony. Vorsichtig untersuchte sie seine Narbe am Bauch und ließ ihre Finger über die Naht gleiten. Sie bekam heute noch eine Gänsehaut, wenn sie sich an den Beginn der Sommerferien erinnerte. Sascha hatte eine schwere Kolik gehabt und musste operiert werden. Inzwischen erholte er sich großartig, Sarah ging jeden Tag eine halbe Stunde mit ihm spazieren.

Sie streichelte Sascha noch einmal über das kurze

Fell, das rings um die Operationsnarbe nachgewachsen war. Für einen Moment sah sie noch einmal die Bilder von Sascha auf dem Operationstisch vor sich: In Narkose, auf dem Rücken liegend, mit kahl rasiertem Bauch …

Das gescheckte Pony riss Sarah aus ihren Gedanken, indem es ihr seine Nase in die Hand bohrte. Sascha war wieder mal auf Suche nach einem Leckerli, er hatte die schlimmen Tage in der Klinik wohl längst vergessen. Sarah gab ihm ein Stück Möhre und kraulte ihm liebevoll den Hals. Dann richtete sie sich auf. „Okay, lass uns ins Stüberl gehen."

Der Arnoldhof besaß einen gemütlichen Aufenthaltsraum, in dem jetzt eine Hand voll Mädchen saßen und gebannt auf den Fernseher starrten. Der Kommentator erklärte mit einer Computergrafik den Verlauf der schweren Geländestrecke. Offensichtlich war ein Wasserhindernis in der Mitte der Strecke die schwierigste Hürde.

Es folgten die Ergebnisse der Dressur vom Vortag. Im Bild tauchte ein großer, langbeiniger Kohlfuchs auf, der im beeindruckenden Mitteltrab über die Diagonale des Dressurviereckes schwebte. Der Sprecher erklärte dazu: „Mit einer souveränen Leistung sicherten sich der erst neunjährige Sandokan und sein Reiter Michael Renner eine hervorragende Position für den heutigen Geländetag. Sie liegen auf dem zweiten Platz hinter der englischen Favoritin Anne Berkeley mit ihrem erfahrenen Blue Mover. Für Sandokan ist es die erste große Vielseitigkeitsprüfung, er zeigt sich bis jetzt in bestechender Form."

Mit dem letzten Satz zeigte das Fernsehbild den Kopf des Fuchshengstes in Zeitlupe. Die Großaufnahme war beeindruckend. Der dunkle Fuchs hatte große schwarze Augen und eine breite Blesse. Seine Ohren waren während der Aufgabe auf seinen Reiter gerichtet, von seinem Maul flockte weißer Schaum.

„Stellt euch vor, ein einziges Mal auf so einem Pferd zu sitzen", schwärmte Solveig.

Sarah grinste das jüngere Mädchen an. „Du kannst doch schon deinen Frühlingsball im Parcours kaum bremsen – ich fürchte, Sandokan würde mit dir erst in China wieder anhalten!"

Solveig winkte ab. „Man wird ja wohl noch träumen dürfen, oder?"

Jenny nahm sich ein paar Kartoffelchips und lehnte sich gemütlich zurück. „Jetzt seid endlich still. Es geht los!"

Die erste Reiterin ging auf den Kurs, und alle sahen gespannt zu. Das Tempo, die festen Hindernisse – das Pferd schien einfach keine Angst zu kennen. Egal, ob unter dem Hindernis tiefe Gräben lagen, die Hecke nur einen Meter breit war oder der Sprung direkt ins Wasser führte, ihr Vollblüter rannte darauf zu und sprang sicher ab.

Sarah schüttelte den Kopf. „Wahnsinn, dass da

nicht mehr passiert. Wie kann man nur über diese gewaltigen Dinger reiten?"

„Die Pferde haben das so gelernt", belehrte Jenny sie. „Die wissen, dass sie auf die Hindernisse auch aufsetzen können. Schau mal, die Vorder- und Hinterbeine sind mit Schmierseife eingerieben. Damit können die Pferde über die Hindernisse rutschen, ohne sich wehzutun."

Sarah sah ihre Freundin verwundert an. „Und woher kommt plötzlich dein Wissen über Vielseitigkeit?"

Jenny lächelte verlegen. „Ich habe mir ein paar Bücher gekauft. Ich stelle mir das toll vor – Springen, Dressur, Gelände. Das würde ich gerne mit Lavinia mal ausprobieren."

Sarah war noch nicht überzeugt. „Und du hast keine Angst davor? Da passieren manchmal ganz schön schwere Unfälle."

Jenny schüttelte den Kopf. „Man muss eben langsam über kleine Hindernisse anfangen. Aber es ist wohl nicht der richtige Sport für meine Lavinia. Ich glaube, sie ist zu ängstlich für feste Hindernisse. Das werde ich aber erst wissen, wenn ich es mal ausprobiere. Und das …"

Jenny brach mitten im Satz ab und deutete auf den Bildschirm. „Seht mal, da ist Michael Renner. Sandokan ist einfach unglaublich!"

Der deutsche Reiter ging mit seinem tänzelnden Fuchs in die Startbox. Nach dem Signal legten die beiden richtig los. Die breiten, hohen Hindernisse überwand Sandokan leichtfüßig. Er zögerte keine Sekunde, spitzte die Ohren und rannte im höchsten Tempo dahin. Bei einer Bank kam er kurz ins Straucheln, fing sich aber wieder und überwand das gewaltige Hindernis mühelos. Auch der Kommentator konnte seine Begeisterung für das Paar kaum verbergen. „Es ist nicht zu glauben, dass dieses Pferd das erste Mal in einer so schweren Prüfung startet. So überlegen wie Renner und Sandokan sind wenige. Aber jetzt geht es an die Klippe des Kurses, den Teich. Hier war in den letzten Jahren für einige Favoriten die Reise zu Ende."

Mit großen Galoppsprüngen näherte sich Sandokan durch ein schattiges Wäldchen dem Einsprung in den Teich. Hier ging es über einen großen Baumstamm in das Wasser. Der Hengst konnte das bis zu seinem Absprung nicht sehen – und dann ging alles so schnell, dass die Mädchen kaum folgen konnten. Statt abzuspringen, stemmte der Hengst alle vier Beine fest in den Boden und drehte sich blitzschnell um. Sein Reiter hielt sich nur mit Mühe im Sattel. Mit verwirrtem Gesicht nahm er die Zügel wieder auf, wendete und ritt noch einmal auf den Teich zu. Diesmal sehr viel energischer – während Sandokan nur zögernd zu dem wuchtigen Baumstamm hingaloppierte. Es wiederholte sich das Schauspiel vom ersten Versuch. Wieder bremste Sandokan, diesmal rannte er panikartig rückwärts. Er stieg, in seinen Augen konnte man das

Weiße sehen. Renner klopfte ihm beruhigend den Hals und ritt eine leichtere Alternative.

„Damit sind alle Chancen auf einen Sieg dahin“, bedauerte der Kommentator im Fernsehen. „Die Alternative braucht viel Zeit, die zwei Verweigerungen bringen Abzüge. So hat sich Sandokan kaum für die Weltmeisterschaften im kommenden Jahr empfohlen. Offensichtlich hat er Schwierigkeiten mit Wasser, schade bei einem so talentierten Tier. Und bei allen seinen bisherigen Prüfungen ist dieses Problem nicht aufgetreten. Wir versuchen nachher, Michael Renner vor das Mikrofon zu bringen. Vielleicht kann er uns erklären, was da passiert ist.“

Im Bild tauchte das nächste Pferd auf, Sandokan wurde nicht mehr gezeigt.

Nachdenklich Sarah sah dem Rest der Prüfung zu. Wieso sprang ein Pferd von einem Tag auf den anderen nicht mehr ins Wasser? An den Temperaturen konnte es nicht liegen – im Fernsehen konnte man erkennen, dass in Windmühle ein traumhafter Herbsttag war. Fast zu warm für die Jahreszeit, das Wasser glitzerte in der gleißenden Sonne.

Eine Stunde später stand fest, dass Anne Berkeley in der Geländeprüfung ihre Führung nach der Dressur noch ausgebaut hatte. Dann tauchte ein hoch aufgeschossener blonder Mann bei dem Reporter auf. Michael Renner, Sandokans Reiter. Der Reporter hielt ihm das Mikrofon unter die Nase. „Herr Renner, Sandokan wirkte topfit. Bis zu dem Wasserhindernis hatte er mit keinem einzigen Sprung ein Problem. Woran lag sein Aussetzer am Wasser? Hatte er dieses Problem schon einmal?“

Der Reiter schüttelte den Kopf. „Nein. Sandokan gehört mir, seit er drei Jahre alt ist. Er hat vor nichts Angst. Zumindest bis heute. Ich habe in meiner Laufbahn noch nie ein Pferd mit so viel Selbstvertrauen erlebt. Es ist mir ein Rätsel, was da passiert ist. Wir haben zu Hause auf unserer Anlage ein ganz ähnliches Hindernis mit einem Einsprung ins Wasser. Da hat Sandokan noch nie gezögert. Ich fürchte, er hat sich irgendwo auf der Strecke wehgetan, deswegen konnte ich erst jetzt zu Ihnen kommen. Meine Tierärztin hat nichts Auffälliges gefunden. Trotzdem habe ich meinen Start beim morgigen Springen zurückgezogen. Das ist mir zu riskant.“

Der Reporter nickte und wandte sich wieder der Kamera zu. „Damit beenden wir diese Live-Übertragung …“

Die Mädchen schalteten den Fernseher aus. Anna fischte die letzten Chips aus der Tüte. „Wie kann es sein, dass ein Pferd von einem Tag auf den anderen nicht mehr ins Wasser geht? Das ist für diese Pferde doch wahrscheinlich das Normalste der Welt.“

Sarah zuckte mit den Schultern. „Habe ich auch schon überlegt – keine Ahnung. Ich glaube, ich kümmere mich lieber wieder um die Pferde, denen ich helfen kann. Ich wollte heute Abend noch kurz in die Klinik!“ Sie winkte in die Runde. „Tschüss, bis morgen!“

Bevor sie ging, stattete sie Sascha noch einen Besuch ab. Seit der Kolik hatte sie ständig Angst, dass es ihm plötzlich wieder schlecht gehen könnte. Aber er stand friedlich in seiner Box und kaute sein Heu. Als er Sarahs Schritte hörte, hob er den Kopf und wieherte ihr entgegen. Er ließ sich ein wenig streicheln, dann wandte er sich lieber wieder seinem Abendessen zu.

Lächelnd verließ Sarah den Stall. Sie freute sich auf die Pferde in der Klinik. Nachdem sie die ganzen Sommerferien bei Dr. Wiegand gearbeitet hatte, um Saschas Operation zu bezahlen, kam sie jetzt meistens abends für zwei oder drei Stunden vorbei, um zu helfen. Sarah schwang sich auf ihr Fahrrad und trat in die Pedale. Die Sonne stand schon tief am Himmel, sie wollte nicht in der Dunkelheit durch den Wald zur Marienwaldklinik fahren.

2 Schwungvoll öffnete Sarah die Tür zum Klinikstall. Einige der Patienten beachteten sie nicht, andere wandten ihr neugierig den Kopf zu. Ihr fiel sofort ein kleiner, dunkelbrauner Wallach auf, der sie hellwach ansah und sogar leise zur Begrüßung wieherte. Der war gestern noch nicht da gewesen.

„Na, wer bist du denn?", fragte sie ihn und sah auf die Tafel an seiner Box. „Aquarius heißt du. Und was fehlt dir?"

„Erwartest du etwa eine Antwort?", ertönte eine spöttische Stimme hinter Sarah.

Sie drehte sich um. Vor ihr stand Ben und sah sie mit einer hochgezogenen Augenbraue an. „Es hat dir wahrscheinlich noch keiner gesagt, aber Pferde antworten nur ganz selten. Eigentlich nie. Das tun sie nur in albernen Mädchenbüchern."

Ben. Der Sohn von Elsa, der Frau im Empfangszimmer der Marienwaldklinik, die sich um Abrechnungen, Termine und vor allem die Nerven der Pferdebesitzer kümmerte. Leider hatte ihr Sohn wenig von ihrem freundlichen Wesen geerbt. Er machte sich regelmäßig lustig über Sarahs Sorge um die Pferde und hatte eigentlich nur seine Band und Musik im Kopf.

Er grinste und schien auf eine Antwort zu warten.

Sarah funkelte Ben zornig an. „Wahrscheinlich lernen die Pferde eher reden, als dass du mit deiner Band eine CD aufnimmst."

Bens Grinsen verschwand schlagartig aus seinem Gesicht. „Hat meine Mutter wieder rumgejammert, weil ich so oft proben bin? Da hat sie mit dir sicher die perfekte Partnerin. Du hast dafür allerdings nur die Gäule hier im Kopf."

Sarah schwieg. Sie ärgerte sich über sich selbst. Ben schaffte es in Minutenschnelle, sie aus der Fassung zu bringen. Immer wieder nahm sie sich vor, ihn einfach zu ignorieren. Und dann tauchte er auf und machte mit einem einzigen Satz ihre ganzen guten Vorsätze kaputt.

Sie drehte sich wieder zu Aquarius um. Der schnaubte leise und roch an ihren Händen.

„Sorry, Kleiner. Leider habe ich nichts für dich. Und wenn du Pech hast, darfst du auch gar nichts fressen", entschuldigte sie sich.

Ohne sich noch einmal nach Ben umzudrehen, verschwand sie im Empfangszimmer.

Elsa empfing Sarah mit einem freundlichen Lächeln. „Warum ziehst du so ein Gesicht? Ist dir was über die Leber gelaufen?"

Sarah machte eine wegwerfende Handbewegung. „Nichts Besonderes, nur dein genialer Sohn in der Stallgasse. Er schafft es mit einzigartiger Sicherheit, dass ich sauer werde. Und ich blöde Kuh lasse mich jedes Mal darauf ein."

Elsas Lächeln wurde noch breiter. „Mach dir keine Sorgen, das schafft er bei mir auch immer. Wenn ich es mir richtig überlege, war das eigentlich schon eine Spezialität seines Vaters. Aber im Grunde seines Herzens meint Ben es gar nicht so. Er wirkt nur immer etwas herablassend, eigentlich ist er ein schüchterner Junge."

„Das kann er aber gut verbergen", knurrte Sarah, während sie sich hinsetzte und nach dem Terminkalender von Dr. Wiegand griff. Sie wollte lieber das Thema wechseln und sich nicht weiter über Elsas unfreundlichen Sohn ärgern. „Was liegt denn heute Abend an? Hat Dr. Wiegand irgendetwas hinterlassen?"

Elsa nickte. „Ja. Peter hat heute seinen freien Nachmittag. Du sollst dich um die Abendfütterung kümmern und noch einmal abmisten. Die Medikamente liegen im Labor schon parat. Wenn du dann noch ein wenig Zeit hast, dann sollst du den Neuzugang ein bisschen herumführen. Hast du ihn gesehen?"

Sarah erinnerte sich sofort an den hübschen Dunkelbraunen. „Aquarius? Ja, der sieht nett aus. Was fehlt ihm denn?"

Elsa sah kurz auf die Aufnahmepapiere. „Der hat einen entzündeten Zahn, der rausmuss. Er soll morgen operiert werden."

Sarah stand wieder auf. „Dann lege ich mal los. Wo steckt Dr. Wiegand überhaupt?"

„Sie wurde zu einem Notfall gerufen – das ging heute Nachmittag ziemlich plötzlich. Keine Ahnung, wo sie so lange bleibt."

Leise vor sich hin summend machte Sarah sich an die Arbeit. Sie mochte es, wenn sie alleine im Stall arbeiten konnte. Der Pfleger der Klinik, Peter, war zwar nicht mehr ganz so unfreundlich wie in ihren ersten Tagen in der Marienwaldklinik, aber sie wurde trotzdem nicht schlau aus ihm. Er schwieg oft stundenlang, sah finster bei den Behandlungen zu und schimpfte bei dem kleinsten Fehler. Sarah wurde in seiner Gegenwart immer unsicher, sie hatte ständig Angst, etwas falsch zu machen. Lachen sah man Peter selten. Deswegen machte ihr die Arbeit an Peters freien Tagen immer besonders viel Spaß.

Nachdem sie das Futter mit den Medikamenten verteilt hatte, holte sie Aquarius aus seiner Box. Er ließ sich willig sein Halfter überstreifen und lief dann brav neben ihr her. Mit gespitzten Ohren sah er sich um. Sarah streichelte seinen Hals. „Morgen hast du keine Zahnschmerzen mehr", versprach sie ihm.

Als sie ihn eine halbe Stunde später wieder in seine Box brachte, sah sie das erste Mal auf die Uhr und erschrak. Sie sollte seit über einer Stunde zu Hause sein.

In diesem Moment hörte sie das Telefon im Empfangszimmer klingeln. Elsas Stimme antwortete knapp, wenige Augenblicke später tauchte sie im Stall auf.

„Kannst du noch eine Box fertig machen? Bettina bringt den Notfall gleich mit. Sie sagt, dass sie in zehn Minuten hier ist. Der Patient soll auf Spänen stehen."

Sarah griff noch einmal zur Schubkarre. Sie räumte das letzte bisschen Stroh aus der einzigen leeren Box im Klinikstall und streute reichlich Sägespäne ein. Sie mochte den leicht harzigen Geruch nach Holz. Dann legte sie ein wenig Heu in eine Ecke, überprüfte die Selbsttränke und nickte zufrieden. Jetzt war alles bereit für das neue Pferd. Offensichtlich gerade rechtzeitig, denn vor der Klinik hörte sie schon einen Motor. Sarah rannte aus dem Stall, um den Notfall in Empfang zu nehmen.

Als sie auf den Hof trat, blieb ihr der Mund offen stehen. In die Einfahrt rollte ein riesiger silberner Pferde-Lkw. Auf die Seite war ein springendes Pferd gemalt, darunter stand in großen, dunkelblauen Buchstaben „Sportpferde". Hinter dem Lkw kam der blaue Kombi von Dr. Wiegand zum Stehen. Die Tierärztin sprang aus ihrem Wagen und sah sich suchend um. Als sie Sarah entdeckte, winkte sie ihr zu. „Ist Peter heute nicht da?"

Sarah schüttelte den Kopf. „Der hat doch frei."

„Ach ja, dann hilf du bitte Michael beim Ausladen."

Aus dem Fahrerhaus sprang zu Sarahs Überraschung der große Blonde, den sie noch vor wenigen Stunden im Fernsehen gesehen hatte. Der Vielseitigkeitsreiter Michael Renner! Sarah sah ihn an, als wäre er das berühmte Männchen vom Mars. „Ich … ich habe Sie heute Nachmittag im Fernsehen gesehen!“, stotterte sie.

Der Blonde stöhnte auf. „Das glaube ich gerne. Jeder hat heute Nachmittag das Desaster von Windmühle gesehen. Vom besten Nachwuchspferd der Vielseitigkeit zum unbrauchbaren Klepper in weniger als drei Minuten – so schnell ist mir das noch nie mit einem Pferd passiert. Hoffentlich kann Bettina ihm helfen!“

Er ging zu der großen Seitenklappe seines Lkws und löste die Riegel. Langsam senkte sich die Rampe auf den Boden. Vier Pferde sahen neugierig heraus – und einen davon hätte Sarah unter Hunderten sofort erkannt: Sandokan!

Sein Reiter löste die Kette und führte den Hengst vorsichtig die Rampe herunter. Er trug eine dünne Transportdecke, alle vier Beine waren dick bandagiert. Die Mähne war noch eingeflochten, so wie Sarah es heute Nachmittag im Fernsehen gesehen hatte. Sie betrachtete fasziniert den riesigen Fuchs, der sich mindestens ebenso neugierig umsah. In Wirklichkeit war er noch schöner als im Fernsehen.

Dr. Wiegand riss sie aus ihrer Bewunderung. „Zeigst du Michael die Box für Sandokan?“

Sarah nickte. „Sicher. Kommen Sie doch einfach mit." Sie ging voraus und trat zur Seite, damit Sandokan in seine Box konnte.

Sein Reiter löste den Führstrick und wandte sich an Sarah. „Könntest du ihn ausbandagieren und die Zöpfe öffnen? Das wäre nett!"

Damit verschwand er hinter der Tierärztin in Richtung Empfangszimmer. Sarah war alleine mit Sandokan. Ehrfürchtig sah sie ihn an, während er sich über das Heu hermachte, das sie ihm hingelegt hatte. Wie hatte Renner doch im Fernsehen gesagt? Er fürchtete, dass Sandokan sich irgendwie verletzt hatte. Offenbar hatte er sofort Dr. Wiegand gerufen.

Vorsichtig näherte sie sich dem großen Fuchs. Der beachtete sie nicht und schnaubte zufrieden in sein Heu. Sarah kniete sich hin und löste die erste Bandage. Der Hengst war gut erzogen. Er zuckte nicht ein einziges Mal mit den Beinen, bis alle Bandagen in einem Haufen vor der Box lagen. Als Nächstes kümmerte Sarah sich um die Zöpfe, die sie schnell löste. Dann nahm sie ihm noch die dünne Transportdecke ab und schloss die Boxentür hinter sich. Der Hengst wirkte völlig gesund – aber sie hatte in den letzten Wochen in der Klinik genug gelernt, um zu wissen, dass dieser Eindruck gewaltig täuschen konnte.

Sorgfältig legte sie die Decke zusammen und wickelte die Bandagen auf. Gerade als sie fertig war, tauchten die Tierärztin und der berühmte Reiter wieder in der Stallgasse auf. Michael Renner redete aufgeregt auf die Tierärztin ein. „… er kann doch nicht von einem Tag auf den anderen nicht mehr ins Wasser springen wollen! Bitte finde den Grund heraus. Ein Buschpferd, das nicht ins Wasser will, ist keinen Cent wert. Wir müssen die Ursache finden, Sandokan ist meine Hoffnung für die Weltmeisterschaften nächstes Jahr."

Er sah in die Box und nickte Sarah zu. „Ich hoffe, er war brav? Manchmal wird er unruhig, wenn ein Fremder sich an seinen Beinen zu schaffen macht."

Dr. Wiegand lächelte und legte ihre Hand auf Sarahs Schulter. „Sarah ist unsere Geheimwaffe für unruhige Pferde. Bei ihr werden alle lammfromm. Sie wird sich in den nächsten Tagen um deinen Sandokan kümmern, in Ordnung?"

Sarah schluckte aufgeregt, bevor sie antworten konnte. „Ich freue mich darauf, so ein tolles Pferd pflegen zu dürfen, Herr Renner!"

Der sah ihr freundlich in die Augen. „Nenn mich Michael. Und pass mir auf meinen Sandokan auf. Ich verlasse mich auf euch!" Entschlossen nahm er die Decke und die Bandagen. „Ich muss jetzt meine anderen Pferde nach Hause fahren. Der Umweg über die Klinik war weit. Die Pferde haben es verdient, dass sie endlich in ihren eigenen Stall kommen."

Damit verabschiedete er sich und stieg in seinen riesigen Lkw. Er wendete ihn mit einiger Mühe in dem engen Hof und fuhr davon. Sarah sah den kleiner werdenden Heckleuchten hinterher.

„Kennen Sie ihn schon länger?“, wagte sie schließlich zu fragen.

Die Tierärztin lachte. „Länger? Das ist gar kein Ausdruck. Ich war mal mit ihm verheiratet. Wir hatten eine gute Zeit miteinander. Leider war ich ständig bei Patienten und er ständig auf Turnieren.“ Dr. Wiegand wurde ernst. „Es ist nicht gut für ein Ehepaar, wenn man sich nie sieht. Aber wir sind immer noch befreundet, das ist mehr, als die meisten Paare bei einer Trennung schaffen. Deswegen hat er mich auch heute Nachmittag angerufen. Er weiß, dass ich nicht so schnell aufgebe, wenn ich auf der Suche nach einer Lösung bin. Obwohl ich im Moment noch keine Idee habe, was Sandokan fehlt ...“ Die große, schlanke Tierärztin streckte sich und sah auf die Uhr. „Um Himmels willen, Sarah! Musst du nicht schon längst daheim sein? Es ist schon nach zehn!“

Sarah erschrak. Sie hatte völlig die Zeit vergessen! Dabei war sie doch schon zu spät dran gewesen, als sie Aquarius in seine Box gebracht hatte. Der Ärger mit ihrer Mutter war jetzt wohl nicht mehr zu vermeiden.

Dr. Wiegand sah noch einmal auf die Uhr und runzelte die Stirn. „Ich fahre dich nach Hause. So spät am Abend solltest du nicht mehr durch den Wald radeln. Komm, steig ein.“

Sarah nickte. Mit ein bisschen Glück wurde ihre

Mutter durch die Fürsorge der Tierärztin milder gestimmt. Aber eigentlich war es Sarah egal, ob zu Hause ein Donnerwetter auf sie wartete. Die Begegnung mit Sandokan war den ganzen Ärger sicher wert. Was wohl die anderen Mädchen morgen im Stall sagen würden?

Wenige Minuten später stand sie vor der Haustür. Vorsichtig drehte sie den Schlüssel um. Vielleicht merkten ihre Eltern ja gar nicht, dass sie nach Hause kam, und sie konnte sich sofort ins Bett legen?

Ihre Hoffnung war vergebens. Als Sarah die Tür hinter sich zuzog, tauchte ihre Mutter aus dem Wohnzimmer auf. Mit gerunzelter Stirn sah Helga Stürmer ihre Tochter an. „Du willst doch nicht etwa sagen, dass du bis gerade eben in dieser Pferdeklinik gearbeitet hast?"

Sarah lächelte ihre Mutter entschuldigend an. „Doch. Stell dir vor: Heute Abend wurde ein ganz berühmtes Pferd angeliefert. Dieser Sandokan gilt als eines der besten Vielseitigkeitspferde Deutschlands – und ich durfte ihn versorgen! Ist das nicht toll?"

Sarahs Mutter seufzte. „Ich verstehe nicht, was daran so großartig sein soll, wenn du einem Pferd den Mist wegräumen darfst. Ich hätte weniger Probleme, wenn du spät aus der Disco heimkommen würdest. Aber diese Klinik – das verstehe ich nicht. Was hat Jenny denn heute Abend gemacht?"

Sarah dachte nach. „Jenny? Ich glaube, die hat sich

mit ein paar Freundinnen getroffen. Die wollten zusammen irgendeinen Film auf DVD anschauen."

„Und warum bist du nicht dabei?"

Sarah sah ihre Mutter verblüfft an. „Weil ich mir nichts aus Fernsehen mache. Das weißt du doch!"

„Aber es ist Samstagabend – und dir fällt nichts Besseres ein, als zu arbeiten! Ich verstehe dich nicht …" Sarahs Mutter seufzte, dann versuchte sie ein Lächeln. „Ich war heute in der Stadt!", sagte sie geheimnisvoll.

Sarah verdrehte die Augen. Sie wusste, was das bedeutete. Ihre Mutter hatte ihr sicher wieder ein Geschenk gemacht. Ein T-Shirt, das ihr nicht gefiel. Oder eine Hose, die so tussimäßig aussah. Ihre Mutter hatte das perfekte Händchen, wenn es darum ging, Kleidungsstücke zu finden, die ihre Tochter nicht leiden konnte. So auch dieses Mal.

Helga Stürmer deutete auf einen Rock, der an der Garderobe hing. Knielang, schwingend und mit glitzernden Pailletten bestickt. Wann sollte sie so etwas nur tragen? Eine weitere Leiche für ihren Kleiderschrank.

Sarah lächelte schief. „Echt lieb von dir Mama. Aber …"

Ihre Mutter hob die Hand. „Kein Widerspruch! Der steht dir sicher fantastisch!" Ihre Mutter redete sofort weiter. „Und hast du dir eigentlich überlegt, was du dir zu deinem Geburtstag wünschst?"

Richtig, in ein paar Tagen hatte sie Geburtstag.

Sarah musste nicht lange nachdenken. „Es gibt da ein paar Bücher, die ich gerne …“

Helga Stürmer unterbrach ihre Tochter. „Ich finde, du solltest dir ausnahmsweise mal nichts wünschen, was mit Pferden zu tun hat. Wünschst du dir nichts für dich selber? Etwas Schönes zum Anziehen oder eine CD?“

Sarah seufzte leise. Ihre Mutter wollte einfach nicht kapieren, dass sie sich nicht für Mode und Schminken interessierte. Aber sie wusste aus Erfahrung, dass sie in dieser Sache besser nicht widersprach. Also sagte sie nur: „Ich überlege mir etwas und sage dir dann Bescheid!“

Helga Stürmer blieb beharrlich. „Vergiss es aber nicht!“

Sarah nickte nur und tappte an ihrer Mutter vorbei ins Wohnzimmer. Hier saß ihr Vater und las in einem Buch. Er sah nur kurz auf. „Hallo, Liebling! Was ist denn heute Spannendes in der Klinik passiert? Warum kommst du denn so unglaublich spät?“

Endlich konnte Sarah die ganze Geschichte von Sandokan erzählen. Ihr Vater hörte aufmerksam zu. Sie war sich sicher, dass er verstand, wie aufregend die Geschichte mit dem Fuchshengst war.

3 „Hoho, ganz ruhig!“ Aber die Schimmelstute sah alles andere als ruhig aus. Sie riss den Kopf hoch und fixierte die Tierärztin mit weit aufgerissenen Augen. Als Dr. Wiegand vorsichtig einen Schritt nach vorne machte, wich die zierliche Vollblutstute drei Schritte zurück. Die Besitzerin hing hilflos am Führstrick und versuchte verzweifelt, ihr Pferd festzuhalten. Sarah kam langsam näher. Ohne ihr Fahrrad war sie heute Morgen einfach in die Klinik gelaufen. Einen Spaziergang von einer Dreiviertelstunde fand sie nicht weiter schlimm. So war sie wenigstens dem Frühstück mit ihrer Mutter entkommen. Helga Stürmer hatte sich auf einen Familienausflug gefreut – von dem leider nur ihr Mann begeistert war. Sarah hatte ihren Eltern erklärt, dass sie lieber in der Klinik nach Sandokan sehen wollte. Ihre Mutter hatte von da an nur noch beleidigt geschwiegen.

Sarah hatte den Weg zur Klinik genossen. Unterwegs konnte sie ihren Gedanken nachhängen, ohne dass sie jemandem erklären musste, was sie gerade tat. Sie freute sich auf die Arbeit. Und auf Marc, den Assistenzarzt der Klinik. Er war seit ein paar Wochen da und nahm sich viel Zeit, Sarah alles zu erklären. Schade war nur, dass der strahlende Herbst der letzten Tage zu Ende war. Ein beharrlicher Nieselregen ließ plötzlich alles grau erscheinen.

Die Schimmelstute stemmte ihre kleinen Hufe auf das nasse Pflaster, als ihre Besitzerin wieder versuchte, sie näher an die Tierärztin heranzuführen. Jetzt wollte sie keinen Schritt mehr gehen.

Neben Dr. Wiegand stand Marc. Sarah lächelte ihn schüchtern an. „Guten Morgen!", murmelte sie und wollte gleich im Stall verschwinden. Wenn zwei Ärzte ein Pferd behandelten, dann war ihre Hilfe nicht nötig. Oder doch?

Dr. Wiegand hielt sie auf. „Sarah? Kannst du unsere Patientin hier übernehmen? Vielleicht ist sie bei dir ruhiger als bei ihrer Besitzerin." Die Ärztin sah die Besitzerin entschuldigend an und erklärte: „Es ist oft so, dass die Besitzer in der Klinik ein wenig nervös sind. Sensible Pferde spüren das und regen sich auf. Dann ist es besser, wenn unser Personal die Pferde führt. Noch dazu können Sie so mehr sehen, wenn wir die Stute vortraben lassen."

Sarah griff nach dem Führstrick und lächelte die Besitzerin an. Sie hoffte, dass es beruhigend aussah. Die kräftige Frau mit den roten Wangen und dem strohig blonden Haar sah ganz schön verzweifelt aus.

Sarah führte die Stute ein wenig im Kreis herum. Eigentlich war sie ganz brav. Doch kaum versuchte sie, das Pferd wieder in Richtung der beiden Tierärzte zu bewegen, wiederholte sich die Szene, die sie zuvor beobachtet hatte. Die Stute rammte die Beine in den Boden und weigerte sich, auch nur einen Huf vor den anderen zu setzen.

Dr. Wiegand seufzte. „Das wird schwierig. Wie sollen wir eine ordentliche Diagnose machen, wenn wir das Pferd nicht einmal anfassen können?“ Sie wandte sich an Marc und erklärte: „Acordia ist ein alter Fall. Sie lahmt immer wieder vorne rechts. Keine hochgradige Lahmheit, es ist schwer zu sehen, von welchem Gelenk die Lahmheit ausgeht. Deswegen wollte ich heute die Diagnose über eine Leitungsanästhesie stellen.“ Dr. Wiegand sah die Besitzerin des Schimmels fragend an. „Wissen Sie, was das ist?“

Die blonde Frau schüttelte den Kopf. „Sie geben Acordia ein Schmerzmittel?“, fragte sie unsicher.

Dr. Wiegand nickte. „Im Prinzip ja. Wir fangen ganz unten am Bein an. Mit einer örtlichen Betäubung schalten wir den Schmerz ganz unten am Huf aus. Dann lassen wir Acordia vortraben. Wenn sie weiter lahmt, dann muss der Schmerz weiter oben sitzen. Also nehmen wir das nächste Gelenk und setzen dort eine örtliche Betäubung. So verfahren wir weiter, bis Acordia nicht mehr lahmt. In dem Gelenk, das wir zuletzt betäubt haben, muss die Ursache für die Lahmheit liegen. Das kann leider bis heute Mittag dauern. Ich hoffe, Sie haben Zeit mitgebracht?“

Die Frau nickte.

Dr. Wiegand wandte sich wieder der Schimmelstute zu. Mit einem schiefen Grinsen murmelte sie: „Unglücklicherweise muss ich sie dafür anfassen. Noch schlimmer: Ich muss Nadeln in ihre Gelenke stechen. Daran ist im Moment nicht zu denken. Wir versuchen es einfach noch einmal."

Sarah führte die Stute an. Das Ergebnis blieb das gleiche. Wieder ging der Kopf in die Höhe, im Auge der Stute wurde das Weiße sichtbar – sie wollte auf keinen Fall in die Nähe der Ärzte.

„Sie ist sonst immer ganz lieb!", beharrte die Besitzerin.

Sarah sah gerade wenig Liebes in diesem Pferd. Bei jedem Riss am Strick schmerzte ihre Schulter. Ihr kam die Stute wie ein besonders schlecht erzogenes Pferd vor.

Marc legte nachdenklich seinen Kopf auf die Seite. Leise sagte er zu Dr. Wiegand: „Kann ich mal etwas ausprobieren?"

Die Tierärztin zuckte mit den Schultern. „Sicher. Im Moment kommen wir hier keinen Schritt weiter. Und wir haben heute wirklich noch einiges auf dem Plan stehen." Dr. Wiegand sah auf die Uhr. „Sarah, sag Peter doch bitte, dass er Aquarius für die Operation vorbereiten soll."

Sarah nickte und flitzte in den Stall. Peter mistete gerade eine leere Box aus.

Sarah räusperte sich. „Guten Morgen! Dr. Wiegand

fragt, ob Sie bitte Aquarius für die OP vorbereiten könnten."

Peter antwortete, ohne aufzusehen. „Da hat sie wohl nicht mit seiner Besitzerin gerechnet. Der wird heute nicht operiert. Ich komme gleich raus."

Sarah wurde aus seiner Bemerkung nicht schlau. Sie ging zurück zu der widersetzlichen Stute. Davor konnte sie es sich allerdings nicht verkneifen, einen kurzen Blick zu Sandokan in die Box zu werfen. Er stand dösend in der Ecke. Wahrscheinlich hatten ihn die gestrige Prüfung und der lange Transport doch angestrengt.

Draußen hatte Marc in der Zwischenzeit den Führstrick in die Hand genommen. Er ging ruhig über den Hof. Seinen Blick hielt er dabei auf den Boden gerichtet, er sah die Stute nicht an. Immer wieder blieb er stehen, ließ die Stute ein paar Schritte rückwärts treten und ging dann erneut nach vorne.

Sarah sah gespannt zu. Sie hatte genau das Gleiche versucht, aber bei ihr sah das nie so entspannt aus. Der junge Assistenzarzt sah konzentriert aus. Sarah wusste, dass er gerade versuchte, die gesamte Aufmerksamkeit der Stute auf sich zu ziehen.

Im Hintergrund hörte sie, wie Dr. Wiegand der besorgten Besitzerin erklärte, was da eben passierte. „Marc hat oft Erfolg bei schwierigen Pferden. Wir müssen ihm jetzt allerdings ein bisschen Zeit lassen. Acordia wird schon ein paar Minuten brauchen, um zu sehen, ob sie Marc vertraut. Sie können in der Zwischenzeit in den Aufenthaltsraum gehen. Wir holen Sie, wenn es hier weitergeht."

Die Besitzerin der Schimmelstute nickte zögernd und verschwand.

Sarah sah gebannt bei Marcs Bemühungen zu. Er bemerkte sie und lächelte. Dabei wandte er den Blick nicht vom Boden, seine Schultern blieben leicht nach vorne gebeugt.

Sarah flüsterte ihre Frage fast. „Was machst du da genau?"

Marc antwortete mit einer betont ruhigen Stimme. „Ich versuche ihr zu zeigen, dass sie mir vertrauen kann. Also trete ich möglichst wenig dominant auf. Ich schaue sie nicht direkt an, meine Schultern sind von ihr abgewandt. Mit ein paar einfachen Übungen wie den Wendungen, dem Anhalten und dem Rückwärtsrichten soll sie lernen, dass ihr nichts passiert, wenn sie tut, was ich will."

Sarah runzelte die Stirn. „Aber … ich habe doch das Gleiche gemacht, oder?"

Marc schüttelte fast unmerklich den Kopf. „Du siehst sie immer wieder an. Und du hältst dich noch viel zu aufrecht."

Sarah sah an sich herunter. „Ich kann mir nicht vorstellen, was an mir so wahnsinnig Furcht einflößend aussehen soll." Sarah war zwar schon fast fünfzehn, aber sie war sehr zierlich für ihr Alter. Die langen roten Locken und die Sommersprossen sorgten dafür, dass viele Erwachsene sie für jünger hielten.

Marc grinste. Sarah stellte fest, dass er dabei wirklich nette Fältchen um die Augen bekam. „Doch. Pferden ist es egal, wie groß du bist. Wir Menschen sind immer Raubtiere für sie. Pferde konnten in der Wildnis nur überleben, wenn sie vor Raubtieren sofort geflüchtet sind. Ein Säbelzahntiger hat ein Urpferd nicht angestarrt, weil er es so hübsch fand – er wollte es fressen, sonst gar nichts. Die Pferde haben also gelernt, dass ein direkter Blick so ähnlich ist, als ob der Säbelzahntiger ‚Mahlzeit!' über die Steppe brüllen würde. Deswegen ist es ihnen immer noch unheimlich, wenn wir sie genau betrachten. Blöd für uns Tierärzte, wir müssen sie schließlich anschauen …"

Sarah lachte. Marc behandelte sie immer wie eine Erwachsene, er erklärte seine Methoden mit Begeisterung. Und er nahm sich Zeit für seine Erklärungen. Was machte er eigentlich sonst in seiner Freizeit? Noch bevor Sarah fragen konnte, öffnete sich die Tür zum Empfangszimmer, und Dr. Wiegand tauchte wieder auf, Acordias Besitzerin im Schlepptau. „Na, wie geht es unserem Pferdeflüsterer?"

Marc zuckte vorsichtig mit den Schultern. „Wir können es versuchen, aber die Kleine ist wirklich misstrauisch."

Frau Wiegand machte einen Schritt auf die Schimmelstute zu, die im gleichen Moment wieder zurückwich. Die Tierärztin blieb sofort stehen. „Okay, so kommen wir nicht weiter. Marc, kannst du die Behandlung übernehmen?“

Marc nickte, aber Sarah sah, dass er ein wenig bleicher wurde. Diese Behandlung hatte er bisher nur einmal gemacht, und Sarah hatte in den letzten Wochen gelernt, dass Spritzen ins Gelenk immer heikel waren.

In dieser Sekunde tauchte Peter in der Stalltür auf. „Chefin? Frau Hoppe, die Besitzerin von Aquarius, war heute früh da.“

Die Tierärztin sah ihn fragend an. „Und? Was ist passiert?“

„Sie hat sich geärgert, dass ihr Pferd bei uns nichts zu fressen bekommt. Und ihm eine ordentliche Portion Hafer gegeben.“

Dr. Wiegand schüttelte entnervt den Kopf. „Hast du ihr nicht gesagt, dass wir die Pferde nur nüchtern in Narkose legen können?“

Peter grinste. „Habe ich natürlich. Aber da hat Aquarius schon mit vollen Backen gekaut.“

Die Tierärztin zuckte mit den Schultern. „Okay, ich denke, wir können noch einen Tag mit der Operation warten. Gibst du Elsa Bescheid? Sie soll Frau Hoppe anrufen und ihr erklären, dass ich nicht das Risiko eingehe, ein Pferd zu operieren, das etwas gefressen hat. Aquarius verlegen wir auf morgen. Dann haben wir jetzt auch genug Zeit für Acordia. Sarah, holst du alles für die erste Spritze?“

Sarah verschwand im Labor. Sie wusste inzwischen, was bei dieser Art von Diagnose alles gebraucht wurde. Dr. Wiegand gab Marc aus ein paar Metern Entfernung Anweisungen. „Erst einmal gründlich mit Jodsalbe abwaschen, dann ein Stück Fell abrasieren. Ja, so ist es richtig."

Acordia stand still, verdrehte aber misstrauisch ihre Ohren, während Marc sich an ihrem Vorderbein zu schaffen machte. Als er schließlich die Spritze in das Gelenk setzte, zuckte sie zwar heftig, blieb aber stehen. Marc zog die Nadel wieder heraus und richtete sich auf. „Das war's. Jetzt müssen wir genau fünfzehn Minuten warten, dann schauen wir uns Acordia im Trab an. Sarah, behältst du die Uhr im Auge?"

In der Zwischenzeit stellte Dr. Wiegand Marc den berühmten Neuzugang vor. Der langbeinige Fuchs schlief immer noch mit hängender Unterlippe.

Die Tierärztin sah ihn nachdenklich an. „Wir geben ihm heute einen Tag Pause. Es reicht, wenn wir morgen mit den Untersuchungen anfangen. Windmühle war ohnehin die letzte große Prüfung in diesem Jahr, wir haben also keine Eile. Wir sollten ihn nur rechtzeitig für die neue Saison wieder fitkriegen." Die Tierärztin musterte den Fuchs. „Michael hält viel von diesem Pferd, angeblich ist er der beste Neunjährige, der in diesem Sport geht. Es wäre wirklich ein Jammer, wenn Sandokan nicht wieder ins Wasser springt."

Damit setzte sie ihren Rundgang durch die Klinik

fort. An Aquarius' Box blieb sie kurz stehen. Auf dem Schild stand in großen Lettern „Nüchtern! OP!" Offensichtlich wollte Peter Aquarius' fürsorgliche Besitzerin warnen. Solange sie ihrem Liebling immer neue Leckereien zusteckte, konnte er nicht operiert werden.

Wenig später trabte Sarah mit Acordia über den Hof. Die Stute lahmte immer noch. Die Tierärztin entschied schnell. „Okay, Marc, dann ist jetzt wohl das Fesselgelenk dran."

Leider war die Stute durch die erste Spritze in ihrem Misstrauen noch bestärkt worden. Sie blähte aufgeregt ihre Nüstern, als Marc sich wieder näherte. Aus den Augenwinkeln beobachtete sie, was er vorhatte. Der Assistenzarzt legte die Spritze noch einmal weg und massierte die Backen der Stute mit kleinen, kreisenden Bewegungen. Nach wenigen Momenten entspannte sich Acordia und ließ den Kopf ein wenig sinken.

Marc lächelte Sarah an. „Der Trick mit der Massage der Kaumuskulatur funktioniert eigentlich immer, und dabei kannst du nicht viel verkehrt machen." Er sah die Stute prüfend an. „Hältst du ihr bitte das Auge zu? Dann sieht sie nicht, was ich vorhabe. Der Stich ist eigentlich nicht so schlimm."

Sarah hielt ihre Hand vor Acordias Auge – und tatsächlich wehrte die Stute sich nicht. Wieder setzte Marc unter Dr. Wiegands Anweisung die Spritze. Nach der üblichen Viertelstunde trabte Sarah mit der Schimmelstute vor. An ihrem Zustand änderte sich nichts. Sie lahmte unverdrossen weiter, egal ob Sarah sie in einem engen Zirkel oder auf gerader Strecke traben ließ.

Dr. Wiegand runzelte die Stirn und ließ jetzt das Karpalgelenk betäuben.

„Viele Laien sagen ja ‚Knie' dazu", erklärte sie der Besitzerin. „Tatsächlich gibt es aber kein Knie am Vorderbein. Das Karpalgelenk ist ähnlich wie unser Handgelenk gebaut, es besteht aus lauter kleinen Knöchelchen. Mal sehen, ob hier das Problem liegt."

Der Nachmittag wurde lang und frustrierend. Sarah trabte mit der misstrauischen Stute immer wieder vor, während auch Marcs Pferdegeflüster mit jeder Nadel, die er in die Gelenke der Stute stach, wirkungsloser wurde. Schließlich schüttelte Dr. Wiegand entnervt den Kopf. „Es wird nicht besser. Der Grund für ihre Lahmheit muss irgendwo anders liegen." Sie wendete sich an Sarah. „Bring sie bitte in den Stall und lass dir von Peter zeigen, wie man einen Verband macht."

Die Besitzerin sah ängstlich drein. „Warum braucht sie jetzt auch noch einen Verband?"

„Wir haben ihr direkt ins Gelenk gespritzt. Wenn sie jetzt in eine dreckige Box geht – und medizinisch gesehen ist jede Box dreckig –, dann kann sie sich eine Infektion im Gelenk holen. Deswegen kommt vorbeugend ein Verband drauf. Lassen Sie ihn bis übermorgen am Bein und nehmen sie ihn dann einfach ab", erklärte die Tierärztin.

Sarah führte Acordia in die Stallgasse.

„Können Sie mir zeigen, wie ich so einen Verband mache?", fragte sie den Pfleger schüchtern.

Peter war erstaunlich gnädig. Er zeigte ihr Schritt für Schritt, wie sie mit der sterilen Unterlage und der Bandage das Bein verbinden musste. Am Ende fixierte er alles mit einem blauen Klebeband. „Ich kontrolliere dich noch ein paar Mal, bevor du so etwas selber machst", knurrte er noch. Für seine Verhältnisse fast freundlich. Sarah brachte Acordia wieder nach draußen und half beim Verladen.

4 Dr. Wiegand verabredete sich mit der Besitzerin in ein paar Tagen. „Jetzt muss sich das Bein erst mal von den vielen Betäubungen erholen, bevor wir weitermachen“, erklärte sie ihr.

Als der Hänger vom Hof rumpelte, konnte Sarah ihre Neugier nicht im Zaum halten. „Wie wollen Sie denn da weitermachen?“, fragte sie.

„Die Lahmheit könnte auch von der Schulter oder vom Rücken herrühren“, erklärte die Tierärztin. „Das schauen wir uns als Nächstes an. Ich hole dann einen Therapeuten dazu, mit dem ich hin und wieder zusammenarbeite. Ich glaube, dann finden wir einen Grund für diese Lahmheit.“ Dann deutete sie auf ein Zaumzeug, das an einem Haken hing. „Und jetzt zäumst du unseren Sandokan auf und führst ihn ein paar Minuten spazieren. Der ist es sicher nicht gewöhnt, wenn wir ihm einen Stehtag verordnen. Wenn er zu wild wird, dann rufst du um Hilfe, okay? Aber eigentlich soll Sandokan ein echter Gentleman sein.“

Sarah nickte. Sie konnte es nicht fassen: Sie durfte den berühmten Hengst führen! Sorgfältig legte sie ihm das Zaumzeug an und lief los. Nach einigen Minuten entspannte sie sich. Der Hengst ging gemütlich, mit langem Hals an ihrer Seite und sah sich mit freundlich gespitzten Ohren auf dem Klinikgelände um. Gerade als Sarah ihre dritte Runde mit ihm drehte, hob er plötzlich den Kopf und wieherte in Richtung Waldrand. Auf dem Weg tauchte Jenny mit ihrem Fahrrad auf. Sarah winkte vorsichtig, um Sandokan nicht zu erschrecken.

Ihre Freundin legte das Fahrrad zur Seite und kam näher. Jenny sah den Hengst bewundernd an. „Wahnsinn, der sieht fast so aus wie gestern dieser Sandokan in Windmühle!“

Sarah lachte. „Das könnte damit zusammenhängen, dass es der Sandokan von der Vielseitigkeit gestern ist.“

Jenny blieb der Mund offen stehen. „Du nimmst mich auf den Arm?!“

Sarah schüttelte den Kopf. „Nein. Er ist letzte Nacht hierher gebracht worden. Michael Renner ist sich sicher, dass mit seinem Pferd etwas nicht stimmt. Das sollen wir hier in der Klinik herauskriegen.“

Jenny konnte es immer noch nicht glauben. „Und wie … Ich meine, das hier ist eine tolle Klinik und alles, aber wie kommt er ausgerechnet auf die Marienwaldklinik?“

Sarah war stolz, mal etwas zu wissen, von dem Jenny keine Ahnung hatte. „Michael Renner ist der Ex-Mann von Dr. Wiegand. Sie scheinen sich aber immer noch gut zu verstehen. Und er weiß, dass sie so schnell nicht aufgibt …" Sarah warf einen Blick auf Sandokan. „Ich muss noch ein paar Minuten mit ihm gehen, dann habe ich Zeit für dich. Ich darf mit ihm nicht einfach so rumstehen."

Jenny nickte verständnisvoll. „Klar. Ich schau euch einfach zu."

Kaum war Sarah ein paar Schritte gegangen, tauchte Marc auf. Er stellte sich neben Jenny und sah dem berühmten Patienten ein paar Runden zu.

Jenny musterte den dunkelhaarigen schlanken Assistenzarzt interessiert.

„Tolles Pferd, nicht wahr?", begann sie ein Gespräch.

Marc nickte. „So etwas würde man gerne mal reiten."

Jenny wurde noch neugieriger. „Reiten Sie?"

Marc nickte noch einmal, ohne seine Augen von Sandokan zu lassen. „Nur ein bisschen Springreiten. Reines Hobby, wirklich nichts Besonderes." Er sah Jenny kurz an. „Ich heiße übrigens Marc."

Sarah hörte das, während sie vorbeilief. Sie spürte, wie ihr vor Ärger ganz heiß wurde. Wie kam Jenny dazu, sich mit Marc so freundlich zu unterhalten? Schließlich war Sarah diejenige, die in der Klinik mit Marc zusammenarbeitete. Das war zwar nicht ganz logisch, aber das war Sarah egal. Sie stapfte weiter.

Sandokan spürte ihren Ärger und fing an zu tänzeln. Sarah achtete nicht auf seine zunehmende Unruhe. Sie sah aus den Augenwinkeln, wie Jenny ihr langes blondes Haar hinter die Ohren strich und Marc anstrahlte. „Und ich heiße Jenny. Hast du ein eigenes Pferd? Wo steht es?“

Sarah griff fester in den Zügel. Warum schmiss Jenny sich so an Marc heran? Und wieso gelang es ihr, mit jedem ins Gespräch zu kommen? Sarah blieben viel zu oft einfach die Worte im Mund stecken, wenn sie etwas sagen wollte. Jenny war immer schon die Schlagfertige gewesen, die schnell neue Freundschaften schloss. Sarah hatte das eigentlich nie gestört. Bis heute, als Jenny einfach so mit Marc plauderte.

Sandokan wehrte sich mit einem Kopfschütteln gegen ihren festen Griff. Als Sarah nicht reagierte, stand der Hengst, der gerade eben noch lammfromm an ihrer Seite gelaufen war, plötzlich senkrecht in der Luft und schlug mit seinen Vorderbeinen. Sarah schrak zurück.

„Ho, ho. Brav, Sandokan, brav!“ Sie bemühte sich, den Hengst zu bändigen. Innerhalb des Bruchteils einer Sekunde war Peter bei ihr. Er riss ihr den Führstrick aus der Hand und drängte sie zur Seite. Er fasste Sandokan an den Hals und beruhigte ihn. Dann führte er den Hengst weiter, während er ihm beruhigend den Nacken streichelte.

Sarah stand mit leeren Händen da und sah Peter und Sandokan hinterher. Auch Jenny und Marc sahen sie verwundert an.

Jenny fand als Erste ihre Sprache wieder. „Was war das denn?“, fragte sie schließlich.

Bevor Sarah etwas sagen konnte, knurrte Peter seine Antwort. „Das passiert, wenn man sich nicht auf das Pferd konzentriert. Ein so wertvolles, sensibles Tier braucht die gesamte Aufmerksamkeit seines Pflegers. Mädchen, die da an etwas anderes denken, sind nicht geeignet.“

Sarah wurde rot. War das der gleiche Peter, der ihr vorhin noch gezeigt hatte, wie man eine Bandage richtig anlegt? Da hatte er fast freundlich gewirkt. Manchmal hatte sie sogar schon gehofft, dass Peter sie allmählich als Teil des Teams sehen würde. Aber da hatte sie wohl daneben gelegen. Und Marc war auch noch Zeuge dieser Behandlung. Am liebsten hätte Sarah sich in ein Mauseloch verkrochen.

Marc achtete allerdings schon nicht mehr auf sie, sondern hörte Jenny zu.

Sarah runzelte die Stirn, als sie hörte, was Jenny sagte.

„... ich springe erst seit Anfang der Sommerferien, aber meine Lavinia stellt sich ganz gut dabei an. Wir haben sogar bei unserem kleinen Stallturnier gewonnen. Jetzt würde ich gerne weitertrainieren, aber das ist schwierig. Der Arnoldhof hat keine Halle, und unser Springplatz ist im Winter zu nichts zu gebrauchen.“

Marc nickte. „Da habe ich es besser. Natascha steht

ein bisschen weiter weg, aber dafür in einem Stall mit Halle." Er dachte kurz nach, bevor er weiterredete. „Weißt du was? Wenn du willst, kannst du ja einmal die Woche zu unserem Stall reiten, und wir trainieren in der Halle zusammen. Macht doch viel mehr Spaß – und hin und wieder können wir uns ja einen Reitlehrer dazuholen. Das ist dann nicht so teuer, wenn wir zu zweit in der Stunde reiten. Was hältst du davon?"

Jennys Gesicht leuchtete. „Das wäre einfach toll! Wann hast du denn Zeit?"

Marc zog eine Grimasse. „Viel zu selten, leider. Der Dienst hier in der Klinik hat natürlich keine Bürostunden. Wenn eine Kolik oder ein Notfall dazwischenkommt, dann muss Natascha sich auf der Koppel selber bewegen. Aber normalerweise schaffe ich es am Montag um sieben immer in die Halle. Sollen wir morgen gleich loslegen?"

Jenny nickte so begeistert, dass Sarah fürchtete, ihr würde der Kopf abfallen. Unglaublich, sie war erst seit einer halben Stunde in der Klinik, und schon hatte sie sich mit Marc zu einer gemeinsamen Springstunde verabredet.

Sarah ballte die Fäuste, drehte sich um und stapfte wortlos in den Stall. Hier war es nicht viel besser. Peter brachte gerade Sandokan in seine Box und erzählte Dr. Wiegand, was vorgefallen war.

Die Tierärztin sah erschrocken aus. „Gut, dass

nichts Schlimmeres passiert ist. Michael war sich so sicher, dass Sandokan von jedem Kind zu führen ist …“ Dr. Wiegand lächelte ihren erfahrenen Pfleger an. „Danke, dass du ein Auge auf Sarah gehabt hast.“

Als sie sah, dass Sarah in der Stallgasse stand, sagte die Tierärztin: „Sarah, künftig kümmert sich Peter um Sandokan.“ Sie machte eine Handbewegung durch den Rest der Klinik und bemühte sich um einen aufmunternden Tonfall. „Es sind ja noch mehr als genug Kandidaten da, die du betreuen kannst. Aber Sandokan ist wohl im Moment ein bisschen zu wild für dich.“ Sie sah auf die Uhr. „Für heute ist sowieso Schluss für dich. Vielen Dank!“

Damit wandte sie sich wieder Peter zu.

Sarah schluckte und drehte sich um. Unschlüssig stand sie einen Moment in der Stallgasse. Durch das Fenster hörte sie, wie Jenny dem Assistenzarzt gerade die Geschichte von Lavinias erster Springstunde erzählte.

Sarah schluckte. Da wollte sie sich lieber nicht dazustellen, wahrscheinlich würde sie nur stören. Sie schlich durch eine andere Tür aus dem Stall und machte sich auf den Heimweg. Zum Glück konnte sie jetzt ihr Fahrrad nehmen, es war ja noch hell.

Sie war noch keine zehn Minuten gefahren, als sie hörte, wie sich ein Fahrrad von hinten näherte. Jenny. Sie fuhr neben Sarah, die weiter den Blick auf den Boden gerichtet hielt und stur in die Pedale trat.

„Was ist denn mit dir los?“, fragte Jenny verblüfft. „Warum verschwindest du einfach, wenn ich dich in der Klinik besuche?“

„Ich wollte dich nicht bei deinem netten Gespräch mit Marc stören!“

Jenny schien Sarahs giftigen Unterton nicht zu bemerken. Sie strahlte ihre Freundin an. „Der ist echt nett! Warum hast du bisher nichts von ihm erzählt? Wenn ich gewusst hätte, dass man in der Marienwaldklinik solche Typen kennenlernt, hätte ich mich auch zum Ausmisten gemeldet!“

„Ja. Schade, dass dir bei der Behandlung der Pferde immer schlecht wird.“

Sarah konnte sich die bissige Bemerkung nicht verkneifen. Jenny wurde schon übel, wenn ihre Lavinia nur eine Spritze bekam. Doch Jenny ging überhaupt nicht auf Sarahs Bemerkung ein. Sie lächelte weiter. „Seit wann ist der denn bei euch in der Klinik? Weißt du, ob er eine Freundin hat?“

Sarah warf ihrer Freundin einen kurzen Seitenblick zu. Jenny sah wie immer erstklassig aus. Ihre langen blonden Haare hatte sie für das Reiten zu einem nachlässigen Knoten gedreht. Passend zur blauen Reithose mit den beigen Besätzen trug sie eine cremefarbene Jacke. Ihre großen graublauen Augen blickten jetzt verträumt vor sich hin. Sarah kannte das schon. Jenny konnte sich in einer Woche ein paar Mal verlieben und dann wieder beschließen, dass sie den Typen doch nicht leiden mochte. Als beste Freundin erfuhr Sarah von den wechselnden Gefühlszuständen immer aus erster Hand. Aber diesmal hätte sie lieber nichts davon gehört.

Sie seufzte, bevor sie zögernd antwortete. „Seit ein paar Wochen, er hat während der Sommerferien angefangen. Ich habe keine Ahnung, ob er eine Freundin hat. Bis gerade eben wusste ich nicht mal, dass er ein Pferd hat. Wir …" Sarah verstummte. Sie wollte nicht von seinen geduldigen Erklärungen zum Umgang mit Pferden erzählen. Das wollte sie für sich behalten. Wie einen Schatz, den man nicht jedem zeigt. Nicht einmal der besten Freundin.

Jenny schien Sarahs miese Laune nicht zu bemerken. Sie plapperte fröhlich vor sich hin, bis sie vor dem Haus der Stürmers standen. Hier verabschiedete Jenny sich strahlend, während Sarah missmutig in ihrer Jackentasche nach dem Hausschlüssel wühlte. „Ich rufe dich dann morgen an und erzähle dir vom Springtraining mit Marc, okay?"

Sarah murmelte ein leises „Ja, sicher. Kann es kaum erwarten" und verschwand im Haus.

5 Pünktlich am nächsten Abend kam Jennys Anruf. Heute sprudelte sie vor Begeisterung richtig über. „Stell dir vor, seine Natascha ist eine ganz kleine Fuchsstute – und das für so einen langen Kerl. Er hat sie wohl schon länger und mag sich nicht von ihr trennen. Ist das nicht süß?"

Sarah machte ein Geräusch in das Telefon, das irgendwie zustimmend klingen sollte.

Jenny nahm das als Aufforderung, weiterzureden. „Er hat mir total nett geholfen, als ich gesprungen bin. Und danach hat er mich noch auf eine Cola eingeladen, im Stüberl." Jenny machte eine kurze Pause, bevor sie etwas unsicherer fragte: „Was meinst du – ob er interessiert ist?"

Sarah antwortete eine Spur schärfer als beabsichtigt. „Sicher nicht. Er ist Arzt, hat sein Studium fertig und macht seinen Fachtierarzt. Er wartet bestimmt nicht auf ein kleines Mädchen, das ihn anhimmelt."

Jenny schwieg einen Moment. Aber nicht lange. „Meinst du wirklich? Aber ich bin ja schon fünfzehn, er ist doch nur acht oder neun Jahre älter."

Dann erzählte sie den Verlauf des Abends noch einmal von vorn mit allen Details, bis Sarah etwas knapp das Gespräch beendete. „Ich muss noch lernen. Habe es heute schon nicht in die Klinik geschafft, weil ich Mathe gepaukt habe."

Jenny klang enttäuscht, als sie sich von Sarah verabschiedete. So hatte ihre Freundin sie noch nie abserviert. Sonst hatte sie mit Sarah immer stundenlang über die Typen gequatscht, die sie toll fand, aber jetzt schien Sarah das plötzlich alles nicht mehr zu interessieren.

Am nächsten Nachmittag trottete Sarah lustlos in das Empfangszimmer zu Elsa. Vor dem Stall untersuchte Dr. Wiegand Sandokan. Peter trabte mit ihm vor und diskutierte immer wieder mit der Tierärztin und Marc über das, was sie sahen. Sarahs Hilfe war anscheinend nicht gefragt. Sie griff nach einem Stapel Rechnungen, um sie in Briefkuverts zu stecken.

„Und – haben die beiden schon einen Verdacht?", fragte sie.

Elsa antwortete nicht auf die Frage. Sie sah Sarah aufmerksam an. „Was ist los mit dir? Schlecht geschlafen?"

Sarah zuckte mit den Schultern. „Nein. Nur ein bisschen Pech mit allem, was ich mache."

„Das wird schon wieder", tröstete Elsa. „Was ist denn passiert?"

Noch bevor Sarah antworten konnte, klappte die Tür zum Empfangszimmer auf. Herein kam eine Frau mit langen, leuchtend rot gefärbten Haaren. Sie trug ein grünes Leinenkleid, um ihren Hals klimperten gleich eine ganze Hand voll Amulette. Sie hielt sich nicht lange mit einer Begrüßung auf. „Er kann auf keinen Fall in den nächsten Tagen operiert werden!", verkündete sie.

Sarah sah sie neugierig an. Zu welchem Pferd sie wohl gehörte?

Elsa schien die Frau zu kennen. „Warum denn nicht, Frau Hoppe?", fragte sie gelassen.

„Der Mond steht schlecht für Operationen. Dazu kommt noch eine ungünstige Konstellation der Planeten. Wir müssen den Eingriff auf nächste Woche verschieben!"

Elsa nickte. Offensichtlich bemühte sie sich, möglichst ruhig zu bleiben. „Leider wird der Zahn sich bis dahin noch mehr entzünden. Aber das ist Ihnen sicher klar. Soll ich Dr. Wiegand holen?"

Frau Hoppe nickte, und Elsa verschwand nach draußen. Sarah war alleine mit der seltsamen Frau. Jetzt packte sie doch die Neugier. „Welches ist denn Ihr Pferd?"

Die Frau lächelte. „Aquarius, der kleine Braune. Er ist ein echter Wassermann. Deswegen heißt er auch so."

Sarah musste trotz ihrer schlechten Laune grinsen. Galten für Pferde etwa auch die Sternzeichen? Sie bemühte sich um ein ernstes Gesicht. „Was ist denn ein echtes Wasserpferd? Ich meine, ein Wassermann bei Pferden?"

Die Frau schien sich über Sarahs Interesse zu freuen. „Er ist ein luftbetontes Pferd. Er ist interessiert an allem, was neu ist."

Sarah versuchte weiter, ihr Gesicht unter Kontrolle zu halten und nicht einfach loszuprusten. „Sind das nicht alle Pferde?"

Die Frau schüttelte lebhaft den Kopf. „Auf keinen Fall. Es gibt viele Tiere, die dankbar sind, wenn sich nichts ändert. Sie wollen immer im gleichen Stall, in der gleichen Herde bleiben ..."

Dr. Wiegand betrat das Empfangszimmer. „Hallo, Frau Hoppe. Meine Mitarbeiterin hat mir gesagt, dass wir die Operation von Aquarius verschieben sollen?"

„Ja. Bei dem Mond kann ich das Risiko nicht eingehen. Da sind Komplikationen vorprogrammiert!"

Die Tierärztin sah ernst aus. „Sie wissen, dass wir Aquarius' Operation seit Tagen aufschieben, weil er immer wieder von Ihnen gefüttert wird? Sein Zahn wird dabei nicht besser. Er sollte wirklich entfernt werden." Sie machte eine kurze Pause. „Und ich habe bis jetzt noch nicht festgestellt, dass an manchen Tagen bei den Operationen mehr Komplikationen auftreten als an anderen. Ich glaube, wir können das Risiko eingehen, Aquarius trotz der Mondstellung zu operieren."

Jetzt schüttelte die Frau so heftig den Kopf, dass

ihre Amulette klirrten. „Nein. Ich bringe Ihnen Aquarius gegen Ende der Woche. Da können Sie auch nicht mit mir verhandeln. Meine Überzeugung lasse ich mir von Ihnen nicht ausreden. Ich habe den Hänger dabei."

Dr. Wiegand gab noch nicht auf. „Frau Hoppe, ich bitte Sie. Je größer die Entzündung wird, desto gefährlicher wird sie. Da kann der Mond stehen wie er will!"

Frau Hoppe richtete sich auf. Sie funkelte die Tierärztin drohend aus ihren dick geschminkten Augen an. „Ich kann Aquarius auch in eine andere Klinik fahren, wenn Sie das wünschen." Sie machte eine kleine Kunstpause. „Aber erst in ein paar Tagen!"

Dr. Wiegand zwang sich zu einem Lächeln und nickte. „Sie sind die Besitzerin. Aber ich muss Sie noch einmal darauf hinweisen, dass Aquarius' Zustand durch die Verschiebung schlechter wird. Das ist dann Ihr Risiko!"

Die Frau war offensichtlich wild entschlossen, ihrem Horoskop mehr zu glauben als der Tierärztin. Sie nickte entschieden. „Das trage ich, da machen Sie sich mal keine Sorgen. Kann mir einer von Ihrem Team beim Verladen helfen?"

Sarah trat einen Schritt nach vorne. „Ich komme mit Ihnen mit."

Auf dem Weg zu Aquarius sah die Frau Sarah neugierig an. „Bist du nicht etwas zu jung, um hier zu arbeiten?"

Sarah zuckte mit den Schultern. „Ich bin hier nur am Nachmittag oder in den Schulferien."

Frau Hoppe lächelte. „Dann bist du sicher eine Jungfrau. So pflichtbewusst ..."

Sarah schüttelte den Kopf. „Nein. Ich habe nächstes Wochenende Geburtstag. Ich denke, das macht mich zu einer Waage."

Frau Hoppe juchzte fast vor Begeisterung und klatschte in die Hände. „So ausgleichend, so eine feine Art – du musst ein perfektes Händchen für Pferde haben." Sie sah Sarah neugierig an. „Dabei hast du wahrscheinlich mehr Gespür für Pferde als für Menschen, stimmt's? Du erzählst nicht jedem, wie es dir wirklich geht, oder?"

Sarah griff nach Aquarius' Halfter. „Wo steht denn Ihr Hänger?", fragte sie. Sie hatte keine Lust auf eine längere Diskussion über ihre Charaktereigenschaften als Waage. Sarah konnte es nicht fassen, dass der Wallach noch ein paar Tage leiden musste, bloß weil sein Frauchen zu lange in die Sterne gesehen hatte. Das war einfach nicht mehr komisch!

Aquarius stapfte brav hinter Sarah her und stieg ohne Zögern in seinen Hänger. Frau Hoppe hörte nicht auf zu reden, bis Sarah die Hängerklappe nach oben gewuchtet hatte. „Ich verstehe ja, dass eine Wissenschaftlerin wie Dr. Wiegand nicht an die Sterne glauben will. Aber ich bin mir ganz sicher, dass der Einfluss der Sterne bald auch von der Naturwissenschaft belegt wird. Immerhin ist der Mond auch beteiligt an Ebbe und Flut, da kann man doch nicht im Ernst glauben, dass er nicht auch auf uns wirkt!“

Sarah verriegelte die Hängerklappe und drehte sich zu Frau Hoppe um. „Aber Sie nehmen doch auch eine Schmerztablette, wenn Sie Kopfweh haben. Oder?“

Die Frau unterbrach ihren Redefluss. „Natürlich mache ich das. Wieso?“

„Weil Aquarius jetzt Schmerzen hat. Und Sie könnten dafür sorgen, dass ihm hier in der Klinik geholfen wird. Aber Sie verhindern das – und das finde ich nicht fair!“

Frau Hoppe lächelte Sarah an. „Du bist einfach eine absolut typische Waage. Immer die Gerechtigkeit im Sinn. Nein, nein, glaube mir, ich weiß, was ich tue. Ich erstelle Horoskope für Zeitschriften, ich bin Profi. Da kann ich nicht die Verantwortung für meinen Aquarius einfach einer Klinik überlassen.“

Sarah hatte allmählich wirklich genug von diesem Sternengerede. Sie funkelte Frau Hoppe an. „Ich wünsche Ihnen, dass Ihnen an einem ungünstigen Mondtag nie etwas Schlimmes passiert. Denn womöglich hat der Arzt Ihr Horoskop gelesen und weigert sich dann, Sie zu operieren.“ Damit drehte Sarah sich um und lief wieder zurück in die Klinik. Dr. Wiegand hatte recht. Das Problem waren oft nicht die Pferde, sondern die Besitzer.

Ihr Handy klingelte, und sie warf einen Blick auf

das Display. Jenny. Sie steckte es wieder in die Tasche. Im Moment hatte sie nicht auch noch Nerven für Jennys Begeisterung für Marc. Und ein anderes Thema hatte ihre beste Freundin im Moment ja nicht.

6 Am nächsten Nachmittag stand Sarah neben Dr. Wiegand im Nieselregen und sah interessiert zu, wie die Ärztin gemeinsam mit Marc Sandokan auf Herz und Nieren untersuchte. Beim Vortraben lief er taktrein. Nach einer Viertelstunde Galopp an der Longe atmete der durchtrainierte Hengst immer noch ohne jede Anstrengung, sein Herz schlug ruhig und regelmäßig. Die beiden Tierärzte brachten den Hengst schließlich in den Zwangsstand. Sie spritzten ihm ein starkes Beruhigungsmittel.

„Was habt ihr jetzt vor?", fragte Sarah.

„Wir wollen sehen, ob er ein Magengeschwür oder etwas Ähnliches hat", erklärte Marc. „Er sieht zwar nicht so aus, aber bei diesen Hochleistungssportlern kann es sein, dass der Stress in den Prüfungen zu so einem Geschwür führt."

„Wir haben nur keine Ahnung, wie das mit seiner Abneigung gegen Wasser zusammenhängen kann", fügte Dr. Wiegand hinzu. „Im Moment stochern wir wirklich im Dunkeln. Wir versuchen jetzt überall mal hinzuleuchten." Sie lächelte. „Bei einer Magenspiegelung machen wir sogar tatsächlich genau das: Wir bringen Licht ins Dunkel! Am Ende von diesem Endoskop ist eine kleine Kamera, und wir können uns im Magen von Sandokan umsehen." Sie schob den Schlauch in Sandokans Maul und deutete auf einen kleinen Bildschirm. Eine dicke rosa Wurst zuckte in dem Bildausschnitt. Noch bevor Sarah nachfragen konnte, erklärte Dr. Wiegand weiter. „Hier siehst du die Zunge." Eine Röhre tat sich auf, an deren Ende eine Öffnung zu sehen war. „Und das ist die Speiseröhre und der Mageneingang. Jetzt komme ich mit dem Endoskop in den Magen." In einer Höhle mit bleichen, gerillten Wänden schwappte eine Flüssigkeit herum. „Das ist die Magenflüssigkeit. Wir suchen nach roten Stellen, das ist dann eine Entzündung." Sie drehte an dem Schlauch und sah sich die Magenwände auf dem Bildschirm genau an. Dann schüttelte sie den Kopf. „Schön für Sandokan: Ich kann hier nichts sehen. Nur gesundes Gewebe." Sie seufzte. „Ich glaube, das hier wird ein Lehrvideo für einen perfekt gesunden Magen. Das überrascht mich allerdings nicht. Michael behandelt seine Pferde gut. Er lässt sie sogar in Gruppen auf die Koppel, das ist selten bei den Spitzenreitern. Die meisten haben zu viel Angst um ihre Pferde."

Sie sah Marc an. „Ich denke, wir können das abbrechen. Am Magen fehlt Sandokan nichts." Sie deutete auf den Videorekorder. „Aber ich will trotzdem das Band haben. Es könnte helfen, wenn ich mal bei einem Pferd etwas feststelle und der Besitzer mir nicht glauben will, wie ein gesunder Pferdemagen aussieht." Sie zog den Schlauch vorsichtig aus Sandokans Maul heraus.

Marc stellte die Frage, die Sarah auf den Lippen lag. „Und – wie soll es mit Sandokan weitergehen? Vielleicht ist er ja einfach unbrauchbar für die Vielseitigkeit und ihm fehlt gesundheitlich rein gar nichts. Dann können wir uns hier einen Wolf suchen."

Dr. Wiegand presste kurz die Lippen aufeinander, bevor sie antwortete. „Bei jedem anderen Pferd würde ich dir recht geben. Aber Michael hält viel von Sandokan. Und er täuscht sich selten, für Pferde hat er ein gutes Auge. Wenn er ein gesundheitliches Problem vermutet, dann glaube ich ihm." Sie dachte kurz nach, bevor sie weiterredete. „Ich habe morgen einen Physiotherapeuten für Acordia da. Er soll sich auch Sandokan ansehen. Für heute haben wir ihm genug zugemutet. Bring ihn doch in seine Box, Marc."

„Mach ich, Chefin!" Marc schnappte sich den Führstrick und verschwand mit Sandokan im Stall. Der Hengst war von seiner Beruhigungsspritze immer noch reichlich mitgenommen und lief dem Assistenzarzt mit hängenden Ohren hinterher.

Dr. Wiegand rieb sich über die Stirn. Sie sah müde aus.

Sarah räusperte sich. „Ähm … Soll ich Ihnen einen Kaffee bringen?"

„Nein, nicht nötig." Dr. Wiegand gähnte ausgiebig,

bevor sie fragte: „Was macht überhaupt dein Sascha? Geht es ihm gut?"

Sarah nickte eifrig. „Ja, er ist wieder wie früher. Ich führe ihn jeden Tag eine halbe Stunde. Aber ihm wird allmählich langweilig dabei."

„Wird er frech?"

„Nur ein bisschen. Er möchte mit den anderen Pferden auf die Koppel und ärgert sich, weil er nicht rausdarf. Und ich glaube, er findet das Rumführen ganz schön langweilig."

Die Tierärztin sah auf den Kalender an der Wand. „Wie lange ist die Operation jetzt her?"

Da musste Sarah keine Sekunde nachdenken. „Zehn Wochen, auf den Tag genau!"

„Dann ist es in Ordnung, wenn du ihn jetzt langsam wieder reitest. Fange im Schritt an und steigere in den nächsten Tagen ganz allmählich die Belastung. In einer Woche kannst du ein bisschen Trab einbauen, in drei Wochen wird es Zeit für ein wenig Galopp, in einem Monat sollte alles wieder normal sein. Dann darf er wieder auf die Koppel, und du kannst mit dem Springen anfangen." Dr. Wiegand lächelte. „Dann kannst du endlich auch deiner Freundin Jenny Konkurrenz machen!"

Sarah winkte ab. „Ich glaube, so wichtig ist mir das gar nicht. Hauptsache, Sascha hat wieder Spaß am Leben."

Die Tierärztin beruhigte Sarah. „Das hat er jetzt

schon. Er hat keine Schmerzen mehr, das ist sicher!“ Sie sah auf die Uhr. „Es ist sowieso schon spät. Geh doch gleich zu Sascha und reite endlich mal wieder! Sonst verlernst du noch, wie das geht!“

Dr. Wiegand musste ihre Gehilfin nicht lange überreden. Sarah radelte überglücklich zum Arnoldhof. Sie freute sich darauf, endlich mal wieder die Welt von Saschas Rücken aus zu betrachten.

Im Stall warf sie einen kurzen Blick in Lavinias Box. Leer. Wahrscheinlich war Jenny ausreiten. Oder wieder einmal trainieren. Sarah zuckte mit den Schultern. Ihr war es nur recht, wenn sie Jenny nicht so schnell wiedersah. Sie wollte keine neuen Geschichten von Super-Marc hören.

Sie putzte Sascha in aller Ruhe. Nach der Operation war sein Fell struppig gewesen, aber jetzt glänzte es wieder. Sarah lächelte, während sie seine weißen Flecken auf dem kastanienbraunen Fell schrubbte. Wie schaffte er es bloß immer wieder, dass ausgerechnet auf den weißen Stellen die gelben Flecken auftauchten?

Als sie endlich mit dem Ergebnis zufrieden war, griff sie nach dem dicken schwarzen Schweif und verlas ihn sorgfältig. Erst dann verschwand Sarah in der Sattelkammer und holte fröhlich vor sich hin summend Saschas Sattel aus dem Spind. Sie erinnerte sich noch genau an die Springstunde im Sommer, nach der sie ihn hier verstaut hatte. Damals war sie unendlich glücklich gewesen über ihr perfektes Pony, das beim Springen alle großen Pferde übertrumpft hatte. Wie hatte ihr Reitlehrer Frank ihn damals genannt? „Ein richtiger kleiner Professor!“ Sarah legte noch das sauber geputzte Zaumzeug über den Sattel und lief zurück zur Box.

Mit geübten Griffen sattelte sie Sascha. Er sperrte bereitwillig sein Maul auf, als sie ihm sein Gebiss hinhielt. Es schien so, als ob er sich genauso wie Sarah darauf freute, endlich wieder zu den Reitponys zu gehören. Sarah zog sich noch eine Jacke über und führte Sascha aus dem Stall.

Der Regen der letzten Tage hatte nachgelassen, es nieselte nur noch. Die letzten gelben Blätter hingen noch an den Bäumen. In ein paar Tagen würden auch sie auf dem Boden liegen. Sarah zog eine Grimasse. Winter in einem Stall ohne Reithalle war kein Spaß. Wenn der Platz gefroren war, dann blieb den Einstellern im Arnoldhof nichts anderes übrig, als im Schritt auszureiten. Oder wie Jenny zum Training zu einem anderen Stall zu reiten.

Sarah verdrängte schnell den Gedanken an Jenny, gurtete nach und stieg auf Saschas Rücken. Sie lenkte ihn in Richtung Wald. Heute wollte sie mit ihm nur eine kleine Runde ausreiten. Eine halbe Stunde war für ihn mehr als genug.

Sascha war von der ersten Sekunde an gespannt wie ein Flitzebogen. Noch bevor Sarah den Weg im Wald erreichte, erspähte der kleine Schecke ein nass glänzendes Blatt. Er reagierte auf diese Entdeckung mit einem kräftigen Seitensprung.

„Was soll das denn?“, murmelte Sarah und klopfte ihrem Pony beruhigend den Hals.

Doch Sascha blieb angespannt. Im Wald flog ein kleiner Vogel neben ihm auf. Sofort versuchte er, auf dem Absatz kehrtzumachen. Sarah fasste die Zügel kurz. Allmählich wurde sie wütend. Sascha war normalerweise eine echte Lebensversicherung im Gelände. Immerhin hatte sie auf ihm erst richtig reiten gelernt und ihre ersten Ausritte gemacht. Und jetzt benahm er sich plötzlich, als ob er in seinem Leben noch nie den Arnoldhof verlassen hätte.

Sarah schloss die Beine fester um seinen Bauch. „Benimm dich!“, sagte sie streng und lenkte ihn entschlossen zu einem kleinen Pfad, der über eine Lichtung führte. Sascha ging zögernd weiter. Mitten auf der Lichtung blieb er stehen und starrte einen Baumstumpf an, als wäre er ein Raubtier.

Sarah klopfte mit ihren Schenkeln leicht an Saschas Seite. „Jetzt geh weiter, du Dummpony! Das ist ein Baumstumpf, an dem du schon hundertmal…“

Sie kam nicht dazu, ihren Satz zu vollenden. Sascha machte einen Bocksprung nach vorne und riss ihr dabei die Zügel aus der Hand. Noch bevor Sarah sich wieder aufrichten konnte, gab Sascha Gas. Er galoppierte mit seinen kurzen Beinen so schnell er konnte über die Lichtung und raste in den Tannenwald. Zwischen den Bäumen wurde sein Tempo sogar noch höher.

Sarah zerrte in Panik an den Zügeln. „Sascha! Das darfst du noch nicht. Du tust dir weh! Pass doch auf!“

Der Schecke riss seinen Kopf hoch und wurde noch schneller. Sarah liefen die Tränen über das Gesicht. Sie fühlte sich komplett hilflos und hatte schreckliche Angst. Was, wenn Saschas Operationsnarbe wieder aufging? Wenn sie beide stürzten?

Sascha reagierte überhaupt nicht auf ihre Versuche, ihn zu bremsen. An der nächsten Kreuzung bog er in Richtung Arnoldhof ab, ohne auch nur ein bisschen langsamer zu werden. Von dem Schwung in der Kurve verlor Sarah fast den Halt. Nur ein Griff in Saschas dicke Mähne bewahrte sie vor einem Sturz. Mühsam versuchte sie ihr Gleichgewicht im Sattel wiederzufinden. Die Kieselsteinchen flogen unter Saschas trommelnden Hufen nur so dahin. Erschreckend nah konnte Sarah schon den ersten Koppelzaun des Arnoldhofes erkennen. Hoffentlich bremste Sascha wenigstens ab, bevor er auf den Hof jagte. Sonst konnte er auf dem gepflasterten Hof leicht das Gleichgewicht verlieren und stürzen. Noch einmal zerrte sie am Zügel. Und endlich reagierte Sascha. Er verlangsamte seinen Galopp, fiel in Trab, machte noch ein paar Schritte und blieb schwer atmend vor dem Koppelzaun stehen. Hier wieherte er laut über die Wiese. Am anderen

Ende der Koppel löste sich eine braune Gestalt aus der Herde. Lavinia. Sie wieherte ebenfalls und trabte zu ihrem kleinen Freund, der da so überraschend aufgetaucht war.

Sarahs Angst schlug in Ärger um. Allerdings mehr über sich selbst. Warum hatte sie, als sie Lavinias leere Box gesehen hatte, nicht an die Koppel gedacht? Sie ließ sich mit weichen Knien von Saschas Rücken gleiten und hockte sich neben ihn, um die Narbe an seinem Bauch zu begutachten. Sascha war jetzt wieder die Ruhe selbst. Er blies Lavinia freundschaftlich ins Gesicht, schnappte sich ein paar Maul voll Gras und blieb brav stehen. Sarah ließ ihre Finger über die Narbe gleiten. Sie fühlte sich an wie immer. Trocken und gesund.

Sie griff nach ihrem Handy und wollte die Nummer der Marienwaldklinik wählen. Mittendrin hörte sie auf. Konnte sie jetzt zugeben, dass sie schon wieder einen Fehler gemacht hatte? Sie erinnerte sich an Frau Wiegands Gesicht, als Sandokan so heftig reagiert hatte. Dabei hatte sie vorher jedem gesagt, dass Sarah besonders gut mit Pferden umgehen konnte. Wenn sie ihr jetzt noch erzählte, dass sie nicht einmal ihr eigenes Pony bändigen konnte, dann würde sie künftig sicher nur noch Rechnungen in Briefkuverts stecken und Verbandspäckchen im Labor zählen dürfen. An die Pferde würde Dr. Wiegand sie dann nicht mehr lassen.

Sarah steckte ihr Handy wieder ein. Vielleicht konnte sie ja Marc morgen unauffällig fragen, was passieren konnte, wenn man ein Pferd zu schnell antrainierte. Dann hatte sie wenigstens mal wieder einen Grund, allein mit Marc zu reden.

Trotzdem machte sich das schlechte Gewissen in ihr breit, als sie Sascha einfach absattelte und in seine Box brachte. Hoffentlich ging es ihm nicht plötzlich schlechter! Sie streichelte Sascha noch einmal über die Nase, bevor sie den Arnoldhof verließ und nach Hause radelte.

Wenig später saß sie pünktlich beim Abendessen. Ihre Mutter freute sich darüber – und als Sarah sich auch noch ein passendes Oberteil zu dem Paillettenrock wünschte, war endlich einmal friedliche Stimmung angesagt. Sarah war stolz auf sich. Auf die Idee mit dem Oberteil war sie auf dem Nachhauseweg gekommen. Sie glaubte zwar nicht, dass sie das Ding jemals anziehen würde, aber sie wusste, dass sie ihrer Mutter mit dem Wunsch einen Gefallen tat. Ihre Mutter hätte eben gern eine Tochter wie Jenny gehabt. Nett anzusehen, mit unzähligen Freunden und viel Spaß an Partys und Klamotten.

Bevor Sarah ins Bett ging, betrachtete sie sich prüfend im Spiegel. Sie seufzte. Nein, sie war einfach zu dünn und zu klein. An ihrem Körper waren so gut wie keine weiblichen Rundungen zu entdecken. Und dann noch die ganzen Sommersprossen überall. Nur die Haare waren prima, Sarah hatte ihre roten Locken schon immer gemocht. Sie wuschelte durch ihre Mähne, kroch unter die Bettdecke und machte das Licht aus.

7 Marc sah Sarah aufmerksam an. „Warum willst du das wissen?"

Sarah druckste verlegen herum. Sie hatte den jungen Arzt in der Stallgasse abgepasst, um ihre Frage zu stellen: „Na ja, ich darf Sascha doch seit gestern wieder reiten, und da habe ich mich gefragt, was wohl wäre, wenn er durchgehen würde …"

Marc legte den Kopf schief, wie immer, wenn er über etwas nachdachte. „Ist das denn passiert?"

Sarah spürte, wie sie flammend rot wurde. Irgendwie war sie bei so etwas nie gut. Sie konnte nichts unauffällig in Erfahrung bringen, ihr sah man immer die Wahrheit an.

Sie nickte. „Ich konnte Sascha einfach nicht halten. Er ist vor einem Baumstumpf erschrocken und losgerannt. Ich wollte nur nicht schon wieder wie ein Idiot aussehen, dem man kein Pferd anvertrauen kann. Ich kam mir blöd vor, extra wegen Sascha anzurufen. Und heute früh stand er ganz zufrieden in seiner Box, ich habe extra noch vor der Schule nachgeschaut."

Marc nickte. „Ich glaube nicht, dass da viel passiert ist. Wenn seine Narbe wieder aufgebrochen wäre, hättest du es gesehen. Das langsame Antrainieren ist eine

Vorsichtsmaßnahme. Trotzdem: Lass es in den nächsten Tagen ruhig angehen. Nicht, dass ihr jetzt jeden Tag durch den Wald galoppiert! Warum bist du denn nicht mit Jenny ausgeritten, das hätte Sascha doch sicher beruhigt?“

Sarah wurde wieder rot. „Jenny hat immer so viel zu tun“, antwortete sie ausweichend. „Dazu das Springtraining, ich glaube, da hat sie keine Zeit mehr für Schrittausritte.“

Marc schüttelte den Kopf. „Das glaube ich nicht. Ihr seid doch schließlich befreundet, da kann sie dir mit deinem wilden Pony sicher helfen. Frage sie doch einfach!“

Sarah murmelte leise: „Ja ja, mache ich.“

Zum Glück kamen Dr. Wiegand und der Physiotherapeut gerade in den Stall. Sarah war dankbar über die Gelegenheit zum Themenwechsel. „Sag mal, was macht so ein Therapeut eigentlich?“

Marc sah zu den beiden hinüber. „Er sucht nach Bewegungseinschränkungen. Diese können oft schon lange Zeit bestehen, ohne dass die Leistung in irgendeiner Form leidet. Aber allmählich kommt es zu einer Überbelastung, die dann zu einer Krankheit führt. Das sind dann verspannte Muskeln oder so.“

Sarah beobachtete neugierig den Mann, der sich jetzt um Acordia kümmerte. Er war etwa so alt wie Sarahs Vater und trug ein kariertes Hemd. An seinem Finger und Hals entdeckte Sarah auffälligen Indianerschmuck aus Silber und großen türkisen Steinen. Sarah musste grinsen, als sie sich vorstellte, dass ihr Vater so etwas tragen würde. Er war eher der korrekte Anzug-Typ, nur die Farbe der Krawatte änderte sich. Dieser Typ mit dem karierten Hemd sah dagegen nicht so aus, als ob er häufig mit einer Krawatte in Kontakt kam. Aber im Stall bewegte er sich selbstsicher.

Die Schimmelstute beäugte ihn misstrauisch. Die vielen Spritzen am Anfang der Woche hatten nicht dazu beigetragen, ihre Liebe zu Tierärzten zu steigern. Immerhin ließ sie sich von dem Therapeuten anfassen. Er strich über ihr Fell und ließ langsam seine Finger über Acordias Körper gleiten. Sie entspannte sich allmählich. An der Schulter hielt er inne. „Hier sitzt ihr Problem!", verkündete er mit tiefer Stimme. Es war überhaupt das erste Mal, seit er die Klinik betreten hatte, dass Sarah seine Stimme hörte. Danach arbeitete er schweigend weiter mit dem Pferd, tastete alle Körperteile der Reihe nach ab. Hin und wieder schloss er sogar die Augen, so als ob er auf etwas lauschen wollte, was Acordia ihm sagte. Die gähnte immer wieder herzhaft, während ihr Kopf immer tiefer sank. Es war kaum zu glauben, dass sie noch vor wenigen Tagen jede Berührung abgelehnt hatte.

Es dauerte fast eine halbe Stunde, bis der Physiotherapeut sich aufrichtete. Er wies noch einmal auf die Schulter. „Sie hat Verspannungen in diesem Muskel.

Die verhindern, dass das Vorderbein frei nach vorne schwingt. Deswegen lahmt sie."

Acordias Besitzerin sah ihn ängstlich an. „Woher kommt das?"

Er zuckte mit den Schultern. „Schwer zu sagen. Das kann mit einem schlecht sitzenden Sattel angefangen haben. Oder mit einer einseitigen Belastung beim Reiten. Es ist aber auch möglich, dass sie an einem Hinterbein eine Schwäche hat. Das hat sie dann mit dem Vorderbein so lange ausgeglichen, bis sich diese Verspannung gebildet hat. Ich massiere das jetzt und zeige Ihnen, worauf Sie künftig achten müssen." Er griff nach dem Bein, zog es erst hoch und dann seitlich. Acordia legte unwirsch die Ohren an. Der Physiotherapeut ließ sich davon nicht aus der Ruhe bringen. Er zog weiter sanft an dem Bein, bis die Stute sich wieder entspannte. Dann strich er massierend über die Schulter und versenkte seine Finger sogar weit hinter das Schulterblatt. Zu Sarahs Erleichterung nahm er vorher wenigstens seinen großen Ring mit dem silbernen Adler ab. Dabei erklärte er Acordias Besitzerin, was sie selber machen konnte. Schließlich strich er Acordia noch einmal abschließend über den Hals und lächelte zufrieden. „Jetzt sollte sie einfach zwei Tage Pause auf der Koppel bekommen. Dann können Sie überpüfen, ob eine einzige Behandlung reicht. Wenn nicht, komme ich noch mal wieder." Er verabschiedete sich von Acordias Besitzerin und wandte sich an

Dr. Wiegand, die ihm die ganze Zeit schweigend zugehört hatte.

„Haben wir heute nur diese Patientin, oder haben Sie noch mehr auf Lager für mich?"

Die Tierärztin deutete auf Sandokans Box. „Hier habe ich noch ein echtes Sorgenkind. Ich will Ihnen nicht viel erzählen, ich hätte nur gerne Ihre Meinung über dieses Pferd."

Damit gab sie Peter ein Zeichen, dass er Sandokan aus der Box holen sollte. Die kleine Geste versetzte Sarah einen Stich – eigentlich hätte das ihre Aufgabe sein sollen. Aber dank Jennys Geplänkel mit Marc durfte sie Sandokan ja nicht mehr führen … Sarah schämte sich sofort für den Gedanken. Es war ja gar nicht Jennys Schuld, aber sie hätte sich trotzdem nicht so vertraut mit Marc unterhalten müssen.

Sie wollte diese Gedanken vertreiben und wandte sich wieder der Untersuchung von Sandokan zu.

Der Physiotherapeut pfiff leise, als er den Hengst ansah. „Großartiges Tier!", sagte er anerkennend, bevor er seine Hände auch über Sandokans Körper gleiten ließ. Schweigend arbeitete er vor sich hin. Sarah kam es wie eine Ewigkeit vor, bis sich der Mann aufrichtete und sein Urteil über Sandokan abgab.

„Der Hengst ist in einem perfekten Zustand. Ihm tut nichts weh, er ist gut austrainiert. Ich kann da nichts entdecken." Er musterte Sandokan und fragte dann: „Warum ist er überhaupt hier in der Klinik?"

Dr. Wiegand machte eine unbestimmte Handbewegung. „Er soll auf Herz und Nieren überprüft werden. Da wollte ich auch Ihren Rat einholen."

Der Mann schien nicht zu merken, dass ihm die Tierärztin nur eine reichlich ausweichende Antwort gegeben hatte. Er griff nach seiner Tasche, streifte seinen schweren Ring wieder über und verabschiedete sich freundlich.

Nachdem er gegangen war, sah Sarah die Tierärztin fragend an. „Warum darf er nicht wissen, dass Sandokan ein berühmtes Pferd ist?"

Dr. Wiegand zog eine Augenbraue in die Höhe. „Weil der Ruf von Sandokan schon genug gelitten hat. Es wird nicht besser, wenn bekannt wird, dass er seit bald einer Woche hier in der Klinik steht. So ein Pferd kann seinen Wert sehr schnell verlieren, das möchte ich Michael nicht antun." Sie seufzte. „Ich komme trotzdem keinen Schritt weiter. Wir schauen uns am besten noch einmal das Video von Windmühle an. Vielleicht haben wir ja irgendetwas übersehen."

Wenig später saßen Marc, Sarah, Peter und die Tierärztin im Aufenthaltsraum und starrten gebannt in den Fernseher. Wieder sah Sarah die vertrauten Bilder. Der traumhafte Herbsttag mit den leuchtenden Blättern und dem strahlend blauen Himmel. Der große Kohlfuchs, der ohne Zögern von Hindernis zu Hindernis galoppierte. Das Wasserhindernis und die Weigerung von Sandokan, dem Wasser auch nur irgendwie näher zu kommen. Michael Renner, der mit enttäuschter Miene die leichtere Alternative wählte. Erst jetzt bemerkte Sarah, dass die Alternative auch durch das Wasser führte. Statt einem Sprung ins Wasser musste Sandokan allerdings nur in eine flache Stelle hineingaloppieren und auf der anderen Seite wieder herausspringen. Das schien dem Fuchs nichts auszumachen.

Vorsichtig äußerte Sarah ihren Verdacht. „In die Alternative geht er brav hinein. Vielleicht ist Wasser ja gar nicht das Problem?"

Die beiden Tierärzte schüttelten den Kopf. „Das ist kaum vorstellbar. Vielleicht ist Michael einfach noch energischer angeritten. Oder Sandokan hat das Wasser schon länger gesehen. Doch, das Problem muss das Wasser sein ..."

Sie wiederholten die Szene noch einige Male, ließen das Band immer wieder zurücklaufen und sahen sich Sandokans Verweigerung sogar in Zeitlupe an. Ohne Ergebnis, niemand hatte eine Idee, was den Hengst zu seinem Ungehorsam gebracht hatte.

Schließlich schaltete Dr. Wiegand den Fernseher aus. „Schluss für heute! Wir zerbrechen uns morgen weiter die Köpfe!" Damit verabschiedete sie sich und verschwand in ihre Wohnung.

Sarah schnappte sich ihr Fahrrad und strampelte zum Arnoldhof. Sie wollte unbedingt noch mal nach Sascha sehen. Wenn Marc recht hatte, dann war sein

Durchgehen gestern vielleicht nicht so schlimm gewesen.

Wenige Minuten später kam sie in die Stallgasse. Sascha erkannte ihre Schritte sofort. Er sah Sarah aus seiner Box entgegen und wieherte leise. Seine Augen blitzten lebhaft unter seinem Schopf. Sarah halfterte ihn auf und band ihn in der Stallgasse an. Noch während sie ihm den Rücken striegelte, stand plötzlich Jenny vor ihr.

„Sag mal, meldest du dich gar nicht mehr? Ich habe die ganze Woche versucht, dich zu erreichen! Und in der Schule warst du immer so schnell weg, dass ich keine Chance hatte, mit dir zu reden. Was ist los?" Jenny sah ihre Freundin herausfordernd an.

Sarah spürte, wie ihr Zorn der letzten Tage verrauchte. Wahrscheinlich war es doch nicht okay gewesen, ihre Freundin einfach zu ignorieren. Schließlich hatte sie nur mit Marc geredet, das hatte ja nichts zu bedeuten.

Sarah versuchte sich herauszureden. „Ich hatte eben total viel zu tun. In der Schule muss ich dringend besser werden, und in der Klinik ist auch nicht alles immer wunderbar. Du hast ja das letzte Mal gesehen, wie Sandokan sich aufgeführt hat. Jetzt versuche ich Dr. Wiegand zu zeigen, dass man mir trotzdem nervöse Pferde anvertrauen kann. Tut mir echt leid, dass ich mich so lange nicht gemeldet habe!" Plötzlich hatte Sarah eine Idee. „Du, ich habe doch morgen Geburtstag. Willst du nicht abends zu mir kommen, und wir feiern ein bisschen? Nur wir zwei? Meine Mutter macht uns bestimmt etwas Leckeres zum Essen!“

Jenny biss sich auf die Lippe. „Mist, deinen Geburtstag habe ich komplett vergessen. Morgen Abend habe ich mich schon mit Marc zum Springtraining verabredet.“ Sie sah Sarah bittend an. „Können wir das nicht nachfeiern? Bitte, sag Ja!“

Sarah schluckte. Sicher, Jenny hatte selten eine Uhrzeit oder ein Datum im Kopf, Termine waren einfach nicht ihre Stärke. Das nahm sie Jenny sonst auch nicht übel, aber jetzt … Sarah hatte schließlich nur einmal im Jahr Geburtstag! Und dass sie ausgerechnet wegen Marc keine Zeit hatte …

Sie nickte nur. „Klar. Wir finden schon einen Abend, an dem wir beide Zeit haben.“

Jenny musterte Sarah. „Du bist sauer, stimmt's?“

Sarah versuchte ein Lächeln. Sie wollte nicht zugeben, dass sie heimlich eifersüchtig war. Also zwang sie sich zu einer Antwort. „Nein, ich weiß doch, wie gerne du mit Marc trainierst.“

Jenny umarmte Sarah. „Du bist ein Schatz!“ Sie sah auf die Uhr. „Ich muss schon seit einer Stunde zu Hause sein. Bis bald! Und viel Spaß mit Sascha!“

Damit verschwand sie. Sarah sah ihr hinterher und ärgerte sich. Wie konnte Jenny so tun, als ob alles in Ordnung wäre? Merkte sie nicht, wie enttäuscht Sarah war?

Sie wandte sich wieder ihrem Sascha zu. Er war jetzt geputzt und musste nur noch gesattelt werden. Sarah spürte ein flaues Gefühl im Magen. Was, wenn Sascha ihr noch einmal so durchging wie gestern? Sie hatte solche Angst gehabt. Vielleicht war ja noch irgendjemand da, der mit ihr eine Schrittrunde drehen wollte. Sarah trat vor den Stall und sah sich um. Fehlanzeige. Es dämmerte schon, der Arnoldhof lag wie ausgestorben da. Nicht einmal die alte Scholz und ihr Schimmel machten um die Zeit noch einen Ausritt.

Sarah ging zurück in den Stall und holte den Führstrick von Sascha. Dabei beruhigte sie sich selber, dass sie nicht etwa plötzlich Angst vor ihrem Pflegepony hatte. Es war einfach nur vernünftig, Sascha lieber nur spazieren zu führen. Mit diesem Gedanken machte sie sich mit dem Scheckpony auf den Weg. Trotzdem nagte in ihr die Befürchtung, dass sie einfach zu ängstlich war, um sich noch einmal auf Saschas Rücken zu setzen.

8 Am Sonntag wachte Sarah in ihrem gemütlichen Bett unter der Dachschräge auf. Sie streckte sich genüsslich und drehte sich noch einmal um. Es gab keinen Grund, jetzt schon aufzustehen. Draußen zogen kleine Wölkchen in Windeseile über den blauen Himmel. Sie blinzelte ein Weilchen in die Sonne, die immer wieder dazwischen auftauchte. Dann fiel ihr plötzlich ein, dass heute ein ganz besonderer Tag war. Ihr Geburtstag! Sie war endlich 15! Sarah richtete sich mit einem Ruck in ihrem Bett auf. Jetzt war sie hellwach. Unten hörte sie schon ihre Mutter in der Küche. Bestimmt gab es ein feines Frühstück. Sarah schlüpfte schnell in ihre abgetragene Lieblingsjeans und zog den dunkelblauen Kapuzensweater über. Ihre Haare flocht sie zu zwei dicken Zöpfen. Dann eilte sie fröhlich die Treppe hinunter. Auch wenn ihre Mutter wenig von der Arbeit in der Klinik oder ihren Plänen als Tiermedizinerin hielt – an ihrem Geburtstag war das egal. Heute war ihr Tag!

Als sie in die Küche kam, strahlte ihre Mutter sie an und umarmte sie. „Alles Gute zum Geburtstag, mein Liebling!“, rief sie. Ihr Vater strich ihr über den Kopf und lächelte, während er leise „Alles Gute!“ brummte.

Ein paar Minuten später saß Sarah am Frühstückstisch und befühlte das Geschenkpäckchen ihrer Eltern, bevor sie es öffnete. In dem bunten Papier kam eine modische Tunika zum Vorschein. Sarah strich über den dünnen Stoff, der in kräftigem Meerblau leuchtete. Sie mochte diese Farbe, und auch der Schnitt gefiel ihr – ihre Mutter hatte diesmal tatsächlich ihren Geschmack getroffen!

Von ihrem Vater bekam Sarah noch ein zweites Päckchen. Das Papier war etwas zerknittert und verhüllte eine merkwürdige Form. Sarah riss neugierig die Verpackung auf. Zum Vorschein kamen ein paar schmale Lederriemen, die im Licht mattschwarz glänzten. Sarah hob die Riemen hoch und erkannte, was ihr Vater ihr da geschenkt hatte. „Ein neues Zaumzeug!", rief sie verblüfft.

Ihr Vater nickte. „Ich dachte, du fängst jetzt wieder an, Sascha zu reiten. Da ist es doch schön, wenn du ein neues Zaumzeug hast. Das alte war ja schon ziemlich gebraucht." Er sah kurz unsicher aus. „Ich hoffe, es passt. Aber die Verkäuferin hat mir versichert, es wäre die richtige Größe für Ponys."

Sarah fuhr über das geschmeidige Leder. „Bestimmt passt das. Ich probiere es gleich heute aus."

Das Lächeln ihrer Mutter verschwand. „Du willst heute in den Stall? Hast du denn nichts anderes vor?"

Sarah wollte nicht zugeben, dass ihre beste Freundin sich heute lieber mit ihrem neuesten Schwarm traf und darüber einfach Sarahs Geburtstag vergessen hatte. Stattdessen murmelte sie leise: „Heute ist ziemlich viel los in der Klinik, da habe ich versprochen, dass ich helfe." Sie sah ihre Mutter an. „Du hast doch nichts dagegen, oder?" Hoffentlich merkte ihre Mutter nicht, dass die Klinik diesmal nur als Ausrede diente. In Wirklichkeit stand heute nicht viel auf dem Programm, Dr. Wiegand wäre sicher auch ohne Sarah zurechtgekommen.

Aber Helga Stürmer schöpfte keinen Verdacht. Sie biss sich auf die Lippen, bevor sie sich zu einer Antwort durchrang. „Nein, Liebling. Verbringe deinen Geburtstag genau so, wie du willst. Wann gehst du denn?"

Sarah zuckte mit den Schultern. „Erst nachmittags. Wir können noch ausgiebig feiern."

Ihre Mutter war damit zufrieden. Sie saßen gemütlich den ganzen Vormittag zusammen. Zum Mittagessen gab es Sarahs Lieblingsessen, eine extra große Portion Spaghetti Carbonara. Während Sarah mit der Gabel die Nudeln aufdrehte, erzählte sie ihren Eltern von Sandokan. „Dr. Wiegand hat ihn jetzt eine ganze Woche lang untersucht und kann nicht das Geringste finden. Könnt ihr euch das vorstellen? Vielleicht ist er einfach nur schreckhaft geworden. Könnte doch sein!"

Ihre Mutter, die sich sonst nie an Gesprächen über Pferde oder Ponys beteiligte, kaute nachdenklich auf ihren Nudeln. „Was ist denn, wenn er gar kein körperliches Problem hat? Es könnte doch sein, dass er eine schlechte Erfahrung gemacht hat. Vielleicht hat er sich im Wasser ja mal wehgetan."

Sarah sah ihre Mutter überrascht an. Sonst hörte ihre Mutter bei Gesprächen über Pferde eher weg. Und plötzlich mischte sie sich aus heiterem Himmel ein. Sie dachte über das nach, was ihre Mutter gesagt hatte. Dann stimmte sie ihr zu. „Ja, das ist eigentlich die einzige Möglichkeit, die noch übrig ist. Aber wie sollen wir herausfinden, was ihn am Wasser so stört? Und warum ihn nicht jedes Wasser stört? Ich glaube, es dauert nicht mehr lange, bis Frau Wiegand aufgibt."

Zum Nachtisch gab es einen leckeren Schokoladenpudding. Sarah kratzte auch die letzten Reste aus der Schüssel, bevor sie sich von ihren Eltern verabschiedete. „Ich muss dann wohl los – wird heute aber sicher nicht spät."

Zuerst radelte Sarah zum Arnoldhof. Dort hing eine Plastiktüte an Saschas Box. Neugierig sah Sarah hinein. Ein Geschenk, in selbst bemaltem Packpapier verpackt. Und statt einem bunten Seidenband hielt eine grobe Paketschnur alles zusammen. Sarah lächelte. Das konnte nur von Jenny sein, sie vergaß regelmäßig, Geschenkpapier zu besorgen. Inzwischen war das braune Packpapier fast zu ihrem Kennzeichen geworden. An dem Geschenk hing ein kleiner Brief. Sarah öffnete das Kuvert. *„Liebe Sarah, ich wünsche Dir alles*

Gute", stand da in Jennys geschwungener Handschrift. *„Hoffentlich hast Du heute auch ohne mich einen tollen Tag – wir holen die Feier nächste Woche nach! Und dann können wir auch mal wieder ausführlich reden. Ich freue mich auf jeden Fall drauf. Alles Liebe, Jenny!*"

Sarah faltete den Brief wieder zusammen und steckte ihn zurück in das Kuvert. Sie freute sich über die Glückwünsche, aber Jenny schien tatsächlich nicht zu bemerken, dass etwas zwischen ihnen stand. Sie tat, als wäre alles wie immer. Warum kapierte sie nicht, dass Sarah ihre Schwärmerei für Marc echt störte? Kam sie gar nicht auf den Gedanken, dass Sarah vielleicht auch mal jemanden nett fand? Vor allem, wenn dieser Jemand so gut aussah wie Marc …

Sarah zog das Packpapier von Jennys Geschenk. Zum Vorschein kam ein schön gerahmtes Bild. Auf ihm sprang Sarah gerade mit Sascha über einen kleinen blau-weißen Oxer. Seine Mähne flatterte im Fahrtwind, seine Ohren waren gespitzt. Sarah sah ihr eigenes Gesicht. Sie strahlte – und dann fiel Sarah auch ein, wann dieses Bild wohl entstanden sein musste. Sie war ja bisher nur einmal in ihrem Leben mit Sascha gesprungen. Das war am Tag vor der Kolik gewesen. Damals hatte sie zusammen mit Anna, Solveig und Jenny eine Springstunde genommen, und keines der anderen Pferde hatte seine Sache so gut gemacht wie Sascha.

Sie seufzte. Davon war sie jetzt weit entfernt. Sie

traute sich ja nicht mal mehr auf ihrem Pony im Schritt ins Gelände.

Vorsichtig legte sie das Bild und den Brief zur Seite. Wer hatte damals eigentlich das Foto gemacht? Ihr war gar nicht aufgefallen, dass jemand eine Kamera dabei gehabt hatte. Sie musste Jenny unbedingt danach fragen – falls sie sich irgendwann mal wieder trafen …

Dann probierte sie Saschas neues Zaumzeug aus. Es stand ihm wirklich gut, sein kleiner Ponykopf mit der breiten Blesse wirkte richtig edel damit. Sarah starrte eine Weile nachdenklich auf den Sattel, bevor sie einfach nur die Zügel in die Hand nahm und loslief. Wenn das so weiterging, würde sie sich nie wieder auf Saschas Rücken trauen.

Mit Sascha im Schlepptau spazierte sie durch den Wald, während ihre Laune sich allmählich verdüsterte. Jenny musste doch merken, dass sie Probleme hatte. Eins mit Jenny und ihrer Freundschaft mit Marc, eins mit Sascha, eins mit Sandokan. Und an fast jedem Tag eins mit ihrer Mutter.

Als sie eine halbe Stunde später wieder zum Arnoldhof kam, fühlte sich der Tag nicht mehr so fantastisch an wie noch in der Früh. Sie nahm Sascha vorsichtig das Zaumzeug ab, rieb das neue Leder mit einem weichen Lappen sauber und streichelte dem Schecken noch einmal über den Kopf. Dann fuhr sie mit ihrem Fahrrad weiter zur Marienwaldklinik.

Der Stall der Klinik lag verlassen da. Sarah ging durch die leere Stallgasse. Aus den Boxen sahen ihr ein paar Pferde neugierig entgegen, andere dösten vor sich hin. Sandokan lag sogar schlafend auf der Seite. Ganz hinten fand sie Aquarius in einer Box. Offensichtlich hatte Frau Hoppe beschlossen, dass der Mond endlich günstig stand. Das Schild kündigte jetzt Aquarius' Operation für den nächsten Tag an. Hinter dem Befehl „Kein Futter!" hatte Peter drei Ausrufezeichen gemalt. Nein, heute war wirklich kein neuer Notfall gekommen.

Sarah lief weiter in das Empfangszimmer. Vielleicht war ja wenigstens Elsa da, mit der sie ein bisschen plaudern könnte. Als sie die Tür öffnete, hätte sie am liebsten auf dem Absatz kehrtgemacht. Ben. Er saß entspannt am Arbeitsplatz seiner Mutter. Seine Füße mit den abgetragenen Sneakers lagen auf dem Schreibtisch, er las in einem Buch.

Als Sarah die Tür öffnete, sah er auf. „Hi! Was treibt dich an diesem langweiligen Nachmittag in die Klinik? Willst du mal wieder mit deinen vierbeinigen Freunden reden?"

„Ich wollte nur mal kurz vorbeischauen", druckste Sarah herum. „Ich dachte, ich werde vielleicht noch gebraucht. Ein Notfall oder so."

Ben zog eine Augenbraue hoch. „Du kannst nicht mal einen einzigen Tag ohne diese ganzen kranken Pferde sein? Hast du kein anderes Hobby? Oder hast du keine Freunde?" Er grinste. „Es ist dir vielleicht noch nicht aufgefallen, aber Menschen können auch ganz spannend sein."

Sarah spürte, wie ihr fast die Tränen kamen. Nach dem Spaziergang mit Sascha war sie wirklich nicht in der Stimmung für einen weiteren Streit mit Ben. Sie wandte sich um. „Ich geh gleich wieder. Ich wollte dich nicht stören."

Ben legte sein Buch weg. Zum ersten Mal verschwand sein spöttisches Grinsen aus seinem Gesicht. Er sah Sarah aufmerksam an. „Du störst nicht. Was ist denn los mit dir?"

Sarah winkte ab. „Das willst du doch nicht wirklich wissen, oder? Sorgen von kleinen Pferdemädchen sind nicht dein Ding, das habe ich inzwischen kapiert."

Ben machte ausnahmsweise keinen dummen Witz. „Na ja, wenn du mir erzählen willst, dass es dir nicht gut geht, weil dein Pony dich heute abgeworfen hat, dann bin ich wahrscheinlich der Falsche. Aber über andere Sachen kann man sich mit mir schon unterhalten." Er machte eine Pause und strich sich seine langen Haare aus dem Gesicht.

Sarah stand an der Tür und zögerte. Sie wollte noch nicht nach Hause, sonst würde ihre Schwindelei von heute früh mit dem „viel zu tun in der Klinik" auffliegen. Aber wollte sie sich hier mit Ben unterhalten? Zögernd setzte sie sich hin. Ohne Zusammenhang sagte sie plötzlich: „Ich habe heute Geburtstag."

Ben sah sie überrascht an. „Und warum feierst du dann nicht? An seinem Geburtstag schleicht man doch nicht durch eine Pferdeklinik, in der sowieso nichts los ist. An so einem langweiligen Sonntag überlässt meine Mutter sogar mir das Telefon. Wo ist deine Geburtstagsparty? Luftschlangen, Torten und Flaschendrehen?"

Sarah sah ihm zum ersten Mal in die Augen. „Es gibt keine. Meine beste Freundin trainiert lieber mit Marc, als mit mir zu feiern." Der Satz klang beleidigter, als sie es beabsichtigt hatte. Hastig redete sie weiter. „Ich meine, das ist in Ordnung und so. Ich hatte mich auch vorher ein paar Tage nicht bei ihr gemeldet. Aber ich hab gedacht, Jenny würde wissen, dass ich heute Geburtstag habe ..."

„Und warum hast du dich nicht früher bei ihr gemeldet?" Für einen Moment kam wieder der normale Ben zum Vorschein. Seine Mundwinkel verzogen sich spöttisch, als er weiterredete. „Ihr Mädchen quatscht doch sonst jeden Tag mehrere Stunden miteinander und macht jede Telefongesellschaft reich ..."

Sarah zuckte mit den Schultern. „Kann schon sein, aber ich bin nicht so. Ich sehe Jenny ja eigentlich jeden Tag in der Schule und im Stall. Aber vor einer Woche hat sie Marc in der Klinik kennengelernt, und jetzt gibt es für sie kein anderes Thema mehr. Der tolle Marc, der so lieb zu seinem Pferd ist. Der mit ihr trainiert. Der Jenny zu einer Cola einlädt und sich mit ihr unterhält … Das ist echt anstrengend. Ich meine, Jenny hat zwar dauernd irgendwelche Jungs, die sie toll findet – aber jetzt nervt es!"

Ben schien das Problem nicht zu verstehen. „Hm, wenn es nicht das erste Mal ist, dass deine Freundin sich in irgendeinen Typen verknallt – warum ist es diesmal ein Problem?"

Sarah dachte nach. Ben hatte den Nagel auf den Kopf getroffen. Was war dieses Mal anders? Vorher gab es Oliver. Und Kevin. Und Max. Jenny schwärmte für irgendeinen Typen in der Schule und lag Sarah damit tagelang in den Ohren, bis sie sich das nächste Opfer suchte. Sarah hatte darüber immer gelacht und sich die Geschichten bereitwillig angehört. An ihrer Freundschaft mit Jenny hatte das nie etwas geändert. Bis jetzt.

Ben sah sie immer noch erwartungsvoll an.

Sarah würde ihm ganz sicher nichts von Marcs blauen Augen und seinem netten Lächeln erzählen, aber das war vielleicht auch gar nicht der Punkt. Zögernd begann sie zu reden. „Ich habe gedacht, meine Freundschaft mit Marc ist etwas Besonderes. Er hat mir stundenlang erklärt, wie das Pferdeflüstern funktioniert. Oder was er gerade mit einem Pferd macht. Und er hat mich immer ermutigt, dass ich Tiermedizin studieren soll." Sie lächelte Ben schief an. „Das ist so ein Traum von mir. Albern, ich weiß."

Jetzt schüttelte Ben den Kopf. „Würde ich kaum sagen. Ich träume davon, Musiker zu werden, schon vergessen? Dagegen sind alle anderen Träume total realistisch." Er runzelte die Stirn, bevor er weitersprach. „Wenn ich das richtig verstehe, dann kommt dein Problem also eher daher, dass du das Gefühl hast, Jenny nimmt dir Marc weg?"

Sarah nickte langsam. Ja, so war es wohl. Sie hätte Marc am liebsten ganz für sich allein gehabt. Sie würde natürlich nie seine Freundin werden oder so was, aber trotzdem …

„Irgendwie schon", gab sie zu. „Ich wusste ja nicht mal, dass Marc ein Pferd hat! Und Jenny trainiert sofort mit ihm! Das ist doch unfair!"

„Weiß Jenny überhaupt, wie du dich fühlst? Hast du mit ihr mal darüber gesprochen?"

Sarah sah verlegen zur Seite. „Nein. Sie war so begeistert, da konnte ich ihr doch nicht sagen, dass Marc und ich auch irgendwie befreundet sind." Sie sah Ben nicht an, sie hatte zu viel Angst, dass er sie einfach auslachte.

Aber Ben blieb ganz ernst. „Und anstatt ihr zu sagen, wie du dich fühlst, hast du dich einfach nicht mehr gemeldet? Da darfst du dich eigentlich nicht wundern, wenn sie auch an deinem Geburtstag keine Zeit hat. Sie konnte doch nicht ahnen, dass sie da plötzlich wieder willkommen ist, oder?"

Sarah biss sich auf die Unterlippe. Von der Seite hatte sie das noch nicht gesehen. Und natürlich konnte Jenny auch nichts von ihren Schwierigkeiten mit Sascha ahnen. Sie hatte auch keine Ahnung, dass Sarah die Pflege von Sandokan wegen der Sache mit Marc verloren hatte.

Sarah ließ den Kopf hängen. „Wenn du recht hast, dann habe ich in den letzten sieben Tagen genug Mist gebaut für das ganze nächste Jahr."

Ben schüttelte den Kopf. „So schlimm ist es nun auch wieder nicht, das lässt sich schon irgendwie wieder einrenken", meinte er. „Du musst dich einfach mal bei Jenny melden und ihr sagen, was das Problem ist. Ihr müsst euch doch wegen Marc nicht streiten, oder? Er kann ja mit euch beiden befreundet sein. Bestimmt hat er von der miesen Stimmung zwischen euch noch gar nichts mitbekommen."

Sarah holte tief Luft. „Ja, schon möglich." Danach fiel ihr nichts mehr ein, was sie noch sagen könnte. Sie ärgerte sich über sich selbst. Jenny hatte immer einen lockeren Spruch auf den Lippen. Nur sie bekam einen Knoten in die Zunge, sobald sie irgendetwas Wichtiges sagen wollte.

Als das Schweigen lange genug gedauert hatte, stand Sarah auf. „Ich gehe dann mal. Ich muss langsam nach Hause." Nach einer kleinen Pause fügte sie leise hinzu: „Und vielen Dank."

Jetzt lachte Ben. Aber es war ein nettes Lachen. „Kein Problem. Wenn du mal wieder einen weisen Rat vom klugen Onkel Ben haben willst: Du weißt ja, wo du mich findest. Oder meine Mutter weiß es. Meistens wenigstens." Sarah winkte zum Abschied, als Ben ihr hinterherrief: „Sag mal, was machst du eigentlich Freitag in einer Woche?"

Sarah blieb stehen und drehte sich um. „Keine Ahnung. Wahrscheinlich helfe ich wieder hier in der Klinik."

„Vergiss wenigstens einmal die Pferde, der tolle Marc und Frau Wiegand kommen bestimmt auch mal ohne dich zurecht. Aber ich habe dir noch gar nichts zum Geburtstag geschenkt! Hast du nicht Lust, zu meinem nächsten Konzert zu kommen?" Zum ersten Mal wirkte Ben so, als ob er eine Absage fürchtete. Hastig redete er weiter. „Ist kein großes Ding. Wir spielen in der kleinen Mehrzweckhalle mit zwei anderen Bands. Aber vielleicht würde es dir ja Spaß machen ..." Er sah Sarah fragend an.

Sie war völlig überrascht. Ben wollte ausgerechnet mit ihr zu einem Konzert? „Das ist doch nicht nötig", murmelte sie. „Du hast mir heute schon genug geholfen und ..."

Ben ließ sie nicht ausreden. „Hey, ich lade dich nicht ein, damit du dich besser fühlst. Ich würde mich wirklich freuen, wenn du kommst. Überlege es dir einfach und ruf mich an. Okay? Ich gebe dir meine Handynummer."

Er kritzelte ein paar Zahlen auf ein Stück Papier, das er Sarah reichte. „Ich hoffe, ich höre von dir!"

Sarah nickte nur verwirrt. „Okay, danke!“ Dann verließ sie die Klinik. So hatte sie Ben noch nie erlebt. Offensichtlich war er doch nicht nur ein merkwürdiger Musikfreak, der nichts und niemanden ernst nahm.

9 Am nächsten Morgen wirkte die Klinik wie ausgewechselt. Wo gestern alles ruhig und verschlafen gewesen war, herrschte heute emsige Betriebsamkeit. Sarah hatte gestern direkt nach dem Gespräch mit Ben versucht, Jenny anzurufen, aber die war nicht ans Telefon gegangen. Ob sie gerade wieder Unterricht mit Marc hatte? Also hatte Sarah ihr Vorhaben auf den nächsten Tag verschoben. Sie wollte bei Jenny anrufen, wenn in der Klinik mal gerade nicht viel zu tun war. Aber damit war an diesem Vormittag nicht zu rechnen.

Als Sarah kam, untersuchte Dr. Wiegand gerade Aquarius. Sie sah besorgt aus. „Die Entzündung an seinem Zahn ist schlimmer geworden. Jetzt ist das Risiko bei der Operation größer, egal wie der Mond steht“, erklärte sie Marc.

„Sollen wir die Operation verschieben?“, wollte der Assistenzarzt wissen.

„Nein. Es wird ja nicht besser. Wir sollten uns freuen, dass er heute wenigstens mal wirklich nichts zum Frühstück gefressen hat.“ Sie wandte sich an Peter, der der Diskussion schweigend gefolgt war. „Bereite Aquarius bitte für die Operation vor. Ich möchte ihn in spätestens einer halben Stunde im Operationssaal haben."

Erst jetzt schien die Tierärztin Sarah zu bemerken. „Na, möchtest du diesmal bei der Operation zusehen und ein bisschen helfen?", fragte sie leichthin.

Sarah bekam große Augen. Das hatte sie noch nie gedurft. „Was kann ich denn dabei tun?"

„Es ist leider keine besonders schöne Aufgabe. Zahnoperationen bei Pferden sind oft ziemlich blutig. Ich brauche jemanden, der mir das Operationsfeld sauber hält."

Sarah hatte wenig Angst vor Blut oder Wunden. Seit sie in der Marienwaldklinik arbeitete, hatte sie schon einiges gesehen und dabei festgestellt, dass sie nur bei ihrem eigenen Pony schrecklich empfindlich war. Bei fremden Pferden stand für sie im Vordergrund, dass sie ihnen helfen konnte. Da war es nicht schlimm, wenn es mal blutig wurde.

Nur wenig später stand sie neben Dr. Wiegand im Operationssaal. Wie die Ärztin trug sie einen langen Kittel, einen Mundschutz und sterile Handschuhe. Zu ihrer Überraschung sollte der Zahn nicht durch das Maul, sondern direkt von außen durch die Backe entfernt werden. Die Tierärztin arbeitete konzentriert, während sie Sarah erklärte, was sie gerade machte. „Die Backenzähne von Pferden haben unglaublich kräftige Wurzeln. Also können wir so einen Zahn nicht einfach mit einer Zange ziehen, wie ein Zahnarzt bei uns Menschen. Wir müssen von der anderen Seite kommen und den Zahn herausmeißeln. Wie ich dir schon angekündigt habe: eine reichlich blutige Angelegenheit. Aber mit diesem entzündeten Zahn würde Aquarius nicht alt werden."

Nach dieser Erklärung beugte Dr. Wiegand sich über den Kopf von Aquarius und bearbeitete seinen Kiefer mit einem kleinen Meißel. Wie sie angekündigt hatte, musste Sarah immer wieder die Wunde abtupfen, damit die Tierärztin eine gute Sicht behielt. Plötzlich entfuhr der Tierärztin ein Fluch. „Verdammt, wo kommt die denn jetzt her?"

Sarah hatte noch nie erlebt, dass die Ärztin nervös wurde. Was war wohl passiert?

Wenig später lag der Zahn in zwei Teile gebrochen in einer Metallschale neben dem Operationstisch. Die Tierärztin zog die Haut über der Wunde zusammen und machte mit kleinen Stichen eine feine Naht. „Hoffentlich hält das", murmelte sie dabei.

Marc, der sich um die Narkose kümmerte, sah seine Chefin aufmerksam an. „Was ist passiert? Irgendwas nicht in Ordnung?"

Dr. Wiegand schüttelte verärgert den Kopf. „Ich habe eine Ader im Gaumendach verletzt. Eine blöde Stelle, ich kann das nicht ordentlich zunähen. Hoffentlich geht die Ader nicht wieder auf, wenn Aquarius nach der Operation aufsteht." Sie trat einen Schritt zurück und sah das schlafende Pferd auf dem

OP-Tisch an. „Gut, mehr können wir im Moment nicht tun. Bringt ihn in die Aufwachbox." Sie sah auf die Uhr und wandte sich dann an Sarah. „Du bist heute mit Peter alleine hier in der Klinik. Marc und ich müssen zu ein paar dringenden Fällen außerhalb. Wir bleiben noch, bis Aquarius steht. Wenn danach irgendetwas mit ihm sein sollte, ruft mich sofort an. In Ordnung?"

Sarah nickte. Pferde waren nach einer Operation normalerweise pflegeleicht. Sie dösten den Rest des Tages und erholten sich nur langsam.

Als sie später mit Elsa im Labor eine Liste aller vorhandenen Medikamente aufstellte, kam Dr. Wiegand noch einmal zu ihr. „Aquarius ist jetzt aufgestanden. Leider hat sich dabei die Ader wieder geöffnet. Behaltet ihr das bitte im Auge? Ich hoffe, die Ader verschließt sich von selber. Wenn nicht ..." Sie beruhigte sich selbst. „Ach was, das wird schon werden."

Damit verschwanden die beiden Tierärzte, Sarah war mit Elsa und Peter allein. Sie misteten die Boxen aus, dann longierte Peter Sandokan. Sarah sah ihm eine Weile zu, bevor sie mit Elsa im Labor weiter Spritzen und Medikamente zählte. Nach einer halben Stunde ging sie zu Aquarius' Box. Der Wallach stand reglos da, genau an der Stelle, wo Marc und Dr. Wiegand ihn hingeführt hatten. Er hielt den Kopf tief. Aus seiner Maulspalte kam Blut. Sarah wurde bleich. Es tropfte nicht etwa, sondern lief in einem stetigen

Strahl. Die Sägespäne vor ihm glänzten dunkel und feucht.

Sarah griff nach dem Handy und wählte mit fliegenden Fingern die vertraute Nummer der Klinikchefin. Sie meldete sich nach dem zweiten Klingeln. „Wiegand."

Sarah schilderte ihr, was sie sah. „Ich glaube, er verliert viel Blut!"

Sie hörte die Sorge aus der Stimme der Tierärztin, als sie antwortete. „Ich muss wissen, wie viel Blut Aquarius wirklich verliert. Halte einen Messbecher unter sein Maul und rufe mich in fünfzehn Minuten wieder an." Beruhigend fügte sie hinzu: „Das sieht oft schlimmer aus, als es wirklich ist. Ein Pferd kann zehn Liter Blut verlieren, bevor wir uns Sorgen machen müssen. Bleibe also erst mal ruhig." Damit verabschiedete sie sich.

Sarah rannte ins Labor, in dem Elsa immer noch über ihren Listen brütete. „Aquarius verliert ganz viel Blut!", rief sie aufgeregt. „Wir sollen messen, wie viel genau!"

Elsa öffnete einen kleinen Schrank und nahm einen Messbecher heraus. „So schlimm wird es schon nicht sein!", meinte sie, bevor Sarah mit dem Messbecher wieder im Stall verschwand.

Sarah streichelte Aquarius' Hals, während sie ihm den Messbecher vor die Schnauze hielt. Unglaublich, wie schnell sich der kleine Behälter füllte.

In der Zwischenzeit kam Peter mit Sandokan vom Platz zurück. Er hielt vor Aquarius' Box an und spähte hinein. „Hat es nicht aufgehört?", fragte er knapp.

„Nein. Ich habe schon mit Dr. Wiegand telefoniert. Ich soll messen, wie viel Blut er tatsächlich verliert."

Peter nickte. „Mach das. Gib mir Bescheid, wenn du fertig gemessen hast." Die Viertelstunde fühlte sich wie eine kleine Ewigkeit an. Sarah sah auf die kleinen Messstriche. Sie holte tief Luft. 250 ml. Das bedeutete, dass Aquarius in einer Stunde einen ganzen Liter Blut verlor. Sie lief zu Peter. „Er verliert einen Liter pro Stunde!", rief sie. Peter sah besorgt zu dem Wallach in die Box. „Ruf Bettina an", entschied er. „Und mach schnell!"

Sarah hatte das Handy sowieso schon in der Hand und schilderte der Tierärztin, wie es um Aquarius stand.

„Beobachtet ihn weiter, ruft mich jede Stunde an!", lautete ihre Anweisung, die Sarah direkt nach dem Telefonat an Peter und Elsa weitergab.

Sie kümmerten sich um die anderen Patienten in der Klinik, die heute bis zur letzten Box besetzt war. Sarah kochte Mash, führte ein paar Pferde im Hof spazieren oder brachte sie auf das Laufband, legte Bandagen an und half Peter beim Verbandswechsel. Wann immer sie ein paar Minuten Zeit hatte, lief sie zu Aquarius. Zu allem Überfluss tauchte am Nachmittag auch noch Frau Hoppe auf. Peter und Elsa hatten

Sarah vorher eingeschärft, dass die Besitzerin nicht merken durfte, wie es um ihren Wallach stand. Elsa hatte Sarah extra noch mal zur Seite genommen. „Natürlich hat Frau Hoppe erst durch ihre idiotische Mondgeschichte die Sache so schwer für Aquarius gemacht. Aber sie hat einen großen Stall, wir haben da viele Patienten. Wir können es uns nicht leisten, so einen Kunden zu verlieren. Also: Benimm dich, als wäre alles wunderbar und Frau Hoppe deine beste Freundin. In Ordnung?"

Sarah hatte verstanden, auch wenn es ihr schwer fiel, die rothaarige Frau mit den klappernden Amuletten wenig später freundlich zu begrüßen.

Als sie in die Stallgasse kam, hörte sie, wie Peter der Besitzerin gerade erklärte, dass bei Zahnoperationen ein gewisser Blutverlust leider unvermeidlich war. „Sie müssen sich da wirklich keine Sorgen machen!", versprach er.

Frau Hoppe sah erleichtert aus. „Das beruhigt mich. Es wäre natürlich schrecklich, wenn jetzt auch noch die Sterne gegen ihn wären, nicht war?" Sie war offensichtlich sehr zufrieden mit ihrer Entscheidung. „Und gegen die Schmerzen habe ich ihm Aspirin gegeben, ich dachte mir, dass es bei Pferden genauso wirkt wie bei uns Menschen."

Nur Sarah sah, dass Peter bei diesem Satz zusammenzuckte. Frau Hoppe plapperte fröhlich weiter. Sie wollte sich schon verabschieden, als Peter möglichst beiläufig nachfragte: „Und wie viel Aspirin haben Sie ihm genau gegeben?“

Frau Hoppe hielt kurz inne. „Vier oder fünf Tabletten. Ich dachte mir, dass ein so großes Pferd sicher ordentlich was verträgt. Oder etwa nicht?“

Peter zwang sich zu einem Lächeln. „Das ist bei Pferden ein bisschen anders. Künftig sollten sie nur etwas füttern, nachdem sie mit dem Tierarzt gesprochen haben. Aspirin …“ Er brach mitten im Satz ab, murmelte etwas Unverständliches und verabschiedete sich schnell von der Pferdebesitzerin.

Kaum war Frau Hoppe aus dem Stall gerauscht, wandte Sarah sich an Peter. „Was ist mit Aspirin?“

Peter kratzte sich an seinem kurz geschorenen Kopf. „Es verdünnt das Blut. Jetzt haben wir ein echtes Problem.“ Damit ging er ins Empfangszimmer zum Telefon. Sarah hörte, wie er Dr. Wiegand die Sache mit den Tabletten erklärte. Sie hätte sich ohrfeigen können. Wahrscheinlich hatte sie diese Mondtante erst auf die Idee mit den Tabletten gebracht, als sie damals etwas von Kopfschmerztabletten gesagt hatte! Sarah schwor sich, künftig ihre Klappe zu halten.

Als Peter zurückkam, winkte er Sarah zu sich. „Wir holen Jack.“

Sarah sah den Pfleger verwirrt an. „Jack?“

„Ja. Das ist das Quarter Horse von Bettina. Er steht in der Nähe auf der Koppel und genießt sein Gnadenbrot. Er darf den lieben langen Tag Gras fressen, dafür dient er uns als Blutspender. Keine Angst, das ist für ihn nicht schlimm“, fügte er hinzu, als er Sarahs befremdeten Gesichtsausdruck bemerkte.

Sarah half Peter, den Pferdehänger an seinen Jeep zu koppeln, und kletterte dann auf den Beifahrersitz.

„Dr. Wiegand hat ein eigenes Pferd?“, fragte sie nach.

Peter nickte. „Den hat sie während ihres Studiums regelmäßig geritten. Erst als sie die Klinik übernommen hat, musste sie das Reiten aufgeben, sie hat einfach keine Zeit mehr. Damals hat sie Jack auf die Koppel gestellt. Und seitdem hat er ein paar Mal im Jahr einen Job als Blutbank.“

„Kennen Sie Frau Wiegand noch aus dieser Zeit?“, fragte Sarah neugierig.

Peter schüttelte den Kopf. „Nein. Ich bin erst seit letztem Jahr in der Klinik.“

Sarah wollte schon fragen, was Peter vorher gemacht hatte, aber er guckte schon wieder so grimmig, dass sie sich die Frage lieber verkniff.

Während der Jeep über eine schmale Straße rollte, dachte Sarah weiter über Jack nach. „Haben Pferde keine Blutgruppe?“, fragte sie schließlich. Sie erinnerte sich daran, dass sie in Biologie gelernt hatte, dass man nicht einfach jedem jedes Blut geben durfte.

Peter nickte. „Doch, haben sie schon. Aber bei der ersten Transfusion gibt es keine Probleme. Das Immunsystem reagiert erst beim zweiten Mal auf das fremde Blut. Und mach dir erst mal keine Sorgen: Wir holen Jack nur als Vorsichtsmaßnahme. Ich glaube nicht, dass wir seine Dienste wirklich brauchen."

Wenig später erreichten sie einen unscheinbaren Offenstall. Ein paar freundliche ältere Pferde sahen ihnen mit gespitzten Ohren entgegen. Neben den Warmblütern erkannte Sarah Jack sofort. Er sah aus wie ein Quarter Horse aus dem Lehrbuch: stämmig, klein, quadratisch und trotz seines Alters muskelbepackt. Der kleine Fuchs schien den Hänger der Klinik zu kennen. Er wieherte seinen Besuchern entgegen und ließ sich ohne Probleme aufhalftern. Willig lief er die Rampe hinauf.

Peter grinste. „Wenigstens einer, der weiß, was er tut."

Damit machten sie sich wieder auf den Rückweg. Als sie Jack ausluden, erkannte Sarah Dr. Wiegands blauen Kombi vor der Klinik. Hoffentlich fiel ihr etwas ein, wie sie Aquarius' Blutung stoppen konnten!

Als Sarah in den Stall kam, standen Marc und Dr. Wiegand schon bei dem Wallach in der Box. Sie winkten Sarah zu sich.

„Ist Jack schon da?", fragte die Tierärztin.

Sarah nickte. „Ja, aber wir haben keine Box mehr frei. Ich kann ihn doch nicht einfach auf dem Hänger stehen lassen, oder?"

„Nein, das hat der alte Knabe nicht verdient. Bring ihn auf die Koppel, da kann er noch etwas grasen."

Dr. Wiegand warf einen Blick auf die Tafel an der Wand. Hier standen alle Pferde säuberlich aufgelistet, hinter jedem Pferd die Fiebertemperatur und die Medikamente, die es bekam. „Elsa soll die Besitzerin von dem Norweger anrufen. Der kann nach Hause gehen, ich hätte ihn sowieso morgen entlassen. Ihr könnt dann die Box für Jack herrichten."

Dr. Wiegand wandte sich wieder Aquarius zu. „Er steht so seit heute Vormittag?"

Sarah hob die Schultern. „Ja. Ich habe ihn regelmäßig angeschaut, aber er rührt sich nicht."

Marc mischte sich ein. „Kann man die Ader nicht einfach zunähen? Oder zuklammern?"

Die Tierärztin presste die Lippen zusammen. „Wenn das gehen würde, hätte ich es schon gemacht. Nein, ich habe die Ader während der OP heute Morgen zugenäht. Die Naht hat nicht gehalten. Um das noch einmal zu versuchen, müsste ich ihn wieder in Narkose legen. Das würde er kaum überleben." Sie fügte mit bitterem Unterton hinzu: „Egal, wie seine Sterne gerade stehen ..."

Marcs Stimme klang ungläubig. „Aber wir können doch jetzt nicht einfach zusehen, wie er allmählich verblutet?"

„So schnell verblutet ein Pferd nicht. Und dann haben wir immer noch Jack hier. Aber vielleicht kommt die Blutung ja auch einfach so zum Stillstand."

Peter hatte bisher schweigend zugehört. Jetzt räusperte er sich. „Ich weiß ja nicht, ob das eine gute Idee ist. Aber … auf der Rennbahn haben wir den Pferden bei kräftigen Blutungen oft ein wenig Beruhigungsmittel gegeben. Das senkt den Blutdruck, hin und wieder reicht das, um eine Blutung zum Stillstand zu bringen."

Dr. Wiegand sah ihren Pfleger überrascht an. Dann erwiderte sie: „Das könnte sogar funktionieren. Ist zwar nicht ganz nach den Regeln der Schulmedizin, aber wenn wir vorsichtig sind, könnten wir damit Glück haben." Sie sah Marc an. „Was denkst du? Wie viel Beruhigungsmittel können wir ihm geben, ohne dass er uns umkippt?"

Marc runzelte die Stirn. „Wir könnten es mit der halben Dosis probieren. Soll ich die Spritze holen?"

Dr. Wiegand nickte. „Leg ihm am besten gleich einen ordentlichen Zugang in die Vene, damit wir im Zweifelsfall für Jacks Einsatz gleich eine Kanüle haben."

Marc stach die Kanüle schnell und geschickt in Aquarius' Hals. Mit einem Klebstreifen sorgte er dafür, dass sie nicht verrutschen konnte. Dann spritzte er das Beruhigungsmittel. Zu Sarah sagte er: „Du bleibst hier in der Box bei Aquarius. Wenn sich irgendetwas ändert, rufst du sofort nach uns, verstanden?"

Sarah nickte. „Mach ich!"

Damit verschwanden Marc und die Tierärztin im

Labor. Die Klinik war voll, es gab jede Menge zu tun. Aus dem Augenwinkel beobachtete Sarah, wie die Besitzerin des Norwegers kam, um ihr Pferd einen Tag früher als erwartet abzuholen. Sie war überglücklich, dass sich ihr Liebling so schnell erholt hatte. Gut, dass die Frau keine Ahnung hatte, warum ihr Pony heute schon nach Hause durfte … Peter mistete die leere Box aus und streute sie frisch ein. Jack stapfte selbstbewusst in den Klinikstall. Er fühlte sich offensichtlich hier zu Hause.

Eine halbe Stunde verging, in der Aquarius' Zustand sich nicht veränderte. Sarah streichelte ihm den Hals und redete leise mit ihm, um sich nicht ganz so hilflos zu fühlen.

Ihre Gedanken schweiften ab. Heute kam sie wohl wieder nicht dazu, Jenny anzurufen. Hoffentlich war ihre Freundin nicht ernsthaft sauer. Sarah war immer noch überrascht, wie nett Ben gestern gewesen war. Vielleicht war er ja doch nicht das Ekelpaket, für das sie ihn immer gehalten hatte? Eigentlich sah er mit seinen trainierten Armen und den halblangen Haaren gar nicht schlecht aus.

Gedankenverloren spielte Sarah mit Aquarius' Mähne. Sie wusste gar nicht, was für ein Instrument Ben spielte. Sie ärgerte sich über sich selbst. Da hörte Ben ihr stundenlang zu, und ihr kam nicht mal in den Sinn zu fragen, was für ein Instrument er spielte. Oder welche Art von Musik seine Band machte. Sie versuchte sich einen Stil vorzustellen, der zu Ben passte. Hip-Hop? Sie schüttelte den Kopf. Jazz? Sie verzog das Gesicht. Hoffentlich nicht. Rock? Ja, das könnte hinkommen. Sie beschloss, ihn beim nächsten Mal unbedingt danach zu fragen.

In dieser Sekunde knickte Aquarius mit seinen Vorderbeinen ein. Mit einem lauten Ächzen folgten die Hinterbeine – und plötzlich lag der Wallach in den Sägespänen. Sarah stürzte auf die Stallgasse und rannte ins Labor. „Aquarius hat sich hingelegt!", rief sie.

Marc, der gerade in ein Mikroskop geguckt hatte, sprang auf.

Auch Dr. Wiegand war schon an der Tür. Gemeinsam liefen sie zurück in Aquarius' Box. Der Wallach ruhte jetzt mit halb geschlossenen Augen. Dr. Wiegand beugte sich vor und fühlte seinen Puls. „Ist noch in Ordnung. Marc, du sieht jetzt alle fünfzehn Minuten nach ihm und misst seinen Puls. Sarah, du bleibst bitte weiter bei ihm." Damit verschwanden die beiden Tierärzte wieder.

Sarah setzte sich zu Aquarius in die Späne. Draußen wurde es allmählich dunkel. Die letzten Besucher verließen die Marienwaldklinik. Peter machte die Abendfütterung und sah kurz in die Box. „Tut sich was?", fragte er in seiner brummigen Art. Sarah schüttelte nur den Kopf.

Marc kam immer wieder vorbei, aber auch er konnte keine Veränderung feststellen. Sarah streichelte

Aquarius weiter den Hals, als sie plötzlich merkte, dass aus seinem Maul nur noch Tropfen kamen. Der Strahl war versiegt! Noch während sie auf das Maul des Wallachs starrte, um sicherzugehen, dass sie sich nicht täuschte, hörte die Blutung ganz auf. Sarah streichelte dem dösenden Braunen noch einmal über den Hals und stand vorsichtig auf. Sie schob sich aus der Box und lief in das Labor, in dem Marc immer noch arbeitete. Als er aufsah, zeigte Sarah ihm den nach oben weisenden Daumen. „Es hat aufgehört! Gerade eben!"

Marc sprang auf und folgte ihr in den Stall. Er fühlte noch einmal Aquarius' Puls und nickte dann. „Peters Trick scheint funktioniert zu haben", sagte er. „Was für ein Glück!" Er stand auf und lächelte Sarah an. Wieder einmal bemerkte sie die Fältchen neben seinen Augen. „War ein anstrengender Tag für dich. Schau, dass du nach Hause kommst. Ich übernehme heute die Spätschicht."

Sarah zögerte. „Kann ich dich denn einfach allein lassen?"

Marc lachte. „Aber sicher. Ich bin hier schließlich der Tierarzt. Du kannst ja morgen den Spätdienst übernehmen, wenn es nicht mehr gar so schlecht um unser Sorgenkind hier steht."

Sarah nickte so eifrig, dass ihre roten Locken flogen. „Klar, mache ich gerne!" Sie drehte sich um und winkte nur noch einmal zum Abschied, bevor sie sich auf ihr Fahrrad schwang.

Wenig später öffnete sie zu Hause die Haustür. Im Wohnzimmer saßen ihre Eltern zusammen. Helga Stürmer begrüßte ihre Tochter mit einem unterkühlten Ton. „Hast du mal auf die Uhr gesehen? Findest du es nicht ein wenig spät?“

Sarah grinste ihre Mutter an. „Ich bin doch jetzt fünfzehn. Darf ich da nicht länger aufbleiben?“ Sie sah ihre Mutter bittend an. „Nur ein kleines bisschen?“

Ihre Mutter ließ sich von ihrer guten Laune anstecken. „Na gut. Aber gib uns vorher Bescheid, wenn es später wird, okay?“

Sarah hob die Hände. „Versprochen! Morgen komme ich noch etwas später als heute, da werde ich den Spätdienst in der Klinik übernehmen …“

Auf Helga Stürmers Stirn bildete sich eine steile Falte. „Schon wieder in der Klinik? Sarah, ich weiß, dass ich mich wiederhole: Aber es gibt ein Leben außerhalb der Klinik und ohne Pferde! Du willst doch nicht etwa dein ganzes Leben nur nach diesen Viechern ausrichten …“ Sie sah ihre Tochter bittend an. „Ich möchte doch nur, dass du auch ein bisschen Spaß hast. Du bist einfach oft zu ernst.“

Sarah wusste, dass sie einen echten Trumpf im Ärmel hatte. Wenn es ihrer Mutter so wichtig war, dass sie auch andere Sachen unternahm: Bitteschön!

„Ich habe auch schon einen zweiten Abend, an dem ich länger weg bin. Freitag nächste Woche wird es sicher später. Da gehe ich zu einem Konzert von Ben!“

Die Augen ihrer Mutter begannen zu funkeln. „Ben? Konzert? Wer ist der junge Mann? Und seit wann interessierst du dich für Musik?"

Sarah zuckte ein wenig verlegen mit den Schultern. Sie hatte Ben ja noch nicht mal zugesagt. Hoffentlich stand seine Einladung noch! „Ben ist der Sohn von Elsa, der Frau am Empfang, die du ja schon kennengelernt hast. Er ist Musiker und hat mich zu seinem nächsten Konzert eingeladen. Das ist alles."

„Ist er denn nett?" Offensichtlich war Ben ein spannenderes Thema als Pferde.

„Klar, sonst würde ich wohl kaum auf sein Konzert gehen!"

Sarahs Mutter sah sie verständnisvoll an. „Du musst mir nicht alles erzählen. Aber neugierig bin ich schon. Wann bekommen wir diesen Ben denn mal zu Gesicht? Und wie alt ist er?"

„Mama! Ich gehe nur in sein Konzert. Kein Grund, ihn sofort nach Hause einzuladen, oder?"

Helga Stürmer winkte ab. „Hast recht, alles zu seiner Zeit. Hast du noch Hunger? In der Küche stehen noch Reste, die kann ich dir warm machen."

Sarah nickte und verschwand in der Küche, bevor ihre Mutter noch weitere neugierige Fragen stellen konnte. Während sie sich eine Scheibe von dem kalten Braten absäbelte, griff sie nach ihrem Handy. Sie wollte Ben sofort eine SMS wegen des Konzerts schreiben. Das Display zeigte einen entgangenen Anruf an. Jenny. Sarah hatte sofort ein schlechtes Gewissen. Sie nahm sich fest vor, morgen bei Jenny anzurufen. Dann tippte sie die SMS an Ben. „Freu mich auf dein Konzert! Sarah."

10

Am nächsten Nachmittag fuhr Sarah nach einem ausgiebigen Spaziergang mit Sascha mit dem Fahrrad direkt zur Marienwaldklinik. Das Wetter war mehr als ungemütlich. Ein eiskalter Wind peitschte dicke Regentropfen durch die Luft. Sarah hatte am Morgen das erste Mal wieder ihre warme Regenjacke aus dem Keller geholt. Der Wetterbericht verhieß keine Besserung. Eher das Gegenteil – da war die Rede von Herbststürmen. Sarah stemmte sich auf ihrem Rad gegen den Wind. Wenn das heute Abend noch schlimmer werden sollte, mussten ihre Eltern sie nach dem Spätdienst abholen.

Während sie ihr Fahrrad vor der Klinik absperrte, kam Frau Hoppe mit ihrem Auto auf den Hof gefahren. Sarah stöhnte leise auf. Hoffentlich bemerkte die Sternentante sie nicht. Sie hoffte vergeblich. Ihre leuchtend rote Jacke war allerdings auch schwer zu übersehen. Frau Hoppe kam sofort zu Sarah und streckte ihre beringte Hand aus. „Ich habe ganz vergessen, dir zu gratulieren! Du hattest doch vorgestern Geburtstag, nicht wahr?“

Sarah nickte ergeben. „Ja, stimmt. Vielen Dank, das ist nett!“

Frau Hoppe zog aus ihrer Handtasche ein paar Zettel, während sie an Sarahs Seite in den Klinikstall ging. „Ich konnte gestern nicht schlafen, weil ich mir wegen Aquarius so viele Sorgen gemacht habe. Da habe ich einfach mal ein Horoskop für dich erstellt.“ Frau Hoppe strahlte Sarah an. Sie fand offensichtlich, dass ihr eine tolle Überraschung gelungen war.

Sarah bemühte sich, ein wenig Interesse zu heucheln, während sie über Frau Hoppes Schulter zu Aquarius' Box hinüberspähte.

Frau Hoppe merkte nichts und plapperte weiter, während sie mit Sarahs Horoskop herumwedelte. „Die Sterne sind ganz eindeutig: Du hast ein wunderbares Jahr vor dir! Dein Freund wird dich auf Händen tragen …“

„Schade, dass ich keinen Freund habe“, unterbrach Sarah die begeisterte Hobby-Astrologin. Die ließ den Einwand nicht gelten. „Das kann ja ganz plötzlich kommen. Und dann wird alles wunderbar. Du wirst schon sehen.“

Sarah nickte und deutete dann auf Aquarius' Box. „Ich wollte erst mal nach Ihrem Pferd sehen, bevor ich mich um mein Horoskop kümmere.“

Frau Hoppe guckte schuldbewusst. „Ja, richtig. Mein armer Liebling. Wie geht es ihm denn?“

Sarah warf einen Blick auf die Tafel an der Wand. Der Braune hatte seit dem Morgen kein Fieber mehr gehabt und sollte normal gefüttert werden. Das konnte eigentlich nur bedeuten, dass er die Nacht gut überstanden hatte und über den Berg war.

Sie sah in die Box. Aquarius stand ruhig da. Er sah müde aus und hatte einiges Gewicht verloren – aber sonst schien es ihm gut zu gehen. Sie lächelte Frau Hoppe an. „Es ist alles in Ordnung. Jetzt muss er sich noch ein paar Tage erholen, dann können Sie ihn wieder mitnehmen. Wollen Sie mit Dr. Wiegand oder unserem Assistenzarzt sprechen?"

Frau Hoppe lehnte ab. „Nein, nein. Ich habe ja schon gestern gehört, dass es keine Probleme gibt. Ich kann mich da sicher auf dein Urteil verlassen." Sie lächelte. „Ich wusste einfach, dass ich recht hatte, als ich die Operation verschoben habe ..."

Sarah musste sich diesmal sehr anstrengen, um so etwas wie ein Lächeln zustande zu bringen. „Na ja, eine frühere Operation wäre für Aquarius sicher leichter gewesen. Wenn Sie mich jetzt entschuldigen würden – ich habe noch viel zu tun."

Frau Hoppe drückte ihr zum Abschied das ausgedruckte Horoskop in die Hand. „Ich wollte dich nicht von der Arbeit abhalten. Lies das einfach mal, wenn du Zeit hast. Das kann einem wirklich helfen!" Damit winkte Frau Hoppe noch einmal und verschwand aus dem Stall.

Sarah blieb für einen Moment bewegungslos mit den Zetteln in der Hand stehen. Diese Frau hörte einfach nicht zu. Hauptsache, ihre Sterne standen richtig, ansonsten schien sie nichts zu interessieren. Noch während sie überlegte, was sie als Erstes in Angriff nehmen sollte, klingelte ihr Handy.

Ben war dran und hielt sich nicht lange mit Vorreden auf. „Finde ich cool, dass du am Freitag kommst. Leider kann ich dich nicht abholen, ich bin schon den ganzen Nachmittag in der Halle, wegen Soundcheck und so. Aber ich hab dem Mädel an der Kasse Bescheid gegeben, dass sie dich durchlassen soll. Ist das in Ordnung?"

Sarah brachte nur ein „Ja, sicher" raus. Vielleicht war ja jetzt ein guter Zeitpunkt, um zu fragen, was für Musik Ben eigentlich machte. Aber das war auch dämlich, fand Sarah. Sie konnte doch nicht für ein Konzert zusagen, bei dem sie nicht mal wusste, was da gespielt wurde …

Ben schien ihre Einsilbigkeit nicht weiter zu stören. Er redete gleich weiter. „Hast du jetzt eigentlich die Sache mit deiner Freundin geklärt? So was wird nicht besser, wenn man lange wartet!"

Sarah räusperte sich. „Nein, noch nicht, aber ich melde mich ganz bestimmt bei ihr. Ehrlich, ich habe es nicht vergessen oder so. Aber gestern war hier in der Klinik so viel los, da bin ich einfach nicht dazu gekommen."

Bens Stimme bekam wieder den leicht spöttischen Ton, den Sarah schon kannte. „Okay, aber Einlass zu meinem Konzert gibt es erst, wenn du dich vorher mit

Jenny ausgesprochen hast, okay? Ich muss jetzt los."

Noch bevor Sarah sich bedanken konnte, klickte es. Sie sah verwirrt auf ihr Handy. Von ausschweifenden Begrüßungen und Verabschiedungen schien Ben ja nicht viel zu halten.

Sie zuckte mit den Schultern und ging ins Empfangszimmer. Elsa wusste sicher, was heute zu tun war. Und einen Kaffee gab es bei ihr auch.

Wenig später saß sie an Elsas Seite mit einem Stapel Rechnungen, die alle gefaltet und in Briefkuverts gesteckt werden mussten. Eigentlich war das genau die Arbeit, die Sarah in der Klinik am wenigsten mochte. Aber da draußen das Wetter immer ungemütlicher wurde, war Sarah ganz froh, dass sie heute hier im Warmen saß und mit Elsa über die Patienten plaudern konnte. Wie sie angenommen hatte, war Aquarius zwar noch geschwächt, aber außer Gefahr. „Bettina möchte trotzdem, dass du heute Abend den Spätdienst übernimmst. Sie will Aquarius unter Beobachtung halten."

Sarah klebte gerade ein Kuvert zu. „Kein Problem, ich habe meinen Eltern schon gesagt, dass es heute später wird."

Elsa war neugierig. „Und – da gab es keinen Ärger zu Hause?"

Sarah zog eine Grimasse. „Natürlich gab es Ärger. Ich habe keine Ahnung, was meine Mutter an der Arbeit hier in der Klinik stört, aber sie hätte es anscheinend wirklich lieber, wenn ich jeden Abend mit meinen Freundinnen irgendwo ‚Spaß haben' würde. Sie hat Angst, dass ich hier meine Jugend vergeude. Oder so ähnlich."

Elsa strich sich eine Haarsträhne hinters Ohr. „Ich sollte mich mal mit deiner Mutter unterhalten. Wir könnten Kinder tauschen. Ich nehme dich und bin glücklich, dass du ein Ziel im Leben hast. Und sie darf dafür Ben haben, der in jeder Sekunde darauf achtet, dass er Spaß hat. Irgendwelche ernsthaften Gedanken habe ich bei ihm noch nicht bemerkt."

„Aber er hat doch ein Ziel. Er will Musiker werden", verteidigte Sarah Ben. „Das ist auch nicht viel verrückter als Fachtierärztin für Pferde werden zu wollen."

Elsa sah Sarah überrascht an. „Was ist denn mit dir passiert? Seit wann hast du Verständnis für meinen missratenen Sohn?"

Sarah wurde rot. „Ich habe mich am Sonntag mit ihm unterhalten. Ich finde, er nimmt seine Karriere als Musiker ziemlich ernst."

Elsa schüttelte den Kopf und wandte sich dem nächsten Stapel Rechnungen zu. Die nächste Stunde redeten sie nicht mehr über Ben. Oder über große und kleine Ziele im Leben.

Es wurde allmählich Abend, und Dr. Wiegand und Marc kamen von ihrer Runde durch die Ställe zurück. Sie machten noch einen Besuch im Klinikstall und verabschiedeten sich dann. Sarah ging alleine in den Stall zurück. Normalerweise war in der Marienwaldklinik selten ein Spätdienst nötig. Immerhin wohnte die Tierärztin direkt über dem Stall, und Peter lebte nebenan in einer kleinen Wohnung. Aber an diesem Abend war Frau Wiegand zu einem Abendessen verabredet, und Peter hatte frei.

Sarah machte es sich in einer Ecke auf zwei Strohballen gemütlich. Aquarius mahlte auf seinem Heu, und auch alle anderen Pferde machten einen zufriedenen Eindruck.

Sie nahm ihr Handy in die Hand und überlegte einen Moment lang, ob sie Jenny anrufen sollte. Was sollte sie nur sagen? „Entschuldige, dass ich mich erst jetzt melde, aber ich habe mich darüber geärgert, dass du dich mit Marc so gut verstehst!“ Das klang total bescheuert! Sie sah ratlos ihr Handy an. Und steckte es schließlich wieder weg.

Der Regen prasselte weiter auf das Stalldach, aber jetzt hörte sie weit entfernt auch noch Donnergrollen. Der Wind wurde stärker und heulte um den Stall. Der Wetterbericht schien recht zu behalten. Heute Abend wurde es wohl richtig ungemütlich.

Sarah drehte eine Runde durch den Stall. Alle Pferde standen ruhig da, nur Sandokan war hellwach. Unruhig lief er durch seine Box.

Sarah runzelte die Stirn. Vielleicht wurde es dem Fuchs ja langweilig hier in der Klinik? Er war immerhin schon über eine Woche hier und wurde nicht wie sonst trainiert.

In dieser Sekunde zuckte ein Blitz über den Himmel, dem fast zeitgleich ein krachender Donner folgte. Es wurde dunkel im Stall. Noch bevor Sarahs Augen sich an die Finsternis gewöhnt hatten, hörte sie aus Sandokans Box ein schrilles Wiehern. Sarah tastete sich an der Wand entlang. Im Regal beim Zwangsstand lag immer eine Taschenlampe. Die brauchte sie, um den Sicherungskasten zu finden.

Sie hatte gerade ein paar Schritte zurückgelegt, als sie hörte, wie Sandokan gegen seine Boxenwände schlug. Nicht nur einmal, sondern unaufhörlich, so als wollte er mit aller Gewalt ein Loch hineindonnern. Sie lief wieder zurück zu seiner Box und versuchte ihn mit ihrer Stimme zu beruhigen. „Ho, Sandokan, ganz ruhig. Braver Junge, ist doch nur ein Gewitter."

Aber der Hengst schien Sarahs Beruhigungsversuche gar nicht zu bemerken. Als der nächste Blitz den Stall taghell erleuchtete, konnte Sarah erkennen, dass Sandokan schweißnass war und senkrecht auf den Hinterbeinen stand.

Sarah spürte, wie sich Panik in ihr breitmachte. Wie sollte sie den wertvollen, 600 Kilo schweren Hengst nur beruhigen? Sie erinnerte sich, dass Dr. Wiegand sie immer ermahnt hatte, auf keinen Fall zu einem Pferd in die Box zu gehen, das in Panik war. Fast hörte sie die Stimme der Tierärztin, als sie sagte: „Pferde sind unberechenbar, wenn sie in Panik sind. Sie achten auf nichts und niemanden mehr. Vor allem nicht auf einen kleinen Menschen. Bleib ihnen fern, Sarah!"

Sie hörte den Hengst in seiner Box toben. Mit jedem Blitz wurde er wilder. Allmählich steckte er die anderen Pferde an, die in ihren Boxen ebenfalls unruhig wurden. Sarah hoffte, dass Sandokan durch Licht im Stall vielleicht ruhiger werden würde. Sie tastete sich weiter an der Wand entlang, bis sie das Regal erreichte. Mit fliegenden Fingern untersuchte sie die Ablagefläche. Es schien ihr eine Ewigkeit zu vergehen, bis sie endlich den langen, schmalen Griff der Lampe spürte. Sie drückte auf den Schalter, und ein kräftiger Lichtkegel erhellte den Stallboden vor ihr. Sarah dachte fieberhaft nach. Wo mochte der Sicherungskasten hier in der Klinik sein? Sie öffnete die Tür zum Labor. Die aufgereihten Medikamente leuchteten im Lichtschein ihrer Taschenlampe auf. Systematisch suchte Sarah die Wand ab. Irgendwo hier musste das Ding doch sein!

Aus dem Stall klang lautes Poltern. Sandokan beruhigte sich kein bisschen. Stattdessen nahm sein Toben noch zu. Ob die Wände seiner Boxen den Schlägen auf Dauer standhielten? Sie fluchte leise. Wo war dieser blöde Kasten? Im Labor hatte sie keinen Erfolg. Sie ging durch die Tür in das Empfangszimmer. Hier wäre ihr ein Sicherungskasten doch irgendwann mal aufgefallen. Oder? Sie zwang sich dazu, die Wand danach abzusuchen. Und tatsächlich: hinter Elsas Computer fiel ihr ein schmaler Griff ins Auge. Erleichtert öffnete sie das Türchen von dem Fach, das in die Wand eingelassen war. Mit einem Blick sah Sarah, dass der Kippschalter von der Hauptsicherung zurückgesprungen war. Sie legte ihn um – und zu ihrer Erleichterung flimmerte ein Lichtschein aus dem Stall in das Labor. Sie rannte zurück.

Die helle Stallbeleuchtung schien Sandokan ein wenig zu beruhigen. Aber er stand immer noch mit weit aufgerissenen Augen und hoch erhobenem Kopf in seiner Box. Bei jedem Blitz wich er zurück und zitterte, beim darauf folgenden Donner zuckte er zusammen. Wieso hatte der selbstsichere Hengst bei einem harmlosen Gewitter so schrecklich Angst?

Sarah holte ein Büschel Heu und legte es ihm in die Box. Vielleicht wurde er durch Fressen ruhiger? Doch Sandokan würdigte die Halme mit keinem Blick. Er zitterte weiter am ganzen Körper. Der Regen fiel jetzt gleichförmig rauschend vom Himmel, die Blitze wurden seltener. Der Donner grollte nur noch von ferne. Das Gewitter verzog sich allmählich.

Mit dem letzten Blitz schien Sandokan endlich auszuatmen. Ganz allmählich entspannte sich der große Fuchs. Der letzte Donner war schon seit zehn Minuten verhallt, als Sandokan endlich seinen Kopf senkte und doch an dem Heu schnupperte. Zaghaft schnappte er ein paar Halme.

Sarah betrachtete den schweißnassen Hengst nachdenklich. Er wirkte jetzt wieder so ungefährlich wie sonst auch. Sarah holte eine Abschwitzdecke und ging zu dem Fuchs in die Box. Sie legte ihm die Decke über und streichelte seinen Hals. „Was ist nur in dich gefahren? Warum kannst du nicht reden, das würde wirklich helfen."

Sandokan fraß jetzt sein Heu, er war wieder ruhig. Sein Fell trocknete schnell.

Sarah sah nach Aquarius, aber der hatte das Gewitter offensichtlich verschlafen. Sie ging zurück zu Sandokan und lehnte sich an die Boxentür. Das Rauschen des Regens wirkte einschläfernd. Sarah zwang sich, weiter nachzudenken. War das Gewitter der Schlüssel zu Sandokans Problem? Sie erinnerte sich an das Video von Windmühle. Sie hatten es so oft angesehen, dass sie noch jede Kleinigkeit wusste. Auf dem Turnier herrschte strahlender Sonnenschein, es war ein perfekter Herbsttag. Am Wetter konnte es also nicht liegen. Sie schloss die Augen und stellte sich die Szene noch einmal vor. Sandokan, der gelassen vorwärtsgaloppierte und mühelos die Sprünge überwand. Die Wendung auf den Teich und der Baumstamm vor dem Einsprung. Das hell glitzernde Wasser und die plötzliche Verweigerung. Sarah hatte das Gefühl, dass sie der Lösung des Problems ganz nahe war. Sie konzentrierte sich. Das glitzernde Wasser. Konnte es sein, dass der sensible Hengst das helle Glitzern mit einem Blitz verwechselt hatte? War so etwas möglich? Sie musste das Video noch einmal sehen!

Im Empfangszimmer schaltete Sarah den Fernseher an und legte das Videoband ein. Über den Bildschirm flimmerten die vertrauten Bilder. Sandokan lief im Schatten unter den Bäumen und setzte fast zum Sprung in das hell erleuchtete, glitzernde Wasser an. Sarah hielt die Luft an. Ihr war vorher nie aufgefallen, dass Sandokan aus einem schattigen Wäldchen kam, als er in das gleißend helle Wasser springen sollte. Es konnte also tatsächlich sein, dass er das Wasser mit einem Blitz verwechselt hatte. Sie hatte allerdings keine Ahnung, warum er so panisch auf helles Blitzen reagierte.

Während sich Sarah das Video noch einmal ansah, drehte sich ein Schlüssel in der Eingangstür der Klinik.

Dr. Wiegand kam herein und sah Sarah überrascht an. „Was machst du denn hier?“

Sarah deutete auf den Fernseher. „Ich habe mir das Video aus Windmühle noch einmal angesehen. Ich habe da so eine Idee …“

Dr. Wiegand wurde neugierig. „Dann lass mal hören!“

Sarah erzählte von dem Gewitter, das vor einer knappen Stunde über den Stall hinweggezogen war. Davon, dass Sandokan völlig ausgeflippt war und alle Pferde im Klinikstall mit seiner Angst angesteckt hatte. Und wie schnell er sich nach dem letzten Blitz wieder beruhigt hatte. Zum Abschluss ihrer Ausführungen zeigte Sarah auf den Fernseher. „Ich habe mir das Video noch mal angeguckt ... Schauen Sie mal!" Sarah spulte rückwärts, wieder lief Sandokan mit gespitzten Ohren durch den Baumschatten, setzte zum Sprung an und brach dann ab. Sarah erklärte währenddessen: „Jetzt ist er im Dunkeln, also im Schatten. Mit dem Sprung hätte er direkt in das hell glitzernde Wasser springen müssen. Könnte es nicht sein, dass er das Wasser mit einem Blitz verwechselt hat, weil es so plötzlich hell war?" Sarah ließ das Video weiterlaufen bis zu dem Punkt, an dem Michael Renner den Fuchs in die leichtere Alternative lenkte. „Sehen Sie – bei der Alternative geht es erst kurz durch die Sonne, das Wasser liegt in einem anderen Winkel und wird von der Sonne nicht angeschienen. Und schon geht Sandokan hinein, ohne auch nur einen Moment zu zögern."

Die Tierärztin sah sie nachdenklich an. „Er verwechselt das Wasser mit einem Blitz? Das kann ich mir nicht vorstellen. Aber vielleicht war es ja wirklich irgendetwas mit einem Gewitter." Dr. Wiegand sah auf die Uhr und griff zum Telefonhörer. Zu Sarah sagte sie: „Michael geht nie vor Mitternacht ins Bett, den kann ich jetzt noch ohne schlechtes Gewissen anrufen!"

Sekunden später erzählte sie ihrem Ex-Mann von

den Vorkommnissen des Abends. Ihre Stimme wurde drängend, als sie nachfragte. „Michael, erinnerst du dich an irgendetwas, das dem Hengst bei einem Gewitter zugestoßen ist? Etwas, das ihm auch Monate später noch Angst einjagt?“

Sie lauschte in den Hörer. Dann fragte sie noch einmal nach. „Sicher nicht? Es ist doch nicht zu glauben, dass ein Pferd wie Sandokan plötzlich Angst vor einem Gewitter hat.“ Sie hörte Michael noch einen Moment zu und verabschiedete sich dann. „Wenn dir irgendetwas einfällt, ruf mich an. Ich bin mir ziemlich sicher, dass da der Grund für sein Problem liegt. Denk noch mal nach.“ Damit legte sie auf und sah Sarah kopfschüttelnd an. „Michael sagt, dass er sich an nichts erinnern kann. Er fragt morgen früh seine Pflegerin.“

Gemeinsam gingen die Tierärztin und Sarah noch einmal durch den Stall. Die Pferde dösten friedlich, ein paar lagen sogar in ihren Boxen. Sandokan fraß sein Heu, nichts deutete darauf hin, dass er vor einer Stunde fast seine Box zerlegt hatte. Sarah nahm ihm die Abschwitzdecke ab, er war wieder trocken. Dann löschte Frau Wiegand das Licht und sah auf die Uhr. „Es wird Zeit, dass du nach Hause kommst. Ich fahre dich, der Regen ist ja schrecklich.“

Auf der kurzen Strecke im Auto schwiegen beide. Erst als Dr. Wiegand vor dem Haus der Stürmers anhielt, sah sie Sarah noch einmal an. „Ich glaube trotzdem, dass du recht hast. Warten wir ab, was die Pflegerin sagt. Bei den internationalen Reitern sind es die Pfleger, die alles über die Pferde wissen – nicht die Reiter. Morgen wissen wir mehr.“

Sarah nickte, verabschiedete sich und verschwand im Haus.

11 Kaum hatte Sarah am nächsten Tag das Empfangszimmer betreten, kam Elsa ihr schon strahlend entgegen. „Treffer, Sarah!"

Sarah sah die Frau fragend an. „Geht das auch genauer?"

Elsa lachte. „Bettina hat mir von dem Gewitter gestern Abend erzählt. Und dem Anruf bei Michael, der nichts gebracht hat. Vor einer halben Stunde hat sich Michaels Pflegerin gemeldet und eine unglaubliche Geschichte erzählt."

Schlagartig war Sarahs Neugier geweckt. „Und? Was ist mit Sandokan passiert?"

„Du erinnerst dich doch, dass Michael erzählt hat, er besitze Sandokan seit sechs Jahren. Sandokan hatte einen alten Wallach als Koppelbegleitung. Laut Pflegerin ist er nie von seiner Seite gewichen. Michael war froh, dass er für den Rentner noch eine Aufgabe gefunden hat. Bei Sandokans ersten Prüfungen haben sie den Wallach sogar mit auf den Lkw gestellt, damit Sandokan sich nicht so einsam fühlt."

Sarah wurde ungeduldig. „Und was hat das mit dem Gewitter zu tun?"

„Lass mich doch ausreden. Die Pflegerin hatte die

beiden im Frühjahr auf die Koppel gestellt, so wie jeden Nachmittag. Dann ist urplötzlich ein gewaltiges Gewitter losgebrochen. Sie hat die Pferde nicht mehr rechtzeitig in den Stall bringen können, die Koppel von Sandokan und seinem Freund lag weit entfernt – auf jeden Fall haben sie im Gewitter nur den aufgeregten Sandokan auf der Koppel gefunden. Sein Freund war spurlos verschwunden. Sie haben Sandokan in den Stall geführt, er hat sich die ganze Nacht nicht beruhigt." Elsa machte eine kurze Pause, bevor sie weiterredete. „Den alten Wallach haben sie erst am nächsten Tag gefunden. Er muss sich bei dem Gewitter so erschrocken haben, dass er in den Teich gefallen ist, den es auf der Koppel gab. Da hat ihn ein Blitz erwischt. Er lag tot im Wasser, als sie ihn gefunden haben."

Sarah machte große Augen. „Wie schrecklich! Aber dann ist es doch total logisch, warum Sandokan bei dem glitzernden Wasser verweigert hat, oder? Das hat ihn an das Gewitter erinnert, in dem sein Freund gestorben ist. Sandokan fehlt körperlich überhaupt nichts, er verbindet mit Gewitter nur eine schlimme Erinnerung."

Elsa nickte. „Ja. Das hat Bettina auch gesagt. Sie hat eine Aufgabe für dich und Marc. Ihr sollt euch überlegen, wie man Sandokan helfen kann. Wenn euch etwas einfällt, sollt ihr es Bettina erzählen. Sie ist heute Abend wieder da."

Sarah stand auf und nickte eifrig. „Klar, das machen wir. Wo ist Marc?"

Elsa deutete auf die Tür, die zum Labor und zum Stall führte. „Er ist bei Aquarius. Heute muss er sich mit Frau Hoppe beschäftigen, da ist er sicher nicht böse, wenn du ihn wegen eines dringenden Falls dort wegholst …"

„Mach ich!" Sarah lief los. In der Stallgasse hörte sie schon die durchdringende Stimme von Frau Hoppe. „Und was für ein Sternzeichen haben Sie, junger Mann?" Sarah musste sich ein Grinsen verkneifen, als sie Marcs Antwort hörte. „Ich habe keine Ahnung. Vielleicht bin ich im Jahr des Pferdes geboren? Ich meine, das würde doch zumindest meinen Beruf erklären, oder?"

Frau Hoppe runzelte die Stirn. „Dafür sind Sie eigentlich zu jung …"

Sarah setzte ein ernstes Gesicht auf und unterbrach die Diskussion. „Verzeihen Sie, Frau Hoppe, aber ich muss Dr. Berlinger für einen dringenden Fall entführen."

Frau Hoppe zeigte Verständnis. „Natürlich, die Gesundheit der Pferde geht immer vor." Sie lächelte Marc zu. „Wir können uns ja ein anderes Mal über Ihre Sterne unterhalten."

„Ja, sicher." Marc folgte Sarah eilig durch die Stallgasse. Als sie die Tür zum Labor hinter sich geschlossen hatten, grinsten sie sich verschwörerisch an. Marc schüttelte den Kopf. „Ich bin dafür, dass wir künftig die Aufnahme von Pferden, die nach Sternzeichen benannt sind, einfach ablehnen. Oder Besuchsverbot für die Besitzer einrichten. Dir hat sie auch schon ein Horoskop erstellt, oder?"

„Das war nicht zu vermeiden, ich hatte ja Geburtstag. Und das habe ich leider ausgeplappert."

Marc sah sie überrascht an. „Du hast Geburtstag gehabt? Wann?"

Sarah winkte ab. „Letzten Sonntag, da haben wir uns aber nicht gesehen."

Marc nahm sie in den Arm und drückte ihr einen Kuss auf die Wange. „Ich gratuliere dir ganz herzlich. Das müssen wir noch feiern!"

Sarah war verlegen. Mit einem Kuss hatte sie nun wirklich nicht gerechnet. Sie spürte, wie sie rot wurde, und wollte schnell das Thema wechseln. „Ich wollte eigentlich mit dir über Sandokan reden …"

Marc nickte. „Ja, das ist eine unglaubliche Geschichte mit dem Gewitter. Elsa hat es mir schon erzählt." Er lächelte. „Da hast du wieder mal den richtigen Riecher gehabt, tolle Leistung."

Sarah winkte ab. „So wie Sandokan sich in der Nacht aufgeführt hat, wäre jeder darauf gekommen, dass er Gewitter nicht so toll findet. Die Frage ist jetzt, wie wir ihm die Angst wieder abgewöhnen."

Marc hob die Schultern. „Stimmt. Leider sind Gewitter viel zu selten, wir können nicht darauf hoffen, dass er sich einfach von selbst wieder daran gewöhnen wird."

„Nein. Ich hatte auch das Gefühl, dass er sich in dieser Nacht viel mehr vor dem Blitz als vor dem Donner gefürchtet hat. Könnte man so einen Blitz nicht künstlich ..."

„Das ist die Lösung!", fiel Marc ihr ins Wort. „Wir gewöhnen ihn an einen Blitz, ein plötzliches grelles Licht. Wir können ja vorsichtig anfangen. Ihm einfach eine Taschenlampe ins Gesicht halten und an- und ausschalten. Das können wir dann im Laufe der Zeit steigern."

Sarah nickte eifrig. „Ja, das Ziel müsste sein, dass wir ihn in der Nacht im Stall mit einer Kamera anblitzen. Wenn er dabei ruhig bleibt, dann könnten wir das noch mit Wasser verbinden." Sie unterbrach sich. „Das wird dann aber schwierig." Sarah zog nachdenklich die Stirn kraus. „In einer verregneten Nacht könnten wir ihn aus dem Stall holen und mit der Kamera anblitzen – das müsste doch einem Gewitter sehr ähnlich sein. Was meinst du?"

Marc klopfte ihr auf die Schulter. „Das könnte funktionieren! Es dauert bestimmt noch eine Weile, aber mit ein bisschen Glück wird Sandokan wieder ein echter Sportler. Wenn Dr. Wiegand von unserer Idee genauso überzeugt ist, hast du deine Aufgabe für die nächsten Wochen!"

Sarah schüttelte den Kopf. „Du vergisst, dass ich

Sandokan nicht pflege. Ich bin wohl zu ungeschickt für so ein wertvolles Pferd …"

„Blödsinn. Bloß, weil er einmal erschrocken ist. Das hat doch nichts zu bedeuten. Ein so temperamentvolles, sensibles Pferd geht eben ein wenig schneller in die Luft als ein braves Pony wie dein Sascha."

Sarah zog eine Grimasse. „Hör auf von wegen bravem Pony. Der ist im Moment das genaue Gegenteil. Ich habe dir doch erzählt, dass er bei meinem ersten Versuch, ihn zu reiten, durchgegangen ist? Ich traue mich seitdem nicht mehr auf seinen Rücken. Ich weiß nicht, was ich dagegen tun soll. Also führe ich ihn spazieren. Keine Lösung, ich weiß. So komme ich nie wieder zum Reiten."

Marc sah sie mitfühlend an. „So ein Verhalten ist in Saschas Situation aber normal. Ihm tut nichts mehr weh, aber er durfte sich seit dem Sommer nicht mehr richtig bewegen und toben – also lässt er seine Energie beim Ausritt raus. Hast du Jenny denn mal gefragt, ob sie dich begleitet? Mit Lavinia wird Sascha sicher ruhiger. Und dann trabt ihr zwischendurch einfach ein bisschen, damit Sascha sich kontrolliert bewegt. Das müsste funktionieren, meinst du nicht?"

Sarah zuckte mit den Schultern. „Ich habe Jenny schon eine Weile nicht mehr gesehen. Sie trainiert wohl lieber für Springturniere!" Sarah biss sich auf die Lippe. Das klang ja nun wirklich nach beleidigtem kleinen Kind.

Zum Glück schien Marc das nicht bemerkt zu haben. „Blödsinn. Es ist Herbst, die Saison für Turniere ist vorbei. Die Hallenturniere sind fast alle erst nach Weihnachten. Und Lavinia braucht Abwechslung von der Springerei, sonst verliert sie den Spaß daran. Soll ich mal mit Jenny sprechen? Sie trainiert schließlich häufig mit mir."

Sarah schüttelte schnell den Kopf. „Nein, ich rufe sie in den nächsten Tagen an. Ich kann sie sicher überreden, mit mir und Sascha einen kleinen Schrittausritt zu machen." Sie spürte, wie sich schon wieder das schlechte Gewissen in ihr breitmachte. Seit Tagen wollte sie Jenny anrufen, aber immer fand sie einen Grund, es zu verschieben. Sie hatte sich bei ihr noch nicht einmal für das schöne Geburtstagsgeschenk bedankt.

Noch bevor sie weiter über Jenny und Sascha nachgrübeln konnte, fuhr der blaue Kombi der Tierärztin auf den Hof.

Marc sprang auf und zog Sarah mit sich. „Komm, wir müssen ihr sofort von unserer Spezialbehandlung für Sandokan erzählen. Ich bin gespannt, was sie davon hält!" Er sah auf die Uhr. „Und Zeit für etwas zu essen ist jetzt auch!"

Wenig später saßen sie gemütlich in der Küche der Klinik zusammen. Dr. Wiegand nahm sich noch eine Portion von Elsas legendärer Lasagne. Sie sah ihre beiden Mitarbeiter an. „Und ihr glaubt wirklich, ein Blitz aus der Kamera reicht, um einen echten Blitz nachzuahmen?"

Marc legte seine Gabel zur Seite, um das Problem noch einmal zu schildern. „Sarah glaubt, dass Sandokan gestern Abend eher vor dem Licht als vor dem Donner erschrocken ist. Und genau das ist unsere Chance – wir können ihn wieder an plötzliches helles Licht gewöhnen!"

Dr. Wiegand war noch nicht ganz überzeugt. „Das Einzige, was ich noch nicht verstehe: Warum ist Sandokan den ganzen Sommer wie ein Uhrwerk gesprungen? Warum kam sein Aussetzer so spät?"

Jetzt mischte sich Elsa ein, die dem Gespräch bisher schweigend zugehört hatte. „Das habe ich schon die Pflegerin von Sandokan gefragt. Die Erklärung ist einfach: Sandokan ist bisher immer bei bedecktem Himmel oder am frühen Vormittag gestartet. Er war ja immer bei den Nachwuchsprüfungen, die finden morgens statt. Windmühle war sein erster Auftritt auf dem großen Parkett – und ausgerechnet bei strahlendem Sonnenschein."

Dr. Wiegand nickte. „Okay, ich kann auch keine andere Erklärung für Sandokans Verhalten finden. Wir beginnen mit der Therapie, die ihr vorgeschlagen habt. Ich rufe nachher Michael an und erzähle ihm davon." Sie wandte sich an Sarah. „Kannst du dich in den nächsten Wochen darum kümmern? Ich glaube, das ist besser für Sandokan. Er ist an eine Pflegerin gewöhnt, da macht ihn ein Mann wie Peter wahrscheinlich eher misstrauisch."

Sarah sah überrascht auf und schluckte hastig den Bissen Lasagne herunter, den sie gerade kaute. „Aber bei mir ist Sandokan doch gestiegen ..."

Die Tierärztin machte eine wegwerfende Handbewegung. „Das waren nur die Eingewöhnungsprobleme von Sandokan. Viele Pferde sind in fremder Umgebung erst einmal schreckhaft. Deswegen war er bei Peter in den ersten Tagen sicher besser aufgehoben. Aber jetzt hat sich der Hengst gut eingelebt und ist friedlich. Du passt einfach künftig besser auf, okay? Du darfst bei einem so sensiblen Pferd nichts anderes im Kopf haben, aber du hast deine Lektion sicher gelernt!"

Damit schob die schlanke Frau ihren Stuhl nach hinten. „Ich hätte gerne, dass du dich in der nächsten Zeit ausschließlich um Sandokan kümmerst. Ich rede mit Peter." Dann ging sie mit eiligen Schritten aus der Küche.

Sarah sah ihr verblüfft nach.

Marc grinste. „Na, dann bist du jetzt wohl unsere Pferdepsychologin vom Dienst. Wenn du mal Hilfe vom Pferdeflüsterer brauchst, wende dich vertrauensvoll an mich." Damit verschwand er hinter der Tierärztin.

Sarah und Elsa blieben alleine mit dem dreckigen Geschirr zurück. Elsa krempelte die Ärmel hoch. „Abwasch ist wohl nichts für Tierärzte. Hilfst du mir wenigstens?“

Sarah nickte. „Kein Problem.“ In diesem Moment hätte sie alles getan. Sie durfte wieder Sandokan pflegen!

12

Sarah saß im Hof der Klinik und lauschte ins Handy. Wo sie Jenny wohl erwischen würde? Sie musste nicht lange warten.

„Hallo?“, meldete Jenny sich fröhlich.

„Hi, hier ist Sarah …“

Am anderen Ende der Leitung herrschte Schweigen. Sarah beschloss, einfach weiterzureden. „Ich wollte mich bei dir für das schöne Foto von mir und Sascha bedanken. Das ist wirklich toll, ich habe im Sommer gar nicht gemerkt, dass da jemand fotografiert hat. Vielen Dank!“

„Und ich dachte schon, du hättest es gar nicht gefunden!“, sagte Jenny nach einer kurzen Pause. „Was war los mit dir?“

Sarah zögerte. „In der Klinik war viel zu tun“, versuchte sie eine Erklärung. Und merkte selber, wie lahm diese Ausrede klang. Mit diesem blöden Satz hatte sie schon vor ein paar Tagen im Stall nicht die Wahrheit gesagt. Sie holte tief Luft und gab sich einen Ruck. „Und dann habe ich wohl etwas in den falschen Hals bekommen. Ich war sauer, weil du so selbstverständlich mit Marc losgezogen bist …“

Jenny klang fassungslos. „Und das hast du mir nicht

einfach sagen können? Ich versuche seit Tagen dich zu erreichen!"

Sarah war zerknirscht. „Ich weiß, das war blöd von mir. Aber du hast nicht mal an meinem Geburtstag Zeit gehabt!", fügte sie vorwurfsvoll hinzu.

„Du hast mich ja auch erst am Tag davor eingeladen!", verteidigte Jenny sich.

Sarah seufzte. „Weil meine Mutter schon Tage vorher Stress gemacht hat, wegen Feiern und Geschenken. Da hatte ich keine Lust drauf und hab einfach gehofft, dass du Zeit haben wirst. Das war blöd von mir."

Jennys Stimme wurde versöhnlicher. „Na, Hauptsache, du meldest dich überhaupt noch mal. Wie geht's denn sonst so?"

Sarah erzählte von Sandokan und seiner Gewitterangst. „Ist diese Geschichte nicht unglaublich? Ich hätte bis zu diesem Sommer nie gedacht, dass es unter Pferden echte Freundschaften gibt."

„Stimmt", sagte Jenny. „Erst die Sache mit Sascha und Lavinia und dann Sandokan und sein alter Freund."

Die beiden schwiegen kurz. Jede erinnerte sich an die stürmische Nacht, in der sie Lavinia zu Sascha in die Klinik gebracht hatten. Das Pony hatte sich in der Klinik so einsam gefühlt, dass er sich nach seiner Kolik-Operation geweigert hatte, auch nur einen Happen zu fressen. Erst als Lavinia vor seiner Box stand, bekam er wieder Appetit.

Jenny unterbrach das Schweigen als Erste. „Wie geht es Sascha überhaupt? Im Stall habe ich nichts gehört – aber wolltest du ihn nicht wieder reiten?“

Sarah stöhnte. „Ja. Vor einer Woche wollte ich mit ihm einen gemütlichen Ausritt im Schritt machen. Sascha fand allerdings Durchgehen im vollen Galopp eine gute Idee. Es war schrecklich. Ich saß wie Micky Maus persönlich im Sattel. Er hat auf nichts reagiert. Ich hätte die Zügel durchreißen können, und er wäre weitergerannt.“

„Und wo hast du ihn dann zum Stehen gebracht?“

„Nirgends. Er ist von selbst stehen geblieben. Vor der Koppel, auf der deine Lavinia gerade gegrast hat. So viel zum Thema Pferdefreundschaft!“

Jenny konnte sich ein Lachen nicht verkneifen. „Typisch Sascha. Wenn der sich etwas in seinen sturen Ponyschädel setzt, dann macht er das auch.“ Sie wurde wieder ernst. „Aber ist das nicht gefährlich mit seiner Narbe?“

„Das ist ja das Problem“, stimmte Sarah zu. „Ich habe Angst, dass er wieder losrennt. Beim ersten Mal hatte er wahrscheinlich nur Glück, dass die Narbe gehalten hat. Aber was ist, wenn er das wieder macht und sich dabei wirklich wehtut? Seitdem führe ich ihn lieber spazieren.“

„Meinst du nicht, dass ihn Lavinia beruhigen würde?“, fragte Jenny nach.

„Doch, das würde wahrscheinlich gehen. Aber ich

wollte dich nicht fragen. Ich dachte, du bist nur noch mit Springreiten beschäftigt." Sarahs Stimme wurde leise. „Ich meine: Wie aufregend ist ein Ausritt im Schritt, wenn man auch mit Marc im Parcours trainieren kann?"

„Du blöde Kuh. Natürlich reite ich mit dir aus. Und die Sache mit Marc … Weißt du was? Wir treffen uns im Stall. Dann können wir mit Lavinia und Sascha im Schritt ausreiten, und ich erzähle dir alle Neuigkeiten!" Jenny schwieg kurz. „Oder bleibst du heute schon wieder länger in der Klinik?"

Sarah sah auf die Uhr. „Nein, ich soll mich sowieso nur noch um Sandokan kümmern. Hast du wirklich gleich heute Nachmittag Zeit für Sascha und mich?"

Jenny klang ganz wie früher. „Klar, das geht doch nicht, dass du vom Reiter zum Spaziergänger wirst, oder?", meinte sie fröhlich. „Heute um fünf? Schaffst du das?"

„Klar! Dann bis nachher!" Sarah legte auf. Es war unglaublich, wie viel besser sie sich jetzt nach diesem Gespräch mit Jenny fühlte. Sie konnte gar nicht mehr verstehen, warum sie so lange wütend auf Jenny gewesen war. Sie war doch ihre beste Freundin! Wer sonst hätte mit ihr diese nächtliche Aktion gewagt, um Sascha zu retten? Wer sonst nahm sich sofort Zeit für einen Ausritt, wenn man sie darum bat?

Strahlend ging Sarah wieder in den Stall. Gut gelaunt summte sie ein Lied vor sich hin. Heute wollte sie sich nur etwas vertrauter mit Sandokan machen. In der Stallgasse traf sie den gewohnt muffeligen Peter, der sie sofort ansprach. „Die Chefin hat mir gesagt, dass du dich ab heute um den Hengst kümmerst. Der war heute nicht draußen, am besten, du longierst ihn erst mal. Soll ich dir dabei helfen?"

Sarah war verblüfft. Peter schien es gar nichts auszumachen, dass er sich nicht mehr um Sandokan kümmern durfte.

Der Pfleger schien ihre Verwunderung zu bemerken. Er lächelte – das passierte selten genug. „Ich habe genug berühmte Pferde in meinem Leben gepflegt. Und wenn es stimmt, was die Chefin sagt, dann ist es wirklich besser, du verbringst mehr Zeit mit ihm. Für eine Rundum-Versorgung fehlt mir hier wirklich die Zeit, dafür haben wir schließlich dich!" Damit griff er zu Longe, Longiergurt, Zaumzeug und Peitsche. „Dann zeige ich dir mal, wie man damit umgeht." Das klang schon wieder nach dem alten Peter. „Frag in den nächsten Tagen sofort nach, wenn du etwas nicht weißt! Vergiss nie, dass Sandokan ein sehr wertvolles Pferd ist, dem hier in der Klinik auf keinen Fall etwas passieren darf!"

Sarah versuchte aufmerksam zuzuhören, als Peter ihr erklärte, wie der Longiergurt verschnallt wurde. Sandokan war dabei die Ruhe selbst.

Wenig später stand Sarah neben Peter in der Mitte des Longierzirkels, während der Hengst mit kraftvollen Schritten um sie herumtrabte. Er kaute dabei eifrig auf seinem Gebiss, gehorchte aber brav Peters Befehlen. Der drückte Sarah schließlich die Longe in die Hand. „Versuche es jetzt selber. Keine Angst, ich bleibe in der Nähe." Er verließ den Longierzirkel und lehnte sich an die Umzäunung.

Sarah zupfte nervös an der Longe. Sandokan sah kurz verwundert zu ihr herüber und fing an zu galoppieren. „Teeeraaab, Sandokan!", rief Sarah und zog an der Longe. Der Hengst wurde schneller.

„Zerre nicht so an der Longe! Lass sie immer wieder locker, genauso wie du es beim Reiten mit den Zügeln machst." Peter gab seine Anweisungen ruhig und gelassen.

Sarah ließ die Longe ein wenig länger, und tatsächlich fiel Sandokan schon eine halbe Runde später wieder in den Trab. Sarah atmete erleichtert auf.

„So ein sensibles Pferd verträgt nicht zu viel Druck", erklärte Peter weiter. „Bei ihm musst du immer ein Mittelding zwischen Druck und Nachgeben finden. Das macht den Umgang mit solchen Pferden ein bisschen schwieriger. Dafür lernen sie aber schnell, das wirst du bei deinen Blitzexperimenten nachher bemerken."

Sarah nickte nur. Sie war jetzt ganz konzentriert bei der Sache, und Sandokan trabte wie ein Uhrwerk auf der Zirkellinie.

Nach ein paar Minuten war Peter zufrieden. „Jetzt

kannst du ihn in seine Box bringen. Ich bin im Stall, wenn du meine Hilfe brauchst."

Wenig später stand Sandokan zufrieden vor seinem Futtertrog. Sarah streichelte ihm über den Hals. Jetzt erinnerte nichts mehr an das panische Pferd von gestern Abend. Mit einer ruhigen Bewegung holte sie eine Taschenlampe aus ihrer Hosentasche. Sie hielt sie in die Nähe seines Kopfes und schaltete sie ein.

Sandokans Kopf schnellte nach oben, und er schnaubte alarmiert.

Sarah machte die Taschenlampe aus und massierte in kleinen kreisenden Bewegungen seine Kaumuskulatur, so wie Marc es ihr vor ein paar Tagen gezeigt hatte. Und tatsächlich: Der Hengst senkte wieder den Kopf und beruhigte sich. Als er entspannt wirkte, schaltete Sarah die Taschenlampe wieder an. Sie wiederholte die Übung einige Male, bis Sandokan auf die Taschenlampe nicht mehr reagierte. Sarah lächelte zufrieden, klopfte Sandokan noch einmal den Hals und verließ seine Box. Es war höchste Zeit, nach Hause zu fahren und sich für den Ausritt mit Jenny umzuziehen.

Eine knappe Stunde später war sie mit dem Fahrrad unterwegs zum Arnoldhof. Zum Glück zeigte sich der Herbst endlich mal wieder von seiner schönen Seite. Die letzten Blätter leuchteten von den Bäumen, über den blauen Himmel zogen ein paar Wolken. Sarah summte fröhlich vor sich hin, als sie ihr Fahrrad abschloss.

In aller Ruhe putzte sie Sascha so gründlich wie schon lange nicht mehr. Noch bevor sie fertig war, hörte sie Jennys Schritte auf der Stallgasse. Einen Moment standen die beiden Mädchen sich unschlüssig gegenüber, dann fielen sie sich in die Arme.

„Noch einmal alles Gute zum Geburtstag“, rief Jenny strahlend. „Super, dass wir uns gleich heute treffen können.“

Sarah lachte erleichtert. Sie merkte, wie sehr sie Jenny in den letzten Tagen vermisst hatte. „Ist doch klar! Ich bin froh, wenn ich mich endlich mal wieder auf mein wild gewordenes Pony traue!“

Gemeinsam striegelten und sattelten sie Lavinia und Sascha.

Vor dem Stall zögerte Sarah.

Jenny sah sie fragend an. „Was ist?“

Sarah zuckte mit den Schultern. „Irgendwie ist mir mulmig. Wenn er wieder so einen Blödsinn macht … Ich hatte echt Schiss, als er durchgegangen ist!“

„Das wird schon!“, sagte Jenny aufmunternd. „Er ist doch nur zu Lavinia gerannt. Diesmal hat er Lavinia dabei – und von der wird er doch nicht wegrennen. Außerdem hast du deinen Helm auf, falls wirklich etwas passieren sollte. Komm, steig auf!“

Zögernd stieg Sarah in Saschas Sattel. Neben Lavinia stapfte er eifrig vom Hof. Die ersten paar Minuten hielt Sarah fast die Luft an. Bei jedem Geräusch und jedem auffliegenden Blatt fürchtete sie einen neuen Ausbruch ihres Ponys. Aber Sascha benahm sich vorbildlich. Er wich nicht von Lavinias Seite, scheute nicht einmal vor einem Traktor und wollte auch nicht schneller werden. Ganz allmählich entspannte Sarah sich. Offensichtlich hatte Sascha nur seine Begleitung vermisst. Vorsichtig atmete sie aus. Jetzt konnte sie sich auch wieder mit Jenny unterhalten. „Sag mal, was war denn jetzt eigentlich mit dir und Marc?"

Jenny strich sich verlegen eine Haarsträhne aus dem Gesicht. „Nichts. Um genau zu sein: Überhaupt nichts."

Sarah sah ihre Freundin verwirrt an. „Wie meinst du das?"

Jenny hob die Schultern. „Na ja. Er hat jemanden gesucht, mit dem er zusammen trainieren kann. Aber das war es dann auch schon." Jenny zögerte kurz, bevor sie weiterredete. „Du hattest wahrscheinlich recht, als du gesagt hast, dass er nicht auf kleine Mädchen wie mich gewartet hat ... Er ist übrigens elf Jahre älter als ich." Jenny verzog das Gesicht. Dann sah sie ihre Freundin neugierig an. „Aber wie steht es eigentlich mit dir? Du hast vorher nie gesagt, dass du Marc spannend findest. Sonst hätte ich mich doch nie einfach so an ihn rangeworfen – wir sind schließlich befreundet. Also, ist da was?"

Sarah schüttelte den Kopf. „Nein. Wir arbeiten

zusammen, und Marc erklärt mir total geduldig alles, was ich wissen will. Aber mehr ist nicht. Er hat immerhin gefragt, ob ich nicht mit euch trainieren möchte, wenn Sascha wieder fit ist." Sarah kraulte Saschas Mähne.

Jenny war sofort begeistert. „Das ist doch eine tolle Idee. Dann können wir bei Marc in der Reithalle zusammen ein paar Stunden bei Frank nehmen – das hat dir im Sommer doch auch Spaß gemacht, oder?"

Sarah lächelte. „Und wie! Das machen wir. Dr. Wiegand hat gesagt, dass Sascha in ein paar Wochen wieder voll einsatzbereit ist. Dann kann ich auch wieder springen!" Sie klopfte dem Schecken den Hals. „Natürlich nur, wenn es ihm auch Spaß macht. Aber so gut wie du und Lavinia sind wir noch lange nicht."

Jenny winkte ab. „Ach Quatsch. Mit deinem Sascha hast du uns in ein paar Wochen eingeholt! Er ist doch schließlich ein echter Professor!"

Die beiden Mädchen ritten plaudernd weiter durch den Wald. Erst als sie wieder auf den Arnoldhof ritten, merkte Sarah, dass sie die Zügel längst auf Saschas Hals gelegt hatte – so wie sie es immer getan hatte. Mit einem Grinsen nahm sie die Zügel in die Hand, um ihr Pony durchzuparieren. Sascha war also doch wieder der Alte!

13

„Du gehst jetzt nicht in die Klinik!" Helga Stürmer stellte sich ihrer Tochter in den Weg.

Sarah blitzte ihre Mutter wütend an. „Und warum nicht?"

„Die Ferien sind schon lange vorbei! Es ist in Ordnung, wenn du in den Ferien ständig auf dem Arnoldhof oder in der Marienwaldklinik bist. Aber jetzt ist wieder Schulzeit. Und du hast gerade schon wieder ein ganzes Wochenende mit den Pferden verbracht."

Sarah hob hilflos die Hände. „Aber ich muss doch weiter mit Sandokan arbeiten! Und Sascha muss trainiert werden, wir dürfen seit gestern endlich wieder traben."

Helga Stürmer schüttelte energisch den Kopf. „Du musst gar nichts. Du bist nicht der Sklave der Marienwaldklinik. Um diesen Sandokan kann sich bestimmt dieser kahl geschorene Pfleger kümmern, der nie die Zähne auseinanderkriegt."

Sarah sah den entschlossenen Zug im Gesicht ihrer Mutter. Pferde waren ihr schon immer unheimlich gewesen, und sie hatte nie verstanden, was Sarah an diesen Tieren fand. Hätte sich nicht Sarahs Vater immer wieder für die Pferdebegeisterung seiner Tochter eingesetzt, dann hätte Sarah nie auch nur einen Fuß in einen Stall gesetzt.

Sarah verlegte sich aufs Betteln. „Aber Sascha darf ich doch besuchen, oder? Jetzt, wo ich ihn endlich wieder reiten darf! Wochenlang bin ich nur neben ihm hergelaufen. Das ist unfair!"

Ihre Mutter gab zögernd nach. „Aber du gehst wirklich nur zu Sascha. Und danach kommst du sofort zurück. Versprochen?"

Sarah nickte. „Klar, ich bin spätestens um sechs wieder da."

Helga Stürmer sah Sarah prüfend an. „Ich verlasse mich auf dich!"

Sarah winkte zum Abschied und flitzte aus der Haustür, bevor ihre Mutter ihre Meinung noch einmal änderte. Draußen schnappte sie sich ihr Fahrrad und trat in die Pedale. Ein winziges bisschen nagte zwar das schlechte Gewissen an ihr – aber Sarah hatte keine Sekunde vor, nur zu Sascha zu fahren. Also musste alles ein bisschen schneller gehen. Sie putzte Sascha so schnell es ging, ritt auf dem Reitplatz ein wenig im Schritt und Trab und fuhr dann durch den Wald zur Marienwaldklinik.

Sandokan hatte sich in den letzten Tagen an die Taschenlampe gewöhnt. Gestern hatte sie ganz am Schluss einmal den Blitz von einem Fotoapparat eingesetzt. Sandokan war ruhig geblieben – aber Sarah hatte den Blitz auch am anderen Ende der Stallgasse ausgelöst. Heute wollte sie dem Hengst etwas näher kommen.

Als Sarah an der Marienwaldklinik ankam, zwang sie sich, erst ein paar Mal tief ein- und auszuatmen. Sie wusste inzwischen, wie der Hengst auf hektische Bewegung und Eile reagierte. Er durfte auf keinen Fall merken, dass sie wenig Zeit hatte. Erst als sich ihr Herzschlag beruhigt hatte, öffnete Sarah die Stalltür. Hier erwartete sie das reinste Chaos. Zwei Pferde standen mit ihren aufgeregten Besitzern in der Stallgasse. Bei dem einen versorgte Marc gerade eine Risswunde, beim anderen bearbeitete Frau Wiegand die Zähne mit einer Raspel.

Sarah blieb entsetzt stehen. Wenn so viel los war, hatte sie keine Chance, sich ungestört mit Sandokan zu beschäftigen. Sie verschwand schnell im Empfangszimmer.

Elsa war wie immer durch nichts aus der Ruhe zu bringen. Sie sah Sarah freundlich entgegen. „Na, was gibt's?"

„Offensichtlich zu viele kranke Pferde!", sagte Sarah und deutete in Richtung Klinikstall.

Elsa nickte. „Seit heute Mittag kommen ohne Pause Notfälle herein, keine Ahnung, was los ist. Kannst du uns helfen?"

Sarah schüttelte bedauernd den Kopf. „Nein, leider nicht. Ich wollte nur kurz ein bisschen mit Sandokan üben und dann gleich wieder nach Hause. Meine

Mutter will nicht, dass ich während der Schulzeit zu viel im Stall bin." Sie zog eine Grimasse. „Also: Offiziell bin ich heute nicht hier. Ich war nur kurz bei Sascha, du hast mich nicht gesehen! Ich muss dann gleich weiter – gibst du Bescheid, dass ich mich heute nicht um Sandokan kümmern kann?"

Elsa nickte, und Sarah verschwand mit einem Winken. Wie sie es versprochen hatte, war sie vor sechs wieder zu Hause. Nach dem Abendessen verzog sie sich in ihr Zimmer und rief Jenny an. Ohne lange Vorreden legte sie los.

„Stell dir vor: Meine Mutter macht Stress, weil ich angeblich zu oft in der Klinik bin! Dabei muss ich jetzt doch wirklich jeden Tag zu Sandokan. Ich habe heute versucht, Sascha und Sandokan in zwei Stunden zu versorgen. Aber da habe ich keine Chance ..."

„Warum fängt deine Mutter jetzt plötzlich mit Verboten an?", fragte Jenny erstaunt. „Bis jetzt hat sie dich doch auch in die Klinik gehen lassen, oder?"

Sarah zögerte. „Na ja, eigentlich war es mein Vater, der dafür gesorgt hat, dass ich in die Marienwaldklinik gehen darf. Meine Mutter war vom ersten Tag an dagegen. Sie hat immer Angst, dass ich mich übernehme. Und bis jetzt war ich ja nicht jeden Tag bei Frau Wiegand, sondern immer nur am Wochenende oder ein, oder zweimal am späten Nachmittag."

Jenny dachte nach. „Das heißt, Sascha darfst du jeden Tag besuchen, aber Sandokan nicht?"

Sarah stimmte zu. „Genau. Ich konnte Sandokan heute nicht mal ein bisschen bewegen – und das, wo ich mich doch nur noch um ihn kümmern soll.“

„Wie wäre es, wenn ich mich in den nächsten Tagen um Sascha kümmere?“, schlug Jenny vor. „Das bisschen Traben kriege ich schon hin. Und du sagst deiner Mutter, dass du zu Sascha gehst, aber in Wirklichkeit fährst du in die Klinik! Das mit Sandokan dauert doch nicht mehr lange, die paar Tage kriegen wir doch gemeinsam rum.“

„Du bist einfach die Beste“, jubelte Sarah ins Telefon. „Machst du das wirklich für mich?“

Sie konnte fast hören, wie Jenny lässig mit den Schultern zuckte. „Ist doch selbstverständlich! Soll ich gleich morgen anfangen? Am Wochenende können wir dann ja wieder zusammen ausreiten. Bis dahin bewege ich Sascha einfach nur auf dem Reitplatz.“

Beruhigt legte Sarah nach dem Gespräch den Hörer auf. Was für ein Glück, dass die Sache mit Jenny wieder in Ordnung war. Blieb nur noch dieses etwas schlechte Gefühl, weil sie ihre Mutter anschwindeln musste. Aber dafür durfte sie mit Sandokan arbeiten!

Schon am nächsten Tag fuhr Sarah zwar in Richtung Arnoldhof los, bog aber nicht in den Feldweg ein, sondern blieb auf der Straße, die zur Pferdeklinik führte. Zum Glück war es diesmal ruhig in der Klinik. Sie konnte sich in aller Ruhe um Sandokan kümmern und holte nach dem Longieren wieder die Kamera aus dem Empfangszimmer. Diesmal massierte sie Sandokans Kaumuskulatur, noch bevor sie mit ihren Übungen anfing. Der Hengst genoss die Behandlung und ließ seinen Kopf entspannt hängen. Fast sah es so aus, als ob er einschlafen würde. Die Augenlider sanken herab, er ließ die Unterlippe hängen.

Sarah verließ die Box. In dem Stall war es an diesem herbstlichen Spätnachmittag schon dämmrig. Sie griff zu der Kamera, stellte den Blitz an und löste aus. Noch während das gleißend helle Licht aufflammte, warf der Hengst den Kopf hoch und stieg in seiner Box senkrecht in die Luft. Wieder ging Sarah zu ihm und massierte und streichelte ihn so lange, bis er sich wieder entspannte. Schon bei der dritten Wiederholung wurden Sandokans Panikreaktionen schwächer. Sarah blitzte noch näher an der Box, aber Sandokan sah nur noch aufmerksam zu ihr hin. Außer einem aufgeregten Schnauben wirkte er ruhig.

Sarah lächelte, als sie ihm schließlich eine Karotte gab und die Kamera zurück ins Empfangszimmer brachte. Hier lief sie Frau Hoppe in die Arme, die sie sofort begeistert begrüßte.

„Jetzt kann ich mich auch von unserer kleinen Waage verabschieden."

Sarah zuckte zusammen. Sie hasste es, wenn man sie klein nannte. Ja, sie war ein bisschen schmal für ihre fünfzehn Jahre. Und ein paar Zentimeter mehr Körpergröße wären auch nicht schlecht. Aber sie wollte es nicht auch noch täglich hören!

Frau Hoppe bemerkte Sarahs säuerliche Miene nicht. „Ich hole heute Aquarius ab. Dr. Wiegand meint, dass jetzt keine Gefahr mehr für ihn besteht."

Sarah konnte sich eine letzte Bemerkung nicht verkneifen. „Und ich nehme an, heute stehen die Sterne für einen Transport gut?" Aus dem Augenwinkel sah sie, wie Elsa einen Lachanfall bekam, den sie als Hustenanfall tarnte.

Frau Hoppe war unempfindlich gegenüber ironischen Bemerkungen. Sie strahlte Sarah an. „Typisch Waage, du hast das einfach im Gespür. Du hast recht: Heute ist ein guter Tag für einen Neuanfang. Frau Hoppe reichte ihr die reich mit Ringen geschmückte Hand. „Noch einmal vielen Dank für die gute Pflege. Ich habe schon mein Dankeschön in euer Trinkgeldschwein entrichtet – aber ich kann gar nicht sagen, wie froh ich bin, dass Aquarius hier in der Klinik operiert worden ist." Damit winkte Frau Hoppe in die Runde und verschwand Richtung Stall.

Sarah sah ihr hinterher. „Muss ihr nicht jemand helfen?"

Elsa tupfte sich die Tränen aus den Augenwinkeln. Ihr Lachen ebbte nur langsam ab. „Marc ist draußen", keuchte sie. „Sie will sich weiter mit ihm über das Jahr der Ziege oder so unterhalten. Marc freut sich schon, dass ihm endlich jemand seinen Charakter erklärt …"

Sarah und Elsa lachten noch zusammen, als Frau Hoppes Auto mitsamt Hänger und Aquarius vom Hof fuhr. Erst als die Luft rein war, ging Sarah in den Hof und holte ihr Fahrrad. Höchste Zeit, dass sie nach Hause kam.

Sie fuhr gerade aus dem Wäldchen auf die Straße, als ein roter Golf sie überholte. Sarah erkannte das Nummernschild und zuckte erschrocken zusammen. Das war das Auto ihrer Mutter! Und Sarah kam eindeutig nicht vom Arnoldhof, sondern aus der Marienwaldklinik! Sie konnte nur hoffen, dass ihre Mutter in der Dämmerung nicht auf Fahrradfahrer geachtet hatte.

Ihre Hoffnung zerschlug sich in der Sekunde, in der sie die Haustür öffnete und sich an der Garderobe den dicken Anorak und die Schuhe auszog.

Helga Stürmer kam in den Flur und sah ihr schweigend mit vor der Brust verschränkten Armen zu. „Möchtest du nicht etwas sagen, Sarah?“, fragte sie schließlich. Ihre Stimme verhieß nichts Gutes.

Sarah richtete sich langsam auf. Leugnen war jetzt wohl zwecklos. Sie versuchte es mit der Wahrheit. „Es tut mir leid, ich hätte es dir sagen sollen. Aber ich bekomme vielleicht nie wieder die Chance, mit so einem tollen Pferd wie Sandokan arbeiten zu dürfen.“ Ihre Stimme wurde leiser. „Du verstehst das nicht, Mama, aber es ist toll, zu sehen, wie er allmählich Vertrauen fasst. Er ist schon fast geheilt, ich glaube, nächste Woche kommt sein Besitzer und holt ihn ab. Ich kann doch jetzt nicht einfach aufgeben."

Ihre Mutter sah sie ernst an. „Und was ist mit dem Pony? Erst ist er so schrecklich wichtig, und plötzlich ist das wertvolle Turnierpferd viel wichtiger. Das kann doch nicht sein!"

Sarah schüttelte den Kopf. „Nein, Sandokan ist nicht wichtiger. Es ist nur so, dass Jenny sich bis zum Wochenende gut um Sascha kümmern kann. Sandokan ..." Sie brach ab und kämpfte mit den Tränen. Ihre Mutter würde einfach nie verstehen.

„Und das war es wert, dass du mich anlügst?" Die Enttäuschung in der Stimme von Helga Stürmer war unüberhörbar.

„Du verstehst einfach nicht, wie wichtig mir die Sache mit der Klinik ist. Ich kämpfe jeden Tag darum, dass man mich da ernst nimmt. Und dann bekomme ich eine richtige Aufgabe, und ich kann plötzlich nicht mehr regelmäßig kommen, weil meine Mutter Angst hat, dass ich mich übernehme. Wem soll ich das erklären?" Sarah wurde richtig wütend. „Du hast mich ja dazu getrieben, dass ich dir nicht die Wahrheit erzähle!"

Der Ton ihrer Mutter wurde noch strenger. „Jetzt bin ich auch noch daran schuld, dass du mir nicht die Wahrheit sagst? Du musst auch mal akzeptieren, dass nicht alles nach deinem Kopf läuft. Am besten fängst du gleich damit an: In den nächsten Tagen kann Jenny sich weiter um Sascha kümmern! Aber in die Klinik kommst du auch nicht! Du bleibst bis zum Wochenende hier zu Hause! Und hoffe ja nicht auf deinen Vater – diesmal wird er dich nicht retten."

Sarah schossen die Tränen in die Augen. Wütend ballte sie die Fäuste. „Das kannst du nicht machen!"

Helga Stürmer nickte mit entschlossener Miene. „Und wie ich das kann!"

Sarah rannte wortlos an ihrer Mutter vorbei in ihr Zimmer und knallte die Tür zu. Sie durfte jetzt nicht einmal mehr zu Sascha? Ihre Mutter hatte doch einen Knall, das war einfach unglaublich. Sie warf sich auf ihr Bett. Was war daran verkehrt, dass sie ihre Freizeit gerne mit Pferden verbrachte? Und in der Klinik kranken Pferden helfen wollte? Es gab ja wohl schlimmere Hobbys als Pferde. Vielleicht sollte sie ab jetzt jedes Wochenende mit Freunden auf Partys abhängen und jeden Nachmittag zum Shoppen in die Stadt gehen … Sarah schniefte vernehmlich.

Sie griff zu ihrem Handy, um Jenny von dem Ende ihrer tollen Idee zu erzählen. Außerdem musste Jenny ja wissen, dass Sarah bis zum Wochenende auf keinen Fall in die Nähe eines Stalls kommen durfte.

Sehr viel später hörte Sarah, wie ihr Vater nach Hause kam. Mit erhobener Stimme erzählte ihm seine Frau von Sarahs „Vertrauensbruch", wie sie es nannte. Sarah lauschte hinter ihrer verschlossenen Tür. Ihre

Mutter redete so laut, dass sie einfach nicht weghören konnte. Thomas Stürmer bemühte sich, seine Frau zu beruhigen. „Helga, es ist doch gut, wenn Sarah sich für etwas verantwortlich fühlt. Alle schimpfen darüber, dass diese Generation angeblich nicht erwachsen werden will. Oder frühreif ist. Oder Drogen nimmt. Und wir haben eine Tochter, die arbeiten möchte und sich um die Gesundheit von Pferden kümmert. Wo ist da das Problem?"

„Du weißt genau, was das Problem ist!", entgegnete seine Frau. „Ausgerechnet Pferde musste Sarah sich aussuchen. Das ist doch ..." Ihre Stimme wurde leiser, und Sarah konnte nicht mehr verstehen, was ihre Mutter sagte.

Als wenige Minuten später ihr Vater in Sarahs Zimmer auftauchte, sah sie ihm sofort an, dass er seine Frau nicht hatte umstimmen können.

„Du kannst deine Mutter doch nicht einfach anlügen, bloß weil du unbedingt weiter dieses Pferd pflegen willst. Ich glaube, sie ist mehr enttäuscht darüber, dass du nicht die Wahrheit gesagt hast, als darüber, dass du unbedingt deine komplette Freizeit mit diesen Tieren verbringen willst."

Sarah hob die Hände. „Ich verstehe einfach nicht, was sie immer gegen Pferde hat." Ihr kamen schon wieder die Tränen.

Thomas Stürmer nahm seine Tochter in den Arm. „Das erkläre ich dir ein andermal. Jetzt musst du allerdings die Folgen deines Handelns ertragen: Bis zum Wochenende kein Stall. Da lässt deine Mutter nicht mit sich reden."

Sarah sah ihren Vater bittend an. „Aber Sandokan ist doch schon fast geheilt …"

Thomas Stürmer zuckte mit den Achseln. „Das hättest du dir vorher überlegen sollen, Sarah." Er stand auf und ging zur Zimmertür. „Du kannst nicht einfach das tun, was du für richtig hältst. Deine Mutter und ich erlauben dir doch sowieso viel. Denk darüber nach, du hast ja bis zum Wochenende Zeit dafür." Damit klappte die Tür hinter ihm zu.

Sarah boxte wütend in ihr Kissen. Sie wollte doch nur helfen! Und wer kümmerte sich jetzt um Sandokan?

14 Sarah starrte schmollend aus dem Fenster. Heute war der letzte Tag ihrer Gefangenschaft. Sie hatte ihre Mutter noch nicht gefragt, ob sie wenigstens heute Abend in das Konzert von Ben durfte. Immerhin hatte ihre Mutter ja nur Besuche im Stall – egal ob im Arnoldhof oder in der Klinik – verboten. Von Konzerten war nie die Rede gewesen. Und es wäre doch zu peinlich, wenn sie Ben wegen Hausarrest absagen müsste …

Jenny hatte sich vor einer halben Stunde gemeldet und erzählt, dass Sascha brav zehn Minuten getrabt sei. Sarah hatte sich bedankt und kurz darauf wieder trübsinnig aus dem Fenster in den Herbstregen gestarrt. Sie wagte es nicht, in der Klinik anzurufen und zu fragen, wie es Sandokan ging. Vielleicht war er ja auch gar nicht mehr da. Sie hatte es schlimm genug gefunden, als sie Dr. Wiegand erklären musste, dass sie bis zum Wochenende ausfallen würde. Die Tierärztin hatte sie zwar verständnisvoll getröstet, aber Sarah wurde den Verdacht nicht los, dass sie heimlich von ihr enttäuscht war.

Plötzlich hielt ein blauer Kombi vor der Haustür. Sarah sah genauer hin. Das gleiche Modell fuhr Dr.

Wiegand. Sie runzelte die Stirn. Im Heck des Autos waren Schränke montiert, seitlich erkannte sie Verbandspakete. Das war tatsächlich das Auto der Tierärztin! Aufgeregt sah Sarah zu, wie Frau Wiegand zusammen mit einem großen blonden Mann ausstieg. Sarah erkannte ihn sofort: Michael Renner! Was machten die beiden hier? Ob etwas mit Sandokan war?

Sarah rannte die Treppe nach unten, während es schon an der Tür klingelte.

Sie öffnete atemlos. „Ist etwas passiert?"

Die Tierärztin und der Reiter sahen das Mädchen verwundert an. „Passiert? Wem?"

„Na, Sandokan!"

Michael Renner grinste. „Ich glaube, ihm ist es passiert, dass jemand sein Problem erkannt hat. Aber sonst geht es ihm blendend." Er sah über ihre Schulter. „Ich würde gerne mit deinen Eltern sprechen. Sind die da?"

Sarah nickte. „Meine Mutter ist hier. Kommen Sie doch rein, ich hole sie eben."

Aber Helga Stürmer hatte das Klingeln gehört und kam in diesem Moment aus dem Wohnzimmer. Sie sah die beiden Erwachsenen im Flur einen Moment verwundert an, dann erkannte sie Dr. Wiegand und streckte ihr die Hand entgegen. „Guten Tag, Frau Wiegand. Was treibt Sie hierher?"

Die Tierärztin lächelte. „Nichts. Ich bin nur die Fahrerin für Michael Renner. Darf ich vorstellen?"

Sarahs Mutter reichte dem Reiter zögernd die Hand. „Freut mich, Sie kennenzulernen! Was verschafft mir die Ehre?“

Michael Renner deutete auf Sarah. „Ich wollte Ihnen zu Ihrer Tochter gratulieren! Sie hat vorletzte Woche als Einzige erkannt, was das Problem von meinem Hengst ist. Ich habe ihn heute in der Klinik besucht, um zu sehen, welche Fortschritte er macht – aber ich denke, ich kann ihn jetzt schon wieder mit nach Hause nehmen. Ihre Tochter hat sich hervorragend um ihn gekümmert. Ohne Sarah wären die Meisterschaften nächstes Jahr wohl unerreichbar geblieben. Wer weiß, vielleicht habe ich ja Glück, und ich kann mich mit Sandokan qualifizieren.“ Er klopfte Sarah auf den Rücken. „Und das verdanke ich hauptsächlich Ihrer Tochter. Sie hat wirklich ein besonderes Gespür für Pferde.“ Der Reiter deutete auf Dr. Wiegand. „Bettina hat mir erzählt, dass Sie nicht so begeistert von der Arbeit Ihrer Tochter in der Klinik sind. Aber ich wollte Ihnen versichern, dass Sarah da wirklich ein großes Talent hat.“ Er lächelte Helga Stürmer gewinnend an. „Dem sollten Sie nicht im Weg stehen!“

Sarahs Mutter hatte sich die lange Rede mit gerunzelter Stirn angehört. Dann schüttelte sie den Kopf. „Haben Sie Kinder, Herr … äh …“

„Renner!“, warf Sarah ein. Ihre Mutter würde nicht einmal den Weltmeister erkennen, wenn er in der Tür stand.

Aber die ließ sich davon nicht aus dem Konzept bringen. „Wahrscheinlich haben Sie keine Kinder. Sonst würden Sie wissen, dass Erziehung auch etwas mit Gehorsam zu tun hat. Mein Mann und ich geben Sarah viel Freiraum. Aber sie hat unser Vertrauen ausgenutzt und sich lieber um Ihren Hengst gekümmert, als unseren Anweisungen zu folgen. Was soll ich Ihrer Meinung nach tun? Vor Begeisterung in die Hände klatschen, dass meine Tochter mir einfach frech ins Gesicht lügt?"

Michael Renner nickte verständnisvoll. „Ich verstehe Ihr Problem. Aber es war mir wichtig, dass Sie wissen, dass Ihre Tochter in der Klinik wirklich mehr als nur eine Hilfe zum Ausmisten ist."

Sarahs Mutter presste die Lippen aufeinander. „Sehen Sie, genau das ist der Grund, warum ich gegen diese ganze Klinik-Geschichte bin. Sie sehen doch auch nur das Wohl Ihres Pferdes. Ich bin die Einzige, die auch Sarahs Wohl im Blick hat."

Jetzt konnte Sarah nicht mehr an sich halten. „Mama, bitte! Ich sehe ja ein, dass es ein Fehler war, dir nicht die Wahrheit zu sagen. Aber mir bedeutet die Arbeit in der Klinik so viel!" Sie sah, dass ihre Mutter weich wurde, und bettelte weiter. „Bloß weil du keine Pferde magst, kann das doch nicht bedeuten, dass ich auch nichts mit Pferden zu tun haben darf."

Helga Stürmer schwieg eine Weile. Schließlich seufzte sie. „Du hast Glück, dass du so einen begeisterten Fürsprecher hast, Sarah. Ich habe allerdings eine Bedingung: Du darfst nur noch am Wochenende und in den Ferien jeden Tag in die Klinik. Während einer normalen Schulwoche solltest du in Zukunft mindestens zweimal zu Hause bleiben." Sie sah ihre Tochter ernst an. „Egal, welcher Notfall gerade ist! Kannst du dich daran halten, Sarah?"

Sarah nickte langsam. Sie drehte eine ihrer roten Locken um den Finger, bevor sie antwortete. „Ja. Und sollte noch einmal so etwas passieren wie jetzt mit Sandokan, dann kann ich ja mit dir reden, oder?"

Sarahs Mutter nickte. „Ja, das kannst du."

Michael Renner nickte begeistert. „Dann würde ich Ihre Tochter gerne gleich mit in die Klinik nehmen. Ich finde, sie sollte sich von meinem Hengst verabschieden können!"

Helga Stürmer seufzte. „Nehmen Sie meine Tochter mit. Ich hole sie dann in zwei Stunden in der Klinik ab." Sie sah Sarah an. „Du willst heute Abend doch in dieses Konzert, nicht wahr? Ich bringe dich dann zur Mehrzweckhalle."

Während sich die Erwachsenen voneinander verabschiedeten, schwankte Sarah zwischen Tränen und Lachen. Sie würde den Fuchshengst heute das letzte Mal sehen! Aber wenigstens konnte sie sich von ihm verabschieden.

Wenig später hielt der Kombi vor der Klinik. In der Einfahrt stand der große Lkw von Michael Renner.

Sarah schluckte, als sie ihn sah. Sie lief den Erwachsenen voraus in den Stall. Sie wollte unbedingt noch einmal einen Moment mit Sandokan allein sein.

Als sie die Stallgasse betrat, sah sie sofort seine gespitzten Ohren. Er sah ihr erwartungsvoll entgegen. Sarah streichelte seinen Hals. „Na, hast du mich vermisst?“, fragte sie leise. Der Hengst blies ihr seinen warmen Atem vorsichtig in den Nacken. Sarah hielt ganz still.

Sie hörte, wie sich von hinten Schritte näherten, und drehte sich um. „Habt ihr ihn in der letzten Woche auch mal nachts angeblitzt?“

Dr. Wiegand lächelte. „Marc hat sich genau an den Plan gehalten, den ihr zusammen aufgestellt habt. Er hat ihn vor drei Tagen nachts aus seiner Box geholt und im Regen angeblitzt. Am Anfang fand Sandokan das natürlich wahnsinnig aufregend, aber dann hat er sich wieder beruhigt. Wir haben es gestern noch einmal probiert, aber da war es ihm schon egal. Deswegen habe ich Michael gebeten, seinen Hengst wieder abzuholen. Ein gesundes Pferd hat bei uns in der Klinik nichts zu suchen!“

Michael Renner streckte noch einmal seine Hand aus. „Ich wollte nur, dass du dich von Sandokan verabschieden kannst. Bettina hat mir erzählt, wie liebevoll du dich um ihn gekümmert hast. Kann ich dir denn wenigstens einen Wunsch erfüllen?“

Sarah musste nicht lange nachdenken. „Meine

Freundin Jenny würde so gerne einmal mit ihrem Pferd Vielseitigkeit ausprobieren. Gibst du vielleicht irgendwann mal in der Nähe einen Kurs oder so? Das wäre toll! Das würde ich Jenny gerne schenken, sie hat sich in der ganzen letzten Woche um Sascha gekümmert."

Michael Renner lachte. „Das lässt sich einrichten. Im Frühjahr bin ich in der Nähe. Ich gebe Bettina Bescheid wegen der Kurstermine. Aber was willst du für dich selber?"

Sarah schüttelte den Kopf. „Dein Besuch bei meinen Eltern war mehr als genug! "

„Ich freue mich, wenn ich ein bisschen helfen konnte", erwiderte der Reiter. „Aber ich habe es ernst gemeint, was ich deiner Mutter gesagt habe: Du hast da eine ganz besondere Begabung! Mach etwas draus!"

Sarah nickte, fast feierlich erwiderte sie: „Das werde ich! Ganz bestimmt!"

Anschließend half sie, den Hengst für den Transport einzubandagieren und zu verladen. Sie streichelte ihm ein letztes Mal über die Nase. Dann kletterte Michael Renner in sein Führerhaus, winkte noch einmal und fuhr mit Sandokan vom Hof.

Sarah sah ihm wehmütig hinterher. „Ob die beiden wirklich bei Meisterschaften antreten werden?", fragte sie.

Die Tierärztin lächelte. „Ich würde es ihm zutrauen, wirklich!"

Wenig später kam Sarahs Mutter vorbei und holte ihre Tochter ab. Sarah blickte auf die Uhr. „Können wir vorher noch zu Hause vorbeifahren? Ich will mich noch umziehen!“

Wenig später stand sie ratlos vor ihrem Kleiderschrank. Eine normale Jeans erschien ihr zu langweilig. Schicke Tops besaß sie nicht. Da fiel ihr Blick auf den Rock mit den Pailletten. Den könnte sie ja mal ausprobieren. Dazu zog sie die meerblaue Tunika an, die sie zum Geburtstag bekommen hatte. Prüfend betrachtete Sarah sich im Spiegel. War sie vielleicht zu schick? Aber wahrscheinlich fand sie es nur ungewohnt, mal etwas anderes als Hosen mit Pullis zu tragen. Ihre roten Haare leuchteten über dem Oberteil wie eine Fackel. Sie zog eine Grimasse. Ben würde sie garantiert nicht übersehen, so viel war sicher.

Das schien eine halbe Stunde später auch das Mädchen zu denken, das an der Kasse der Mehrzweckhalle saß. Sie musterte Sarah und fragte: „Du bist also die Freundin von Ben?“

Sarah nickte. „Eine Freundin, ja.“

Das Mädchen schob ihren Kaugummi gelangweilt von einer Backe in die andere, bevor sie Sarah gnädig durchwinkte. „Immer hinein in die gute Stube!“

In der Halle sah Sarah sich um. Wo mochte Ben nur stecken? Schüchtern machte sie ein paar Schritte vorwärts. Sie hatte keine Ahnung, wohin sie gehen sollte. Um sie herum standen lauter Grüppchen oder Pärchen, die sich unterhielten, Limo und Bier aus Pappbechern tranken und alle sehr cool wirkten. Sarah drückte sich am Rand entlang. Jetzt kam sie sich in dem Rock plötzlich doch schrecklich verkleidet vor. Was hatte sie sich nur gedacht, als sie dieses Ding angezogen hatte?

In dieser Sekunde wurde es in der Halle dunkel, und die Scheinwerfer auf der Bühne strahlten auf. Die Band kam auf die Bühne. In der Mitte stand Ben mit seiner Gitarre und fing an zu singen.

Sarah sah staunend zu ihm hinüber. Sie verstand nicht alles, aber es war eine ruhige Ballade, und Ben hatte eine tiefe, volle Stimme, die sie ihm nie zugetraut hätte. Sarah schob sich näher an die Bühne, als die Band das zweite Lied begann. Sie merkte, wie sie anfing, im Rhythmus des nächsten Songs zu wippen. Das war toll, was Ben da machte!

Sarahs Begeisterung wuchs von Lied zu Lied, bis Ben schließlich eine Pause ankündigte. Er verschwand von der Bühne, und Sarah fand sich mitten in einem Haufen Jugendlicher, die alle mindestens einen Kopf größer waren als sie selber. Vorsichtig trat sie den Rückzug an. Bis vor ihr plötzlich ein schwarzes T-Shirt auftauchte. Zwei Hände griffen nach ihr. Sarah stand direkt vor Ben, der sie breit angrinste.

„Hi, Sarah. Toll, dass du wirklich gekommen bist!“

Sarah strahlte ihn an. „Die Musik ist klasse, die ihr

macht! Ich wusste gar nicht, dass deine Stimme so klingt! Danke noch mal für die Einladung!"

Ben machte eine abwehrende Handbewegung. „Kein Problem, habe ich gerne gemacht." Er lächelte. „Hast du das mit deiner Freundin aus dem Weg geräumt?"

Sarah nickte. „Ja, endlich. Noch mal danke für deine Tipps." Sie nestelte verlegen an ihrer Tunika. „Irgendwie sage ich den ganzen Abend nur Danke … Kann ich etwas für dich tun?" Sie sah sich um und entdeckte einen Stand, an dem es etwas zu essen und zu trinken gab. „Hast du Hunger oder Durst?"

Ben fing an zu lachen. „Die Band zahlt nichts fürs Trinken, ehrlich!" Er sah ihr enttäuschtes Gesicht. „Aber für mich ist schon genug, wenn du hier bist und meine Musik gerne hörst. Wirklich!" Er sah auf seine Uhr. „Ich muss wieder auf die Bühne. Bleibst du bis zum Schluss?"

Sarah nickte. „Logisch!"

Ben wandte sich zum Gehen. „Das freut mich." Er blieb noch einmal stehen und deutete auf ihren Rock und das Oberteil. „Das sieht toll aus, Sarah. Ich dachte schon, du besitzt nur Jeans und Reithosen … Wirklich klasse!" Er winkte und verschwand wieder.

Sarah sah ihm verwirrt hinterher. In ihrem Bauch kribbelte es. Wieso hatte sie eigentlich so lange geglaubt, Ben wäre ein Vollidiot?

Als er wieder anfing zu singen, begann Sarah sogar

wie die meisten um sie herum zu tanzen. Ob Elsa wohl wusste, dass ihr Sohn so tolle Musik machte? Sarah klatschte begeistert. Das musste sie ihr unbedingt erzählen! Es wurde Zeit, dass sie von Bens Talent erfuhr. Sarah lachte, während sie weiterklatschte. Immerhin hatte ihre Mutter auch erst nach dem Besuch von Michael Renner geglaubt, dass Sarah eine Begabung für Pferde hatte.

Und wer weiß, vielleicht würden ihre Träume tatsächlich irgendwann wahr werden: Ben würde Musiker und Sarah Pferdetierärztin!

Glossar

Bandagen: Lange Stoffstreifen, die um die Beine von Pferden gewickelt werden, um sie vor Verletzungen zu schützen. Das Bandagieren erfordert viel Übung. Besonders bei elastischen Bandagen muss man aufpassen; wickelt man sie zu stramm, schnürt man die Blutzufuhr ab!

Buschpferd, Buschreiten: So bezeichnet man in der Reitersprache die ☞ Vielseitigkeitspferde und das Vielseitigkeitsreiten.

Endoskop: Ein medizinisches Gerät, mit dem man das Innere von Menschen oder Tieren (besonders Hohlräume) ansehen kann.

Kohlfuchs: Ein dunkler Fuchs, wird auch Schweißfuchs genannt.

Longieren: Dabei wird das Pferd an einer langen Leine (Longe) im Kreis bewegt.

Mitteltrab: Verstärkung im Trab. Das Pferd soll dabei größere, schwungvollere Schritte machen, ohne eilig zu werden.

Osteopathie: eine manuelle Behandlungsmethode von

Bewegungseinschränkungen bei Menschen und Tieren. Mit den Händen ertastet der Osteopath Störungen im Körper und versucht sie zu beheben.

Physiotherapie: Nach Verletzungen oder bei Fehlstellungen soll der Körper durch spezielle Übungen oder Massagen wieder zu einer normalen Funktion zurückgeführt werden. Physiotherapeuten gibt es auch für Pferde!

Quarter Horse: Ein intelligentes, hartes, sehr wendiges Reitpferd mit gutem Charakter. Sein Stockmaß beträgt ca. 1,50 m–1,55 m. Die Farben sind meist Braune und Füchse. Sie stammen ursprünglich aus den USA und sind die zahlenmäßig größte Pferderasse der Welt. Quarters haben auffallend starke Muskeln am Körper. Gezüchtet wurden sie als Rennpferd für die Viertelmeile (Quarter of a mile), auf dieser Strecke gilt das Quarter Horse als das schnellste Pferd. Heute wird es meist im Westernreitsport eingesetzt.

Spänebox: Statt Stroh kann man auch Hobelspäne in die Pferdebox streuen. Der Vorteil: Späne enthalten keine Pilzsporen und wenig Staub. Sie werden von Tierärzten empfohlen bei Pferdebronchitis, Allergikern, Kolikern und Übergewicht. Da das Pferd an der Späne nicht knabbern kann, sollte man genügend Heu füttern.

Vielseitigkeit: Eine Reitprüfung, die aus den Teilbereichen Dressur, Geländeprüfung und Springen besteht. Die Geländeprüfung führt über feste Hindernisse, teilweise auch durch Wassergräben.

Vollblut: Pferderasse, die hoch im Blut steht und als besonders sensibel und temperamentvoll gilt. Vollblüter sind nichts für Reitanfänger! Die Rennpferde im Galopprennen sind englische Vollblüter. Sie werden in der Zucht zur Veredelung von Warmblütern eingesetzt. Bekannt ist auch das arabische Vollblut, das sich besonders für Langstrecken-Ritte eignet.

Danksagung

Die „Pferdeklinik“ würde es nicht geben ohne die Tierärztliche Klinik für Pferde in Parsdorf und ihre Belegschaft (www.pferdeklinik-in-parsdorf.de). Allen voran Dr. Susanne Blessing, die irgendwann während eines langen Tages in der Klinik meinte: „Darüber sollte man ein Buch schreiben!“

Als die Bücher allmählich Gestalt annahmen, durfte ich immer wieder Gast in der Klinik sein, habe die echten Fälle und die Sorge aller Angestellten um ihre Schützlinge miterlebt.

Fachliche Fehler gehen natürlich voll und ganz zu Lasten der Autorin.

Leseprobe aus:

Die Pferdeklinik, Band 7 – Sarahs irischer Sommer

2 Grüne Wiesen, durchzogen von ein paar Steinmauern. Schmale Straßen und hin und wieder ein kleiner Fluss. So sah also Irland aus. Durch das kleine Fenster im Flugzeug sah Sarah nach unten. Nach dem großen Flugzeug, das sie nach Dublin gebracht hatte, saßen sie jetzt in einer kleinen Propellermaschine, die sie an die Westküste nach Galway bringen sollte. In dem Ding hatten nur 15 Menschen Platz, es setzte jetzt nach einer knappen Stunde schon wieder zur Landung an. Sarah sah sich nach ihren Eltern um. Ihre Mutter döste mit geschlossenen Augen, ihr Vater sah interessiert in seinen Computer. Konnte er den nicht einmal im Urlaub zu Hause lassen? Sicher hatte das Ferienhaus, das ihr Vater ausgewählt hatte, auch einen Internetzugang. Sonst hätte er sich nicht ganze zwei Wochen so weit von seiner Firma entfernt.

Noch während Sarah über die Arbeitswut ihres Vaters nachdachte, setzte das kleine Flugzeug holpernd auf der Piste auf. Ein kleines Gebäude tauchte am Ende der Landebahn auf – offensichtlich das Hauptgebäude des Flughafens von Galway. Ein paar Schafe sahen dem Flugzeug über eine Mauer hinweg zu.

Sarah versuchte sich vorzustellen, wie Jenny zur gleichen Zeit am riesigen Flughafen von San Francisco landete. Es gelang ihr nicht.

Schnell sammelten Sarah und ihre Mutter Koffer und Taschen ein, während ihr Vater sich um den Mietwagen kümmerte. Es verging keine Stunde, dann verließen sie Galway Richtung Westen. Neugierig betrachtete Sarah die Landschaft. Rechts und links von der Straße standen kleine Steinmäuerchen. Dahinter die grünsten Wiesen, die sie in ihrem Leben je gesehen hatte. An den Mauern blühten gelb stachelige Sträucher, die wenigen Bäume sahen so aus, als ob sie sich unter dem ständigen Wind beugten. In der Ferne konnte sie immer wieder das Meer erkennen, dazwischen kleine Inselchen.

Die Strecke zog sich. An jeder Kreuzung blieb Thomas Stürmer stehen und musterte die zweisprachigen Schilder. „Das Unleserliche ist wohl Gälisch“, erklärte er.

„Dann solltest du nach ‚An Clochan‘ suchen“, erklärte Helga Stürmer. „Das ist Clifden, wenn unser Reiseführer recht hat.“ Sie wedelte mit dem schmalen Band und deutete auf die entsprechende Seite. „Dann sollte die Sky Road ausgeschildert sein.“

„Sky Road?“, fragte Sarah nach. „Wir wohnen an der Himmelsstraße? Wenn das kein gutes Zeichen ist …“

Clifden entpuppte sich als verschlafenes Örtchen.

Die Sky Road führte hoch über dem Meer durch noch mehr grüne Wiesen und bot einen Blick über das Meer zu einigen Inseln, die direkt vor der Küste lagen. Sarah konnte sich nicht daran satt sehen. Nach ein paar Kilometern wurde es flacher, sie bogen noch ein paarmal ab, und schließlich bremste ihr Vater vor einem weißen Häuschen, auf das jemand liebevoll „Windy House" gepinselt hatte. „Da wären wir!", stellte Thomas Stürmer zufrieden fest.

Das Haus war zweigeteilt, die andere Hälfte sah noch unbewohnt aus. Sarah sah sich um. Eine kleine Terrasse, ein Wohnzimmer mit einem heimeligen Ofen, eine Küche mit großem Esstisch und zwei Schlafzimmer. Es sah gemütlich aus, wahrscheinlich konnte man es hier wunderbar zwei Wochen aushalten. Draußen konnte sie nicht mehr viel sehen, es dämmerte bereits – die Erkundung ihrer Umgebung musste also bis morgen warten. Ihre Mutter hatte unterwegs ein bisschen Käse und Brot gekauft, das würde als Abendbrot reichen.

Als Sarah später in ihr Zimmer ging, war sie todmüde – und gespannt auf den nächsten Tag.

„Darf ich jetzt los?" Sarah sah ihre Eltern bittend an. Sie hatten gemütlich gefrühstückt, während ein blauer Himmel mit vielen weißen Wölkchen einen schönen Sommertag verhieß.

Helga Stürmer nickte. „Vergiss nicht, wir legen den

Haustürschlüssel unter den großen Stein am Eingang. Dann können wir uns auch ein bisschen umsehen und müssen nicht auf dich warten."

„Geht klar." Sarah war schon auf dem Weg zur Tür. Vorsichtshalber nahm sie noch ein dickes Kapuzenshirt mit. Vor der Tür wehte ein frischer Wind, der ihr die Locken in die Augen wehte. Energisch flocht sie sich einen Zopf, während sie einen schmalen Pfad in Richtung Meer einschlug. Schon nach wenigen Minuten stand sie am Strand. Das Meer mit seinen kleinen weißen Schaumkrönchen sah einladend aus. Sarah streckte eine Hand in das Wasser und zuckte erschrocken zurück. Das war kälter, als sie gedacht hatte. Sie entschloss sich, ein wenig am Ufer entlangzuwandern.

Als sie um die nächste Landzunge bog, wartete eine Überraschung auf sie: Auf dem ebenen, breiten Strand galoppierte ein kleiner Falbe. Sein Fell schimmerte hellgolden, seine schwarze Mähne und Schweif flatterten im Wind. Auf seinem Rücken saß ein Junge, der dort wie festgewachsen wirkte. Erst auf den zweiten Blick erkannte Sarah, dass der Falbe auch Sattel und Zaumzeug trug. Die beiden galoppierten auf einem perfekten Zirkel, wechselten dann mit einem fliegenden Galoppwechsel auf den nächsten Zirkel. Die schwierige Übung gelang den beiden ohne irgendeine Anstrengung oder eine Störung im Takt. Sarah wollte dem Falben und seinem Reiter noch länger zusehen. Sie kletterte eine Düne nach oben und näherte sich dem Paar im Schutz des hohen Strandgrases. Als sie direkt oberhalb war, legte sie sich einfach zwischen zwei Büschel und spähte nach unten.

Jetzt konnte sie mehr sehen. Der Falbe hatte eine schmale Blesse auf seiner Stirn und vier weiß gestiefelte Beine. Er war wirklich atemberaubend schön. Der einzige Fehler in seiner Zeichnung war eine weiße Strähne in seinem dicken schwarzen Schweif, die Sarah sofort auffiel. Der Reiter auf dem Rücken des Hengstes war ungefähr in Sarahs Alter. Sie musste aber zugeben, dass er wesentlich besser reiten konnte. Nachdem er die fliegenden Wechsel trainiert hatte, ließ er den Hengst jetzt schwungvoll traben und übte Seitwärtsgänge. Sarah beugte sich noch weiter vor, als er direkt unterhalb von ihrem Versteck eine perfekte Traversale ritt.

Zu spät bemerkte sie, dass die Böschung unter ihren Händen plötzlich nachgab. Mit einem Aufschrei versuchte sie, sich an einem Grasbüschel festzuhalten. Vergeblich. Mitsamt einer Riesenladung Sand rutschte sie kreischend nach unten und landete auf dem Strand. Noch während sie nach Luft japste, erhaschte sie einen Blick auf den Hengst. Der stand senkrecht auf den Hinterbeinen und schlug mit seinen Vorderhufen in die Luft. Sein Reiter versuchte, ihn zu beruhigen. „Ho, Golden. Ho!“, rief er immer wieder. Ohne Ergebnis. Der Hengst drehte sich jetzt wie ein Kreisel und wollte seinen Reiter abbocken. Sarah sprang auf die Füße. Mit ausgestreckter Hand ging sie auf das tobende Pony zu. Vielleicht beruhigte es sich, wenn es erkannte, dass der Grund für sein Erschrecken nur ein Mädchen war, das die Düne hinuntergerutscht war? Ihre Rechnung ging nicht auf. Das Pony sah in ihrer Annäherung den Anlass dafür, einen kräftigen Bocksprung zu machen. Der schwarzhaarige Junge rutschte diesmal zur Seite und fiel in den Sand, der zum Glück weich war. Doch jetzt machte der Falbe einen Fehler: Er galoppierte direkt auf Sarah zu. Offensichtlich wollte er neben ihr die Düne erklimmen und dann fliehen. Dafür musste er langsamer werden – und das gab Sarah die Chance, nach seinen Zügeln zu greifen.

Sie zog einmal kräftig an. „Brrrrr!“, rief sie unwillkürlich, auch wenn sie nicht daran glaubte, dass ein irisches Pony einen deutschen Befehl verstehen würde. Zu ihrer Überraschung blieb der Hengst stehen und sah sie aus weit aufgerissenen Augen an. Er tänzelte noch ein wenig auf der Stelle, dann schien er sich zu beruhigen. Er senkte den Kopf und blies einmal kräftig durch seine Nüstern aus.

Inzwischen war auch der Junge wieder aufgestanden. Er stieß einen Schwall unverständlicher Worte aus. So wie es klang, musste sie auch nichts verstehen. Er war sauer. Sehr sauer.

...

Pferdeschicksale in der Marienwaldklinik

Die Pferdeklinik

von Katrin Kaiser

Band 1	Ein stürmischer Sommer	ISBN 978-3-505-12302-3
Band 2	Freundinnen forever	ISBN 978-3-505-12303-0
Band 3	Im Schatten der Nacht	ISBN 978-3-505-12370-2
Band 4	Ein aufregendes Rennen	ISBN 978-3-505-12440-2
Band 5	Große Hoffnungen	ISBN 978-3-505-12477-8
Band 6	Sprung ins Glück	ISBN 978-3-505-12522-5
Band 7	Sarahs irischer Sommer	ISBN 978-3-505-12640-6

www.schneiderbuch.de

EGMONT Verlagsgesellschaften

Schneider Buch